愛すべき『蟲』と迷宮での日常

著 熟練紳士

ゴリフリーテ
ゴリフリーナとは双子の姉妹。戦いでは巨大なハンマーを使用。
ゴリフリーナ
『ウルオール』国の王族。オリハルコン製の棍棒を軽々と使いこなす。
レイア
世界でただ一人しかいない『蟲』の魔法の使い手。凄腕な上に、性格は鬼畜外道のため、周囲から非常に恐れられている。
主な登場人物
Daily life in the labyrinth and lovable "INSECT"

ゴリヴィエ
ゴリフリーナたちの従姉妹。救いようのないレベルで筋肉フェチ。
マーガレット
『ネームレス』の街のギルド受付嬢。しばしばその美貌で男を惑わせ、危険な仕事を無理やり押しつけている。
エーテリア
ランクBの冒険者。あらゆる武器を使いこなす達人。ジュラルドとはいいコンビ。
タルト
猫耳亜人のサポーター。レイアと関わったことで、運命が激しく変わっていく。
ジュラルド
ランクBの冒険者で、強力な魔法使い。こう見えても、かつては美貌のエルフ(♂)だった。

1　未帰還者探索（一）

　エセリア大陸にある四大国の一つ『神聖エルモア帝国』の東部には、『モロド樹海』と呼ばれる広大な地下迷宮が存在する。迷宮とは、神々が存在した時代に彼らが己の威厳を示すために作られたモノであるというのが、現代における最有力の説だ。

　そんな『モロド樹海』では、地下にもかかわらず草木が生い茂《しげ》り、陽《ひ》の光や雨といった天候まで存在している。仮説通り人知を超えており、現在の魔法技術を駆使したとしても再現不可能。そもそも、構造の謎を解明しようとしている人の話すら聞いたことがない。

　そういうことを研究してこそ新しい発見があると思うのだが、やはりその発想に行き着く者はまれなのだろう。文句は言うが、私自身もそのような研究を行う気はさらさらない。

　今見た本も、迷宮の核心には触れずに、当たりさわりのないことしか書いていなかった。

「――帝都の著名な研究者が執筆された書物でしたが、お気に召しませんでしたか？」

　ギルドで食事をしていたところ、受付のマーガレット嬢がこの本を持って近づいてきたのだ。

「仮にもランクAに限りなく近いと言われているこの私――レイア・アーネスト・ヴォルドーが、この程度の内容すら理解してないと思われていたとは心外だな」

「めっそうもございません。レイア様のことは、よく存じております。十八歳にしてランクBという高ランクの冒険者であり、『神聖エルモア帝国』の一代貴族。さらには、世界で四つしか確認されていない特別な属性の一つの使い手」

「よく知っているじゃないか。で、本に対する意見だが……ギルドも経費で購入しているのだろうから、せめて中身を吟味《ぎんみ》して買うことを勧めるよ、マーガレット嬢」

まだ書店に卸《おろ》されていない書物を読ませてくれるというので多少期待していたが、期待外れに終わってしまった。この程度の書物ならば、前に読んだ老練の冒険者が自費出版した本の方が楽しかった。『迷宮でランダムポップアップする宝箱の規則性』というタイトルだったな。

その書物には、当の本人が行《おこな》った検証とその結果が長々と書かれていた。数時間かけて読んだのだが、規則性を見つけることは不可能という結論が、最後のページに書かれていた。思わず本を破り捨てそうになり、憤《いきどお》りのない感情を抱いたよ。

ならばこの私が見つけてやろうと思い、宝箱を開けた場所から一歩も動かずに一週間粘《ねば》ったことがある。他にも、開けた宝箱が消えてしまう現象を並行で検証するために、消える瞬間まで触り続けることもした。もしかしたら、次に出現する場所まで私もワープできるのではないかと考えたのだが、現実は甘くない。本当に煙のように消えてしまった。

そんな私たち冒険者の懐《ふところ》を潤《うるお》す宝箱。迷宮各所にランダムで出現し、宝箱の中からは金銀財宝や神器が発見された事例も存在する。ただ、貴金属のようなお金に換えられる物が手に入ることなど希《まれ》で、基本的に価値のないゴミが入っている。それが分かっていても、一攫千金《いっかくせんきん》を夢見ることができるので、宝箱を欲してしまうのも無理はない。

しかし、そんなランダム性が高い宝箱目当てでなくとも、迷宮に挑む者は数多くいる――

エセリア大陸には、人間に害をなすモンスターが各地に生息している。当然迷宮内部にもモンスターが多数生息しており、過去に迷宮を作った者たちの嫌らしさがにじみ出ている気がする。どこに行ってもモンスターという脅威《きょうい》がつきまとい、本当の意味での安住の地は存在しない。

全く、ひどい世の中だ。

だが、迷宮は、己を強くするのに理想的な環境だった。なぜなら、階層ごとに出現するモンスターの種類と強さが決まっているため、効率よく〝モンスターソウル〟を得られるからだ。

「――そうですか、では、こちらの書物はいかがでしょうか。発行部数が少なく、市場に卸《おろ》された数も少ない希少な本ですが」

「モンスターソウルに関する書物か。それは既に読み終えている。モンスターを長期間痛めつけても、瞬殺したときと比べて、得られるモンスターソウルの総量は微々たる差しかない、という結論だったな。非常に面白い着眼点の研究だったが、有用とは言いがたい」

モンスターを倒すことによって得られるソウルというものがある。正式名称は、モンスターソウルと呼ばれ、モンスターを倒すと体内に吸収される。それを取り込むことで、全ての生命は身体能力向上、魔力増大といった肉体的及び精神的なポテンシャルの底上げができるのだ。

これにより、人はモンスターと対等にやり合える。これがなければ、人はとっくにモンスターによって淘汰《とうた》されていただろう。

先ほどから、私の横で笑顔を崩さないマーガレット嬢。おかげで、昼食が非常に食べにくい。人に見られながらというのは、やりにくいものだ。そして、さり気なく依頼書を私に見えるように持っていて、無言の圧力が凄《すさ》まじい。

そりゃ、私に本を読ませるためだけにマーガレット嬢が出てくるとは思っていなかったけどさ。だけど昨日、『モロド樹海』から戻ってきたばかりなのは、ギルド職員も知っているはず。なんせ、依頼達成の報告をしたのだからね。それなのに、休む間もなく仕事をしろとか、悪魔の所業だ。

私は、二度目の人生を謳歌《おうか》するために冒険者をやっているにすぎない。

前世で死ぬ前は、日本のそれなりの企業で真面目に働いていた。だが、三十代後半だったかな……ポックリ死んだよ。勤め人である以上、多少ストレスはあっただろうが、まさか突然死するとは予想外だった。そして、目覚めればよく読んでいた小説のごとく、赤子から二度目の人生スタートだ。

よって、二度目の人生くらいは多少息抜きをしてもいいと思うんだよ。

確かに、ギルドに世話になっているのは認めよう。ギルドが、冒険者への仕事の斡旋《あっせん》から迷宮で採取した薬草や貴金属、モンスターの素材やモンスターの体内から希《まれ》に得られる魔結晶などの買取を行《おこな》っているおかげで、生活ができている。

マーガレット嬢が手に持っている依頼書を軽く流し読んだが……またすぐに『モロド樹海』に行けとか、正直、本当に悪魔としか思えない。私の目の動きから依頼書の内容を読んだことを理解したマーガレット嬢が、行動を起こした。

「この依頼を受けてはいただけませんか」

さすが、この街──『ネームレス』のやり手ギルド受付嬢だ。モデル体型、褐色肌《かっしょくはだ》、胸元の開いた制服、上目遣いと、えげつないコンボで男心を揺さぶってくる。これで何人の男どもを文字通り死地に追いやったことだろうか。

個人的には死神と名づけてもいいくらいだと思っている。

本来、ギルドの受付は男でも問題ないのだが……冒険者の比率は男性が多く、よって無理難題を引き受けさせるために、容姿端麗《たんれい》な女性が受付をすることが暗黙の了解となっている。

その中でも、このエリステル・マーガレット嬢は悪女と名高い。

「いつも言っているが、私はギルド専属の未帰還者の探索要員じゃない」

モンスターが蔓延《はびこ》る迷宮で帰らずになる者などたくさんいる。それこそ、毎日何人も迷宮の肥料となっている。純粋に迷って帰ってこられない者だっている。迷宮には、一定周期ごとに内部構造が大きく変化する〝大改変〟と呼ばれる事象が存在するのだ。

大改変が発生すると、高いカネを払って買った『モロド樹海』の地図がゴミになる。だが、新しく地図を作って売ろうとする先駆者たちにとっては儲《もう》け時でもあるので、一概に悪いとも言えない。

ちなみに、大改変でも内部構造が変化しない階層が、どの迷宮にも存在している。『モロド樹海』は五層ごとに内部構造が変化しない階層があり、『神聖エルモア帝国』が国費でトランスポートと呼ばれる転移装置を設置している。

トランスポートは、お金を払えば目的の階層まで一瞬で移動できるという優《すぐ》れものだ。無論、大規模な術式と非常に高価な資材を用いているため、利用にはそれなりの対価を払う必要がある。

ゆえに、金回りのいい冒険者や緊急時にしか用いられないことが多い。現在、トランスポートが設置されているのは五、十、一五、二十層までで、それ以降の階層には設置されていない。理由は、設置しても利用者が少ないため赤字で、採算が合わないそうだ。無駄なところで現実的である。

「それは分かっていますけど……『モロド樹海』は、一層あたりの広さが他の迷宮の比ではないので、最悪二次災害の危険性もあります。しかも、大改変後ですし」

「まるで、私なら二次災害にあってもいいような口ぶり。それに、私に頼まなくても、依頼を引き受けてくれそうな連中はそこら辺にいると思うのだが……」

『モロド樹海』のためにできた街である『ネームレス』には、当然数多《あまた》の冒険者が集まっている。わざわざ私を指名しなくても、依頼を出せば受ける者はいる。なにせ、未帰還者探索は基本的に生死を問わず、遺留品を持ち帰れば依頼達成だ。

だから、冒険者の常識から考えれば、自らの迷宮探索のおまけで受けるような依頼である。それにもかかわらず律儀《りちぎ》に依頼書を用意するのは、ギルドとしての建前だろう。

「無論、生死を問わずなら、レイア様に話を持ってきません。未帰還者のパーティーには、貴族のご令嬢がいらっしゃいましてね。まあ、そういうことです」

「貴族として最低限の武力を身につける必要があるのは理解しているが、身の丈にあった迷宮探索をして欲しいものだね。同じ貴族として、恥ずかしい限りだ。とりあえず、報酬《ほうしゅう》次第だな。愚か者たちのパーティー構成を教えてもらえるかな」

「前衛二名、後衛三名に加え、サポーター一名の六人構成です。後衛のうち二名——ご令嬢とその従者以外は、『モロド樹海』の経験者です。一応、それなりの冒険者を斡旋《あっせん》しております。上層なら〝お荷物〟を抱えていたとしても問題なくやっていけるメンバー構成です」

「なるほど、他に情報は？」

「はい。確認されている情報は――」

それから、マーガレット嬢が持っている情報を聞いて精査したが……要は、貴族ご令嬢のレベリング目的だった。ソウルさえ吸収できれば、ある程度強くなれるからね。最後に生存が確認されたのが、五層にあるトランスポート前。次のトランスポートがあるのが十層なので、六～九層のどこかで彷徨《さまよ》っている可能性が高いな。

「『モロド樹海』経験者を斡旋《あっせん》して、戻ってきていない。さらには、時期的に大改変も被った。既に死んでいる可能性が高いな。念のために確認しておくが、食料の状況は？」

「貴族のご令嬢がいるとのことで、それなりに用意していたと思いますし、もちろん保存がきく食料も用意していたはずですが……おそらくよくはないでしょう。トランスポートに隣接している販売所で商品をいくつか購入したとの話も聞きましたが、節約したとしてもあと二、三日持てばよいかと」

『モロド樹海』経験者が大改変に巻き込まれるような痛恨のミスをするとは考えにくい。依頼を受けた冒険者とて命が懸かっているのだから、細心の注意を払っていたはずだ。だから、何かが起きたのだ。そして、その何かが何であれ、残りの食料的に、未帰還者の命が風前の灯であることは間違いない。

迷宮探索において、重要な要素の一つが食料確保だ。『モロド樹海』は、樹海と名付けられるだけあってコケ、野草、きのこなどが自生している。無論、食べられるものと食べられないものがある。しかし、人が生きる上で大事な水やタンパク質の補給は絶望的だ。

なんせ、モンスターのほとんどは基本的に人体に有害な毒素を持っている。煮ても焼いても食べられない。確かに、毒素を除けば食べることも不可能ではないはずだが……それには、特別な属性の魔法が必要になるだろう。

まあ、死んでもいいなら食えるがね。飢《う》えて死ぬか、毒で死ぬかの二択になる。

そのため、迷宮に冒険者たちが自分で用意して持ち込む必要がある。

迷宮探索では、戦闘に参加せず、食料確保や食料運搬を専門にするサポーターという専門職が存在するほどだ。ただ、モンスターから逃げられる程度の実力は必要とされている。

よって、彼らの運命を総合的に判断すると……

「諦《あきら》めろ。そいつらは助からん」

「お願いですから、引き受けていただけませんか。ギルド幹部と繋がりのあるお家の方で、見捨てると本気でまずいんです。主に、うちのギルドの立場が……」

どうやら、本気でまずいようだ。ギルドがパーティーメンバーを紹介したのだろう。それでこの結果。最悪の場合、物理的に首が飛ぶ可能性もある。

「葬式には、参列してやる。香典《こうでん》もはずもう」

「……成功報酬《ほうしゅう》、二千万セル」

マーガレット嬢が報酬《ほうしゅう》金を告げてきた。二千万セル……悪くない額である。通常、生死を問わずの未帰還者探索の成功報酬《ほうしゅう》は、五十万~百万セルだ。普通に考えれば破格なのだが……

「安いな。ギルドの失態だろう、命が懸かっているんだろう。限界まで積んでみろよ」

「くうっ‼　なんという強欲《ごうよく》……三千五百万セル‼　これが貴族の方からいただいていた全額よ」

三千五百万セルが全額ということは、千五百万セルでパーティーメンバーを用意していた計算になる。何も事件がなければ、依頼料の六割近い額をギルドの財布に収めようとしていたのか……黒すぎて笑えない。

しかし、紹介されたパーティーメンバーも大変だね。ギルドの依頼は、未達成では一銭にもならない。今回は、事件と言っても過言でない事態で、ギルドが依頼達成と判断するとは考えられない。おかげで、私の取り分は増えるから気にする必要はないか。未帰還者探索で一般家庭の年収の七倍近いお金が入るとは、これを聞いた人は皆冒険者になりたがるだろうね。

だが、このレイア‼　あこぎなギルドと本当に長い付き合いがある身だ。ここで頷《うなず》くほど優しくはない。

「いやいや、ギルドの利益がなくなっただけだろう。自分の命の額をさらに積んでみろよ。死にたくないだろう。それが嫌なら他に頼むんだな。もっとも、大改変後の時間制限付き依頼をこなせる奴がどれだけいるか疑問だがね」

準備期間があれば、『ネームレス』のギルド本部で依頼を探している連中でも達成できるだろう。しかし、この依頼は食料や装備などを準備をする時間がない。準備なしで『モロド樹海』に挑み、六～九層のどこかにいるであろう貴族のご令嬢を救い出してこいという話なのだ。

普通なら無理だ。

だが普通でない者なら可能である。その一人が、この私、レイア・アーネスト・ヴォルドーである。

『モロド樹海』に挑む数多《あまた》の冒険者の中でも数少ないソロ冒険者。おかげで周りの冒険者からは、一人で迷宮に潜る変人と陰口を叩《たた》かれることもある。だが私に言わせれば、一人で迷宮に潜る利点は多い。宝箱からモンスターの戦利品まで総取りである。

さらに、モンスターソウル的にも美味《おい》しい。理由は分からんが、モンスターソウルはダメージを与えた者全員に、ダメージ量に応じた分がもらえるのだ。当然、デメリットとして迷宮探索の準備から戦闘、食料確保、就寝時の警戒まで全てのことを一人でこなす必要があるがね。

「足元を見やがって……」

「ギルドの受付嬢とは思えない口ぶり。冒険者にしこたま貢《みつ》がせた貴金属がたくさんあるだろう。それを全部売りに出せばさらに一千万セルは追加で出せるよね。嫌なら、他に依頼してくれ。ギルドの依頼を受けるも受けないも冒険者の自由……そういう規則だろう？」

貴族令嬢へのパーティーメンバーの斡旋《あっせん》は、間違いなくマーガレット嬢がやったのだ。そうでなければ、ここまで必死にならないはず。

「人命が懸かっているというのに、規則を盾《たて》に取るなんて……レイア様って本当に最低の屑《くず》ね」

「褒《ほ》め言葉として受け取っておこう。こちらだって『モロド樹海』に挑むのは、命懸けなんだよ。報酬《ほうしゅう》額に納得がいかない依頼を受けるはずないだろう。——本日の依頼は、ご縁がなかったということで」

マーガレット嬢とにらみ合ったが解決しそうになかったので、宿に帰るべく別れを告げた。

「待ちなさい!!　四千五百万セル!!　出してやるわよ!!　その代わり、絶対生きて連れて帰ってきなさいよ」

「私が見つけた時点で死亡していないことが条件ならば引き受けよう。生きてさえいれば、たとえ手足の一本や二本なかろうと、元通りにして連れてくる。それでいいかな?」

「上等よ!!」

まあ、『水』の魔法による治療《ちりょう》はできないし、高価な治癒薬《ちゆやく》を使う気もない。だが、元通りにする程度なら、私の魔法で可能だ。無論、マーガレット嬢もそれを承知の上であろう。なにぶん、良くも悪くも私の魔法は有名だからね。

「それで、対象の名前と似顔絵は?」

貴族のご令嬢救出の依頼である。間違っても貴族ご令嬢パーティー一同の救出依頼ではない。そこが大事。依頼通りに仕事をこなす私って、仕事熱心で素晴らしい。

「救出対象は、アイハザード家のご令嬢であるミーティシア・レイセン・アイハザード。これが似顔絵よ」

「この特徴的な耳……しかし、小さい。エルフとのクオーター?　珍しいな」

「その通りよ。だからこそ、報酬《ほうしゅう》が高いのよ」

亜人が多い四大国の一つである『ウルオール』の、エルフの血が混ざっている貴族ね。そりゃ、価値が高いわ。

亜人は、人族である私たちと比べて身体能力や魔法能力が高いだけでなく、老いても比較的容姿が劣化しにくい。

中でもエルフは絶大な人気を誇っており、毎年、伴侶《はんりょ》に迎えたい種族ナンバー一に輝いているほどだ。

「この依頼、引き受けましょう。遅くとも三日で戻る。それまでに、貴金属の換金を済ませといてくれ。宝石などをもらっても嬉しくないのでね。世の中、現金が一番安心だ」

「上層とはいえ、ソロで『モロド樹海』に挑んで三日で戻るなんて言い切れるのは、さすがですね。多少、人格面に問題はありますが、実力はしっかり評価しているわ。吉報を期待しているわよ」

「日頃は、三十層後半以降で活動しているからね。上層なら余裕。それにこれでも『モロド樹海』における最長滞在時間保持者だ」

私は、『モロド樹海』に滞在中、二回の大改変を経験したほど、長時間いたことがある。普通なら食料関係からそこまで長居はできないが、これも特別な属性と呼ばれる魔法があってこそできる芸当だ。

トランスポートを利用し五層までショートカットしたのだが、早速ギルドからひどい仕打ちを受けた。緊急の依頼であったため、当然トランスポートの利用料はギルド負担だと認識していた。だが!!　利用料として十万セルも取られた。世の中甘くはなかったよ。完全に、自腹を切らされた。

これで帰りも自腹だと思うと若干納得がいかない。

まあ、一人あたり「階層×二万セル」なのでマシな方だ。帰りは、救助対象の分も私の財布から出費させられるのだろうから、ひどい依頼だよね。

「さてさて、可愛《かわい》い私の子供たち。お仕事ですよ」

膨大《ぼうだい》な魔力消費と引き換えに、私の影から無数の白い蟲《むし》たちが溢《あふ》れ出してきた。大小様々な蟻《あり》、蜂《はち》、蜘蛛《くも》、百足《むかで》などの数万に及ぶ蟲たちが溢《あふ》れ出すその様子——普通の冒険者たちにとっては、おぞましい光景に見えるだろう。

今までの経験上、この光景を見た冒険者のほとんどは、尻込みするか逃げ出すかだ。皆、いい子で可愛《かわい》いのに、それを理解できる者が本当に少ないのは残念極まりない。

「悪いね、似顔絵が一枚しかないんだ。順番に確認し、覚えた者から順次出発してくれ」

ビツィィ（承知いたしましたお父様。我々は北西を捜索してまいります）

ギッギ（じゃあ、僕たちは東を担当する。行ってきまーす、お父様）

「皆気をつけるんだよ。喧嘩《けんか》を売られたら、いつも通りにね」

全身純白で目だけ深紅《しんく》、私と同じアルビノ体質になった蟲系モンスターたちが各方面に散っていった。この世界において、私しか扱う者がいない『蟲』の魔法。蟲たちを意のままに操《あやつ》るだけでなく、蟲たちの特性を己の身に付与できる極めて強力な魔法だ。

2　未帰還者探索（二）

一時は、大改変が終わったというのに、一向に帰ってこない冒険者に絶望したけど、レイア様のおかげで首の皮が繋がったわ。普通の冒険者パーティーなら気にかけることなどない。冒険者が迷宮で死ぬなんてよくあること。しかし、貴族のご令嬢のためにギルドが……主に私が、メンバー斡《あっ》旋《せん》したパーティーともなれば、話は別。

「よかったわね、マーガレット。レイア様が引き受けてくれて」

「ええ、むしり取られたけど、背に腹は代えられないわ」

同僚の言うとおりだ。今回の期限付きの依頼は、本当に『ネームレス』のギルド本部にいる人材で達成可能なのが、レイア様だけだった。

「こういうのもアレだけど……レイア様って少し……かなり……とても、変わっているわよね。マーガレットってギルドの中じゃ一番レイア様と親しいじゃない。どんな、縁があるの？」

「そんな顔をしても面白いネタはないわよ。義理の姉が、ここで受付嬢をしていたのよ。そのときに、義理の姉とレイア様の間で色々あったみたいで……その義理の姉を介して、お互いに名前と顔は知っている程度の関係よ」

しかし、義姉さんもなんで兄と結婚したのかな。兄のことを悪く言うつもりはないけど、至って平凡……悪くもなく、よくもない。正直言えば、義姉さんにその気があればレイア様を狙えていたでしょうに、もったいないわね。

「そうなんだ。マーガレットと深い仲じゃないと分かれば、狙う女性も多くなるわよ」

「すごく意味深な発言に聞こえるんですけど……まあ、いいんじゃない。誰がレイア様を狙っても。実際、レイア様って外側のスペックは凄《すご》いものね」

レイア・アーネスト・ヴォルドー――アルビノと呼ばれる特殊体質で、黙っていれば御伽話《おとぎばなし》に出てくる王子様とも言える容姿。十八歳にしてランクBの冒険者であり、今ではランクAに最も近い冒険者の一人と称されている人物だ。さらに、特別な属性の一つ『蟲』の魔法を使えるただ一人の存在。

二年前に、四大国の一つである『聖クライム教団』という宗教国家相手の戦争で、殿《しんがり》を見事に務め多数の味方を救った。その褒賞《ほうしょう》で一代貴族になった者だ。ゆえに生粋《きっすい》の貴族ではなく、本職が冒険者の貴族である。皇帝陛下から領地を賜《たまわ》ったとのことだが、人を雇って運営を回しているらしい。

改めて、ギルドが管理しているレイア様の情報を確認してみたけど、末恐ろしい。だから、ギルド総本山の幹部たちに目を付けられるんですよ。

「思いのほかアッサリしているわね。じゃあ、私がレイア様を狙ってみようかしらね。参考までにレイア様ってどこのご出身？　そこら辺の話題から攻めてみようかなと思っているんだけど」

「さも私がレイア様のご出身を知っているかのような口ぶり……そもそも、出身地を知っているなら、同郷のよしみとかでっち上げたりして、もう少し上手くやっていると思わない？」

「ギルドの中じゃ、一番上手くやっていると思うけど。にしても、今の発言から察すると、マーガレットでもレイア様のご出身を知らないんだ」

ギルドは、各方面の出身者がいるにもかかわらず、誰一人レイア様と同郷だと名乗る人がいない。アルビノ体質と目立つ容姿なので、近所にでも住んでいたなら、噂《うわさ》の一つや二つ立ちそうなものですけどね。そういった話題すらない。

本当にどこから湧《わ》いて出てきたのでしょうか。

「でも、レイア様のお名前から察するに……思いつかないわ。今更だけど、レイアというお名前は、どちらかと言えば女性に付けるもの。私の妹も、レイアと言いますしね。ちなみに、ご近所にレイア様はいなかったわよ」

「そうなのよね。名前からある程度出身地が分かることも多いんだけど……レイア様には該当《がいとう》しないのよ。あと、レイア様のお名前が女性みたいって、間違ってもからかわない方がいいわよ」

「そんな馬鹿なことしないわよ。誰も死にたくはないわ」

今だからそう言っているけど、レイア様が若かった頃は、お名前の件で色々と礼儀のなっていない冒険者たちが絡んで、のちに姿を消した事件が多くあると聞いたわ。

「念のためよ。さて、レイア様がお帰りになるまでにやれることはやっておきましょうか」

「そうね。アイハザード家への連絡はお願いね。私は、他の事務処理を片付けておいてあげるわ」

同僚が持っているポスター……どうやら、それを貼るのが事務処理らしい。ようやく新しいのが来たのね。先日、どっかの酔っ払いが破ってしまったギルドのランク認定表。

改めて思うけど、ザックリ感漂うランク表。

ランクE：街付近のモンスターや迷宮入口までのモンスターを一対一で倒せる実力。
ランクD：迷宮の上層（一～十層）のモンスターを一対一で倒せる実力。
ランクC：迷宮の中層（十一～二十層）のモンスターを一対一で倒せる実力。
～才能の壁～
ランクB：迷宮の下層（二十一層以降）のモンスターを一対一で倒せる実力。
～人としての壁～
ランクA：ソロで迷宮最下層まで到達できる実力。

迷宮のモンスターが単体でいることなど少ない。それに加え、迷宮なんてソロで行く場所ではなくて、基本複数人で行く場所だ。それなのにソロ前提のランク表とか、コレを考えた人は何を考えているのか、さっぱり理解できないわ。本来であれば、パーティーで実力を示す指標の方が必要だと思うけど、パーティーメンバーが可変することも多く、パーティーランク制度については未だギルド内部でも賛否両論らしい。でも、もう少しなんとかできないものかしらね。

3　未帰還者探索（三）

『モロド樹海』の九層で私――ミーティシア・レイセン・アイハザードのパーティーは、トランスポートのある十層への入口を探し回っていた。

食料は、昨日の朝食が最後だった。しかも、乾燥した野菜の切れ端だけというひもじいものだったが、今思えばもっと味わっておくべきだったと思ってしまう。それだけに留まらず、メンバーの皆さんも疲労困憊《こんぱい》なのが分かる。私は、他の皆さんと違い本職の冒険者ではないが、この状況……あと二日もてばいい方かもしれない。

「ウーノの意識は、戻らないか」

近くを偵察していた、パーティーリーダーのアーノルドさんが戻ってきた。

「はい。やはり、無理をさせすぎたようです」

迷宮での水の確保は困難で、これまでウーノの『水』の魔法で何とか空腹感などを誤魔化《ごまか》して耐え凌《しの》いでいた。だが、度重なる戦闘で魔法を使わざるをえない状況が多く、ついに限界を迎え、ウーノが昏睡《こんすい》状態になってしまった。

自然回復を待つのも手だが、満足な食事や休息が取れない状況では、回復するものも回復できない。とはいえ、この状況で不謹慎《ふきんしん》かもしれないが、こうしてウーノを介抱していると昔を思い出す。ウーノが風邪《かぜ》を引いているときに部屋を訪れたことがあったのだ。あとで、お父様にばれて怒られてしまったが……

アーノルドさんもウーノのことを気に掛けてくれる。でも、この状況下ではウーノの意識の回復は難しい。今も戦闘の疲れを癒すために休息を取っているが、このわずかな時間でウーノの状態が変わるとは思いにくい。

しかし、早急に次の階層――十層への入口を探すのも難しくなってきた。皆さんのコンディションがよくない状態で戦闘に陥《おちい》れば、命の危険がある。

「それで、十層への入口の場所は変わっておりましたか」

「ああ、大改変があったからな。パーティーメンバーが離散しなかっただけでも運がよかった。さて、どうするかな――」

横になっているウーノを気にかけつつ、アーノルドさんと今後の方針をつめた。アーノルドさんは、腕が立つランクCの冒険者で『モロド樹海』の経験もあり、非常に頼りになる。素人であるこの私の意見も聞きつつ、皆が生き残る可能性を模索してくれていた。

ザザ――と、横の茂《しげ》みから物音がしたのでモンスターかと思い警戒したが、猫耳亜人のタルトさんだった。同性で年齢も近いというのに、何年も前からサポーターとして働いているあたり、本当に尊敬する。

実は、このパーティーで教えてもらうまで、サポーターがどういった立ち位置の人なのか知らなかった。なのでこの間、タルトさんに聞いたら、嬉しそうに教えてくれた。なんでも、迷宮での生命線である食料準備から野営準備など、迷宮での生活面を全面的に手伝い、狩りの際は周囲の警戒といった縁の下の力持ちになる存在だそうだ。

確かに、タルトさんは亜人なので普通の人と比べて身体能力が優《すぐ》れているが、それでもたった一人で他の人の数倍の荷物を平然と運んでいたのには驚いた。

きっとタルトさんは、今回のような事態も何度か経験されたことがあるのだろう。

「おかえりなさい、タルトさん」

「ただいま、ミーティシアさん。食べられそうなキノコや山菜は、いくつか見つけたけど……どれも近くにモンスターが陣取っている。あれを手に入れるための労力を考えたら割に合わない。隙《すき》を見て奪おうかと考えたけど、この状況で危ない橋は渡れないのでやめたわ」

アーノルドさんが残念そうに首を横に振った。

「八方塞《ふさ》がりだな。もう少し時間が経てば、他の冒険者も稼ぎに来るだろうが、俺たちがもたないな。せめて、ザイールとミレアが生きていればな」

ザイールさんとミレアさん……二人ともランクDの冒険者でいい人たちだった。ミレアさんは、弓の使い方を教えてくれたり、女性が迷宮で気をつけるべきことなど色々と教えてくれた。でも、二人とも上の階層で亡くなってしまった。

こんな事態になるなら、宝箱になんて気がつかなければよかった。あのときは、何もかも順調で、宝箱からいいものが出るんじゃないかと期待してしまった。宝箱には、トランスポートと同じく強制移動させるものがあるとは聞いていたが、初めての宝箱がそのような罠《わな》でなくても、と思わずにはいられない。

「すみません。私が宝箱を開けたいと言ったばかりに」

「ミーティシアさんが気にすることじゃないよ。だって、皆で話し合って決めたことだしね」

「タルトの言う通りだ。むしろ、パーティーリーダーであるこの俺に全責任がある」

宝箱に仕掛けられていた罠《わな》で、モンスターハウスへ強制移動させられてしまった。

モンスターハウス――アーノルドさんが言うには、モンスターの巣窟《そうくつ》で、現階層に出現するモンスターがすし詰め状態にされている場所のことらしい。そんな場所に突然放りこまれ、命からがら逃げて今に至る。

脱出の際、殿《しんがり》をザイールさんとミレアさんが務めてくれなければ、全滅したかもしれない。逃げるためとはいえ、仲間を見捨て、荷物を破棄したのがいけなかったのだろうか。いや、あの状況では選択肢などなかった。

「………私たちは、このまま未帰還者として死を待つだけなのでしょうか」

食料なし、現在地不明、パーティーメンバーは疲労困憊《こんぱい》、装備品は手入れが間に合わずボロボロ。明るい未来が考えられない。状況を再認識する度に不安が募っていく。こんなことなら、『火』の魔法だけでなく『水』の魔法も鍛《きた》えておくべきだったと後悔してしまう。

「正直に言えば、生きるか死ぬかは半々だと思っている。そもそも、本気で詰みの状況なら俺……言っちゃ悪いけど、女性相手に紳士《しんし》でいられないぜ」

アーノルドさんの目つきが、一瞬だが女性を物として見るような嫌な目つきに変わったのが分かった。あの目は、社交界で男性が私に向ける目と同じだ。

しかし、私とて理解がないわけではない。事前にギルドから受けた注意事項にそういった記述もあったし、ミレアさんも言っていた。危機的状況で死ぬことが不可避の場合に、暴行事件が多く発生すると……

今の今まで信頼していたアーノルドさんを、軽蔑《けいべつ》の目で見てしまった。

「アーノルドさんが発言した内容は、女である私でも理解できます。では、なぜ紳士《しんし》でいるんでしょうか？」

「そりゃ簡単さ……説明してやれ、タルト」

内容がアレなだけに、同じ女性であるタルトさんに発言をお願いしたのだろうか。その行動だけで、十分紳士《しんし》的であることが分かる。

「いいけど、ちゃんと周りを警戒しておいてよ。まだ、モンスターがたくさんいるんだから」

「死にたくないからな、承知している」

万全な状態のアーノルドさんは、この階層のモンスター程度なら難なく立ち回れるらしい。タルトさんが言うには、一対三でも立ち回れるとか。ランクCの冒険者の凄《すご》さが改めて分かった。

「端的に言えば、ミーティシアさんを救出に来る人を待っているんですよ。貴族であり、エルフとのクオーターである貴方《あなた》を、ご実家やギルドが簡単に見捨てるとは思えません。今回の依頼は、ギルド経由でメンバーも斡旋《あっせん》しています。それで貴族のご令嬢である貴方《あなた》を死なせたとなっては、ギルドも責任を取らされるでしょう」

「大改変後の迷宮ですよね。今回初めて迷宮を経験いたしましたが……上層とはいえ、私たちが未帰還者と判明してから、この短期間で救助部隊が送られると？」

「確証はありませんがね。ですが、仮に救出が来たときに貴方《あなた》が見るも無残な状態であったなら、間違いなく我々の首は物理的に泣き別れします。ゆえに、貴方《あなた》には五体満足で生きていてもらわねば困るんです。結構な額の報酬《ほうしゅう》もありますしね」

自分の立場を改めて理解した。そしてこの人たちは、その可能性を信じているのだ。

ブーン。

虫の羽音がしたので見てみれば、一匹の白い蜂が遠くからこちらを見ていた。見たことがないモンスター……

「アーノルドさん、今向こうに大きな白い蜂が……あれ、もういない」

「なんだ、空腹のあまりに幻覚でも見えはじめたか？」

「違いますよ‼」

「ミーティシアさん、この階層に出てくるモンスターに蟲系はいませんよ」

タルトさんの言う通りだ。迷宮に来る前に学んだことを思い出してみると——

迷宮は、階層ごとで出現するモンスターが固定されている。そのため、冒険者は目的の階層に適した装備で挑む。一層では一種類、二層では二種類と、階層と同じだけの種類のモンスターが出現する。下層に行くほど出現するモンスターが増えて、強くなる。だから冒険者は、下層に進むほど、あらゆる状況に対応できる実力が求められる。ただし、外部からモンスターを持ち込んで繁殖させれば、その限りではないだろう。しかし、自分たちの危険を増やそうとする者は誰もいないし、そもそも繁殖する前に淘汰《とうた》されるはず、と書かれていた。

「でも、確かに……いえ、やはり見間違いだったかもしれません」

ササササ。

再び音がし、危険を察知したアーノルドさんとタルトさんが急に伏せた。私も同じように体勢を低くして、二人が見ている方角を確認した。

あれは……ゴウグリズリー‼

この九層における冒険者死亡率ナンバー一を誇る、体長二メートルを上回る巨体のクマ。二人ともアレには会いたくないと言っていたモンスターだ。

獰猛《どうもう》で肉食、分厚い皮膚《ひふ》、加えて剛毛で刃物が通りにくい。おまけに人を餌《えさ》としか思っていないため、狙われたら最後、殺すか殺されるかしか選択肢はないと言っていた。

「まずい、並のモンスターなら今のコンディションでもなんとかなりそうだったが、ゴウグリズリーが出てくるとは。幸い、まだ見つかっていな……」

しかし、アーノルドさんの言葉が途切れたと思ったら、ゴウグリズリーがこちらを見つめていた。まるで、誰から食べようかと考えているような目をしている。

アーノルドさんの視線が、昏睡《こんすい》状態にあるウーノに向けられた。その瞬間、何を考えているか察することができた。生き残るためには最善の一手。少し前に話したことが真実ならば、私自身に対しては決して実行されることがない方法だ。

アーノルドさんもタルトさんも、従者であるウーノが私のために役に立てるのなら本望であろうと考えている。だけど、そんなことできるはずもない。

「ウーノを置いて逃げるなど許しません。彼女がどれだけ、私たちのために尽くしたと思っているのです‼」

『水』の魔法が使えるウーノは、間違いなくパーティーの生命線として多大に貢献《こうけん》した。治療《ちりょう》しかり、水の補給しかり……だけど、そんな悠長《ゆうちょう》なことを言っていられないのも分かっている。不要な戦闘は可能な限り避けて、体力を温存するのが現状の急務なのも理解している。

だけど……だけど!!

「ミーティシアさん。冷たいようだけど、私たちが生き延びるためにはこの手が最善なのよ。ゴウグリズリーは、群れないけどランクD最強のモンスターと言われているわ。そんなモンスターと戦闘をしてアーノルドさんが再起不能になったら、それこそ帰還が絶望的になるのよ。お願いだから……」

タルトさんの言っていることは正しい。でもウーノとは、主従関係ではあるが長年一緒だった。私にとっては姉妹も同然。見捨てて逃げることは、命が懸かっている現状においてもできない。

そのとき、ウーノの目が開いた。

「ミ、ミーティシア様……私を置いていってください。私は、もう一歩も動けません。ですが、最後にお役に立てて嬉しいです」

意識を取り戻したウーノが、今にも死に絶えそうな声で呟《つぶや》いた。喋《しゃべ》る体力すらほとんど残されておらず、私を決断させるために最後の力を振り絞《しぼ》ったのだと理解できる。でも、どれだけ長い間一緒にいたと思っているの。

「貴方《あなた》を置いていけるはずないでしょう!!」

「アーノルドさん……お願いです。ミーティシア様を連れていってください」

これから死ぬかもしれないのに、なぜ穏《おだ》やかな顔をしているのか分からない。もっと一緒にいて欲しい。迷宮から帰って、一緒にお祝いをするって約束したじゃない。こんなときまで従者の役割なんてしないでもいいのよ、と叫《さけ》びたかった。

「分かった。必ず、生き延びてみせよう。君のような従者がいたことを俺は忘れない。俺が先行する。タルトは残りの荷物を破棄していい……ミーティシアを担《かつ》いででも連れていくぞ」

アーノルドさんの指示で、タルトさんに担《かつ》ぎ上げられた。無論、ウーノを置いていくことを是《ぜ》としない私が暴れると考えたのだろう。抵抗しようにも、純粋な亜人であるタルトさんの方が圧倒的に身体能力が優《すぐ》れており、私はウーノが遠ざかっていくのを見ていることしかできなかった。

『火』の魔法を使えば、ゴウグリズリーでも倒せる可能性はある。だけど、私に残されている魔力も多くない。ここで魔力が尽きてウーノの二の舞になれば目も当てられない。

遠ざかる中、ゴウグリズリーがウーノに向かって腕を振り下ろすのが見えた。ウーノの腕が吹き飛び、血が飛び散る――


それから数分、タルトさんに担《かつ》がれて迷宮を駆け回り、開けた場所にたどり着いた。二人の足が止まり、タルトさんに下ろされたので、十層への入口かと思ったが……迷宮の理不尽を理解した。

ああ、今日が私の命日になるのですね。ウーノ……ごめんなさい。貴方《あなた》が身を挺《てい》して助けてくれた命を守れないかもしれません。

「冗談《じょうだん》じゃねーぞ。なんで、モンスターハウスにたどり着くんだよ!!」

さすがのアーノルドさんも本気で怒っている。

八層に引き続き、九層でもモンスターハウスを引き当ててしまい、本当に運がない。引き返して逃げたいけれど、既にモンスターたちに気づかれており、体力的な問題からも逃げ切れるとは到底思えない。

誰かを殿《しんがり》にするにしても、アーノルドさんしか候補がいない。今、アーノルドさんを失って無事に十層までたどり着けるかと言えば、私にはできない。タルトさんは元からサポーターとして雇われており、戦闘面での期待値は低いと聞いている。この数えるのも億劫《おっくう》になるモンスターたち相手に長時間耐えられる気がしない。

「あちゃー、こりゃ覚悟を決めないとまずいね。ミーティシアさん、一人で生き残れる自信はありますか？」

「あったら、ウーノを助けるために力ずくでゴウグリズリーを倒しましたよ」

「そりゃそうだ。さて、死ぬのは確定かもしれないが……冒険者らしく一匹でも多く道連れにしてやるか。ミーティシア、『火』の魔法をあと何回使える？」

「良くて二回……いえ、振り絞《しぼ》れば三回です」

三回使えば、魔力が枯渇《こかつ》してウーノ同様に一歩も動けなくなると思う。でも、使うしかない。さもないと、間違いなくモンスターに食べられる未来が待っている。

「上等。なるべく広範囲な魔法で雑魚《ざこ》どもを蹴散らせ。ゴウグリズリーは俺が引き受ける。タルトも、悪いが戦闘に参加してもらうぞ。ミーティシアの魔法を掻い潜《くぐ》ったやつを相手にしてくれ」

「りょうか……？　何この音？」

タルトさんの耳がぴくぴくと動いた。私の耳には、何も聞こえないが、聴覚の優《すぐ》れたタルトさんには、何かが聞こえているのだろう。モンスターも何かを察したらしく、足を止めている。

集中してみると、私の耳にも音が聞こえた。

このモンスターハウスを目指して一直線に進んでくる、無数の蟲たちの羽音や何かの足音が。振り返り後方を確認してみれば、白い波のようなものが押し寄せてくる。

何あれ？

「音がどうした!!　今はそれどころじゃないだろう。さっさと、魔法を使え死にた……い……のか……」

アーノルドさんもタルトさんも、背後から迫ってくる白い波を見て唖然《あぜん》としている。木々を呑《の》み込むようにして接近してくる白い波には、深紅《しんく》の赤い点が無数にあるが、何なのだろうか。

この迷宮に来て初めて見た現象だった。

ドドドドド――

今度は、モンスターハウスにいたモンスターたちが、脱兎《だっと》のごとく逃げはじめた。一体何が起こっているか理解できない。

「し、白い蟲……何あれ。この階層にいるモンスターじゃないよ。アーノルドさん、あれは何？」

タルトさんに続き、私も確認できた。エルフの血が混ざっているおかげで、人よりは視力がよく、何が迫ってきているか視認できたのだ。迫りくる無数の蟲を見て、生理的嫌悪感から思わず『火』の魔法を撃とうと詠唱を始めた。

しかし、アーノルドさんが強引に私の口を塞《ふさ》ぎ、詠唱を止めた。

「いいか、何があろうともあの蟲たちに手出しはするな!! 下手こけば巻き添えで死ぬぞ!! たとえ服の中を這《は》いずり回ったとしても一歩も動くな。大人しくしていれば生き残れる!!」

「わ、分かった」

アーノルドさんが、まるでもう助かったと言わんばかりにはしゃいでいる。迫りくる白い蟲系モンスターを相手に、何を期待しているのだろう。あの数相手ならば、今逃げているモンスターたちについて行った方がまだ勝算がある気がする。

地面からは、蟻、百足、蜘蛛、蝗《いなご》などの蟲たちが、空からは、蜂、蛾《が》、蚊《か》などの様々な蟲たちが無数に私たちの横を通り過ぎていった。その中には、図鑑に載っていた蟲系モンスター——しかも、下層に生息する高ランクモンスターの姿も多数あった。

蟲たちはモンスターたちに襲いかかった。モンスターたちが逃げていった方角からは、断末魔の悲鳴が絶え間なく聞こえてくる。思わず耳をふさぎたくなる。

あれだけいたはずのモンスターが、蟲系モンスターの数の暴力によって、あっという間に骨も残らないほどになってしまった。

ギィギィー（こんなことなら、調味料だけでも持ってくるんでした……あっ、お父様が今来るので、そこでしばらく待っていてね）

足下の蟲がこちらに向かって何か言ったのだろうか……。私たちを囲むようにして待機していた蟲たちが距離を取った。

蟲たちが現れた方向から、一人の男性がまるで街中《まちなか》を歩くかのごとく近づいてきた。上層とはいえ、まるでお昼でも食べに行くかのような身軽なスタイルに思えた。

ただ一つ言えるのは、この場にいる蟲たち同様に色素が抜け落ちて、目が深紅《しんく》であったということだ。アルビノ体質のようだ。

「失礼、そこのお嬢さんがミーティシア・レイセン・アイハザードで正しいかね？」

喋《しゃべ》ろうと思ったが、緊張の糸が解けて呂律《ろれつ》が回らず、頭を上下に振った。

「それはよかった。いやー、探しましたよ。八層で冒険者の遺留品を見つけたときは、既に死んでいると思いましたが、生きていてくれて本当によかった」

話を聞く限り、このアルビノの青年が、アーノルドさんの言っていた救出部隊の人だと思って間違いないだろう。私と同年代くらいか。アーノルドさんと比べて若い。

「危ないところを助けていただき、ありがとうございます」

「いえいえ、仕事ですからお気にせずに。おっと、貴族のご令嬢相手に蟲たちを出したままでは失礼でしたね。戻っておいで」

その瞬間、蟲たちがアルビノの青年目掛けて突っ込んでいった。先ほどモンスターたちを捕食したときと同じ勢いだ。しかし目を凝《こ》らせば、蟲たちが影に吸い込まれているのが分かる。

「ランクBの冒険者レイア・アーネスト・ヴォルドー……『蟲』の魔法の使い手。噂《うわさ》には聞いていたが、これがランクBの実力」

ランクB……今呟《つぶや》いたアーノルドさんがランクCなので一つしか変わらないのに、ここまで違うものなのか。たった一人で、ランクDのモンスターの巣窟《そうくつ》を一瞬で制圧している。

「一つ確認しておかないといけなかったんだ……ミーティシア嬢」

「は、はい。なんでしょう」

「貴方《あなた》は、まだ清い身体でおりますかな？　答えにくいかもしれませんが、本当のことを言っていただいてかまいませんよ。万が一、彼に脅《おど》されて本音が言えなくても、気にしないでかまいません。彼が何をしようと、私の方が先に彼を処理できますのでご安心を」

救助に来てくれたレイアという冒険者の質問が、何を意図しているか理解できた。この私がアーノルドさんに暴行されていたとなれば、アーノルドさんを始末すると言っているのだ。

「だ、大丈夫です。アーノルドさんは、紳士《しんし》でした!!」

レイアという冒険者が、アーノルドさんと私の顔を相互に見る。虚偽かどうか確認しているようだ……顔色一つからそこまで読み取れるものなのか？

「ふむ、アーノルド君。今時、珍しいほどの紳士《しんし》ぶりです。いやー、よかった。ミーティシア嬢に万が一のことがあれば……加害者には、生きてきたことを後悔させていいと言われたものでね」

今まで命懸けで頑張《がんば》ってきた仲間を悪く言うつもりはないけど、自暴自棄になって私を襲わなくてよかったと心の底からアーノルドさんが思っているのが、手に取るように分かった。

◇　◇　◇

救出対象者が九層にいるなら、下から上ったほうが早かったなと思ってしまうね。まあ、生きて見つけられたから、結果オーライだ。

「あ、あのレイアさん。私たちが今まで生き残るために、従者であるウーノが尊《とうと》い犠牲《ぎせい》になってしまいました。せめて、遺留品だけでも回収したいのですが、お手伝いをお願いできませんか」

ミーティシアが何を言っているか、理解に苦しむ。

このような事態に陥《おちい》ったにもかかわらず、死んだ者の遺留品を探したいだと!? 『何言ってんだこいつ』と声をあげて文句を言いたかったが、紳士《しんし》である私は、処世術も心得ているので嫌な顔を表に出さない。

「ここは危険ですので、一刻も早く迷宮の外に出ましょう。既に、十層への入口は把握《はあく》しております。あなたの帰還を今か今かと待っている人がいることをお忘れなく」

「確かに、危険です。しかし、貴方《あなた》ほどの実力者であれば、何が起ころうとも……」

確かに、上層ならばどのような不測の事態でも、私は対応可能だ。だが、ミーティシアは大事なことを忘れている。私が冒険者であることを。無償で働くような徳の高い人物では決してない。

チッ。

高ランクの冒険者をタダ働きさせようという見え透《す》いた魂胆《こんたん》に嫌気がさしてしまい、思わず舌打ちをしてしまった。私の影から無数の赤い光が見えはじめた。無論、蟲たちの目である。

その様子を見て、亜人であるタルトというサポーターがいち早く危険を察した。勘《かん》は悪くないようだな。やはり、亜人は優《すぐ》れているね。

「ミーティシアさん!!　だ、駄目ですよ。ほら、レイアさんも冒険者ですから無償というわけにはいきませんよ。まずは迷宮の外に出て、それからギルドを通じて未帰還者探索の依頼を出しましょうね!!　そうしましょう。はい、決定!!」

「なら、お金は払います。ですから、ウーノの遺留品探しを一緒にお願いできませんか」

美女の真摯《しんし》な眼差《まなざ》しとは凶悪な武器だな。ギルド嬢といい、なぜ女はこんなにもえげつないものを備えつけているんだろうね。まあ、金をくれるというし。

「ランクBの冒険者を雇うのは高いぞ」

「これでも、貴族です。お金は必ず工面いたします」

こういう手合いは、必ず支払うだろうが、いつになるか分からないタイプで間違いないだろう。無論、アイハザード家がそれなりに金持ちなのは分かる。しかし、それは当主である親の財産で、ミーティシア自身の金ではないことは間違いない。お小遣いという名目で貯蓄《ちょちく》もあるだろうが、この私を雇うに足りるだけの金を持っているかどうかは、疑問だ。

「悪いが、即金でいただこう。ミーティシア嬢が踏み倒すとは思っていないが、いつ金が手元に来るか分からないのは依頼とは言えない」

「分かりました。手持ちの現金はありませんが、身につけている宝石をお譲りいたします。質に入れれば、安くとも百万セルはするでしょう」

貴金属は好きではないのだが、安くても百万セルというのは悪くないな。なんせこの依頼は、受けた瞬間に達成できるのだから、ボロ儲《もう》けだ。ミーティシアの身につけていたペンダントと指輪をいただいた。

「貴金属の類《たぐい》は好きではないのですが……サービスしておきましょう。ちなみにミーティシア嬢は、ご自身の探索依頼にいくらの報酬《ほうしゅう》が掛けられているかご存知ですか？」

「いいえ。未帰還者の探索報酬《ほうしゅう》は百万前後と聞いておりますので、おそらくそれくらいかと」

「随分とご自身を過小評価されていますね。まあ、結構な条件を付けられましたが、貴方《あなた》に掛けられた探索報酬《ほうしゅう》は、三千五百万セルに加えて、ギルドから追加で一千万セル……合計四千五百万セルですよ」

ブゥーーーー!!

アーノルドとタルトが、金額を聞いて噴き出した。

汚いな……噴き出すのも無理ないと思うけどね。マーガレット嬢の話では、アーノルドたちが受け取る予定金額は、危険手当込みでパーティー全体で日当百万セル。ミーティシアと従者を除く四人で分配していたから、一人あたりの日当は平均して二十五万セルである。それと比べれば、たった数日の依頼で四千五百万セルを稼ぐとか、アーノルドたちにとっては夢のような話である。

「こ、これが格差社会」

「レ、レイアさん。サポーターとか必要じゃありませんか。馬車馬のように働きますよ」

「残念だが、間に合っている。で、ミーティシア嬢が言っているウーノという女性は、これのことかね？」

私の影から大きな蛞蝓《なめくじ》――蛆蛞蝓《うじなめくじ》ちゃんが現れて、口からゲロっと全裸の女性を吐《は》き出した。五体満足の姿で。別に私が脱がせたわけじゃないのだが、全裸の女性を隠し持っていたと思われないことを願おう。

「ウ、ウーノ!? なんで裸!? 腕も確かにゴアグリズリーに……」

「来る途中、ゴアグリズリーに咀嚼《そしゃく》されていたのを見つけたから回収しておいた。本当ならば、蟲たちのデザートにする予定だったのだが……喜べ、まだ生きているぞ。おまけに腕は、こちらで治《ち》療《りょう》しておいたがまずかったか？」

もっとも、治癒薬《ちゆやく》や『水』の治《ち》癒《ゆ》魔法なんて生易しい手段ではない。『蟲』の魔法での治《ち》癒《ゆ》だ。ミーティシアが涙を流して私に感謝を告げてきた。そして、ウーノを強く抱きしめて喜んでいる。気持ちは分からんでもないが、もっと壊れものを扱うようにした方がいいと内心思った。まだ、治しきってないからさ。

ボロリと、ウーノの腕が床に落ちた。そして、腕の接続部からは白い蛆のようなものがボロボロと落ちた。ミーティシアは一瞬、何が起こったのか理解できなかったようだ。

「キャーーーー!!」

乙女《おとめ》の悲鳴が迷宮に木霊《こだま》した。

「お、お嬢さ……ゴヴォ」

「ああ、しばらく安静にしていないと腕がすぐ取れるぞ、と言っても遅かったね。せっかく、善意で治癒《ちゆ》能力にたけた蛆蛞蝓ちゃんが治してくれたんだ。それと、『水』の魔法で治《ち》癒《ゆ》するなり、治《ち》癒薬《ゆやく》を使うなら早くした方がいいぞ。見つけたときですら、半生半死だったんだ。治療《ちりょう》なしでは長くはもたん」

「ひでえ」

アーノルドから、信じられないような言葉が飛び出した。無謀と勇敢を履き違えているとしか思えない。発言をする前に、その言葉がどのようなことを意味するか、よく考えて欲しい。

「迷宮で死にかけていた少女を救い、あまつさえ治療《ちりょう》まで施し、生きて愛《いと》しの主君と再会までさせたのだ。それがひどいだと？　そもそも、この状況を引き起こしたのはお前らだろう。責任転換も甚《はなは》だしいぞ‼」

私の苛立《いらだ》ちを感じ取り、千年百足が私の影から飛び出した。他にも、ジェノサイドキメラアント、アイアンキラービーが数百匹姿を現した。どの蟲も『モロド樹海』の下層に生息している蟲系モンスターだ。ランクCの男では生涯拝めるか分からないほどのモンスターたちだ。

ちょっとこちらが甘い顔をすればつけあがる。依頼の救出対象であるミーティシアが言うから多少は寛容であったが、救出対象ですらなく、このような状況を作り出した本人が言っていいセリフではない。そんなに死にたいのだろうか？

「も、申し訳ありません。全て、パーティーリーダーの俺の責任です」

「忘れるな。ミーティシア嬢の救出は依頼されている。だが、他のメンバーについては、依頼すらされていない。次は、止めぬぞ」

真っ青な顔をしたアーノルドが、土下座して地面に額をこすりつける。額に血が滲《にじ》むほど謝罪したので許した。謝罪がなかった場合には、残念ながら蟲たちに美味《おい》しく召し上がられていただろう。

「おい、サポーター。早く、ウーノとやらを治療《ちりょう》してやれ。治癒薬《ちゆやく》くらい余っているだろう？」

「ご、ごめんなさい。ここに来るまでに全部使い切っちゃって。それに、腕一本を治せるほどの治《ち》癒薬《ゆやく》はさすがに用意してないです」

確かに、腕一本治すほどの治癒薬《ちゆやく》ともなれば、軽く一千万セルはするだろうね。

「では、ミーティシア嬢、早く治癒《ちゆ》を行《おこな》ってください。今から急いで行《おこな》ったとしても、十層のトランスポートまでは二時間近くかかります。それまで彼女がもつとは思えませんが」

「私は……『水』の魔法を使えないんです。攻撃魔法しか覚えてなくて」

「そうですか。でしたら、従者が死ぬまでここで待ちましょう。せめて最期くらいは、主と一緒にいたいだろうからね。さあ、心残りがないように言葉を交わしなさい」

ミーティシアがウーノに「あなたのおかげで無事に外に出られます」と伝えられるだろう。これで従者も報《むく》われるというものだ。本当にいいことをした後は気分がいい。さて、遠慮なく最期の別れを告げるといい。

きっと、この話をすれば『レイア様が紳士《しんし》すぎる』とギルド本部で話題になること間違いなしだ。

それなのに――

「えっ⁉」

私の発言に本気で不思議そうな顔をしているミーティシアがいる。例えるなら、ハトが豆鉄砲を食らったような顔だ。何が言いたいかさっぱり理解できない。一分一秒を大事にしなければいけないこのときを、そんな顔をして無駄にするのはどうかと思う。

「「……」」

外野二人が無言を貫く。二人とも何か言いたそうだが……何が私の地雷を踏み抜くか分からないので無言を貫いているようだ。当然と言えば、当然である。この場において発言権があるのは、ミーティシアと私のみである。

「ウーノを助けてください。お願いします」

恥も外聞もない……容姿端麗《たんれい》なエルフとのクオーターであるミーティシアが涙を流して懇願《こんがん》した。綺麗《きれい》な顔がぼろぼろである。ここで『なんでもします』なんて言ったら、本当に尾ひれがついて面白い展開なのだがね。

「治癒《ちゆ》魔法は、不得意でね。『蟲』の魔法による治療《ちりょう》になるよ」

「か、かまいません。ウーノが生きていてくれるなら」

本人の了承もなしに私の『蟲』による治療《ちりょう》を望むとは……存外鬼畜《きちく》だな。まあ、人体に有害な副作用とかはないからいいんだけどさ。後から本人が聞いて発狂でもしなければいいが、そこまでは責任を取りきれないぞ。

「一千万セル払える？」

「さ、先ほどお支払した貴金属以外に、今すぐ私に払えるものはありません。でも、迷宮の外に出た際に必ずお支払いいたします。ですから、お願いいたします」

いつでもニコニコ現金払いが信条の私である。しかし、死にかけの少女を腕に抱く容姿端麗《たんれい》の女性が、涙を流して懇願《こんがん》してくるその様子……これではまるで、私が悪役みたいではないか。

おかしい。遺留品どころか、生きたまま従者と再会させてあげて、最期の別れを言う機会まで与えたというのに、どういうことだ。まるで理解できない。迷宮では何が起こるか分からないというが、今まさに何が起こっているか理解できない。

ランクAに最も近い冒険者の一人である私が、上層において不測な事態により混乱させられている。さすがは、神が作ったと言われる迷宮である。侮《あなど》れない。

「はあ〜、仕方がない。助けましょう。男性に生まれなかったことを感謝するんだね。涙は女の武器か、本当に厄介《やっかい》だ……あと、お金は迷宮を出たら、ご両親にすぐに依頼してくださいよ」

「ありがとうございます。ありがとうございます」

再び蛆蛞蝓ちゃんを呼び出し、ウーノを呑《の》み込ませた。どこからどう見ても捕食されているように見えるが、治療《ちりょう》の一環だ。蛆蛞蝓ちゃんは、そのまま影の中に潜り込んだ。

蛆蛞蝓ちゃんの体内に取り込んでの収納だとはいえ、影の中に異物が混ざると少なからず気分が悪くなるから嫌いなのだがね。蛆蛞蝓ちゃんを外に出してもいいが、目立たせたくない。

これも金のためだから我慢しよう。

ぐ〜。ミーティシアたちの腹が鳴った。

出口に向かい歩き出すこと、三十分。道中のモンスターたちはことごとく私の蟲たちの餌食《えじき》になり、安全で快適な旅である。

「なんだ、腹をすかしていたのか。水も食料もあるが食べるかね？」

「昨日からほとんど何も食べてなくて。ウーノの治療《ちりょう》に加えて、本当にありがとうございます」

「ありがとう。もうおなかペコペコで、歩くのも辛《つら》かったんです」

「あっ、お、俺は大丈夫です。あと二時間くらい余裕です」

アーノルドだけが察した。仮にも私のことを知っていたのだ。その私が食事と言ったことで、何が出てくるか分かったのだろう。

「水、炭酸水、レモン水なんでもある。さすがにアルコール系は、持ち合わせていないがな。あと、食い物はタンパク質が豊富なものがたくさんあるぞ」

その瞬間、私の影から奇怪な蟲が飛び出してきた。品種改良を繰り返して生み出すことに成功した、美味《おい》しく食べることができる蟲たちだ。地球には、腹に蜜《みつ》を溜《た》める蟻が存在していた。地球の蟻にできて、この世界の蟻にできないことはない。ということで、試行錯誤の上で作り上げた蟲たちだ。しかも一匹あたり一リットル以上も貯水できる。大気中の水分を集める能力を保有しているのだ。

「安心しろ。モンスターは毒素を含んでいて食べられないのがほとんどだが、蟲系は数少ない例外にあたる。品種改良も行《おこな》っているし、ちゃんと『水』の魔法が使える者にも調べてもらって、食料として問題ないと太鼓判をもらっている」

むしろ、モンスターが持っている魔力を吸収できるという嬉しい効能もあり、魔力回復が捗《はかど》る。

これほど優《すぐ》れた蟲だというのに評判がいまいちなのは理解できない。

「わ、私、急に喉《のど》が潤《うるお》ってきましたので、タルトさん、どうぞ」

「私もあと二時間くらい余裕です。さあ、頑張《がんば》って外に行きましょう」

「そうか、少ないながら魔力回復もできる一粒で二度美味《おい》しい飲料水なんだが。じゃあ、飯でも食べるかね？　食べやすいようにチャーハン味やカレー味の物を用意しているぞ。無論、追加の効能として若干だが治癒薬《ちゆやく》と同じ効果が得られるが……」

タルトとミーティシアが、私の足元にいる大型の蝗《いなご》を見た。おなかが膨《ふく》れており……それを見ただけでこの後の展開が読めるようになったあたり、冒険者として一歩成長したことが窺《うかが》える。

「「大丈夫です!!」」

この万人に受けない蟲たちこそ、私が『モロド樹海』における滞在時間の秘密である。食料に困ることがない。しかも腐《くさ》らないというか、いつでも鮮度抜群《ばつぐん》、素晴らしい効能。昔、これを商売にして儲《もう》けようと思ったが、軌道《きどう》に乗る以前に計画が破綻《はたん》した。

過去にギルドの依頼で従軍した際に絶大な不評をかったので、市販をするのをやめたのだ。


そして、十層のトランスポートより無事に帰還が果たされた。

「ミーティシア嬢分は、依頼料で賄《まかな》えるからいいが、お前らはギルド本部経由で私に金を届けさせろ」

トランスポートの使用料金までモンスターから逃げる際になくしてしまい、無一文だったこいつらの分を私が立て替えてあげた。代金を踏み倒す気はないだろうが、一応警告しておく。

「間違いなく、確実に代金を届けます。むしろ、今すぐ持ってきてギルド本部で確実にお渡しいたします!!」

「右に同じく!!」

アーノルドとタルトが全力で首を縦に振った。

ミーティシアを含め、三人とも涙を流すほど感動しているのはいいが、さっさとギルド本部に報告したい。そして、早く私の影の中にいる蛞蝓ちゃんからウーノを吐《は》き出して、宿で眠りたい。

ミーティシアを連れて、ギルド本部にやってきた。

ギルドについた途端、マーガレット嬢に「お待ちしておりました」と迎えられ、ミーティシアと一緒に別室に通された。その先には、マーガレット嬢とギルド長に、やたら偉そうな貴族のおっさん——おそらくミーティシアの父親と思える人物が待っていた。

「ミーティシア!! よく無事に帰ってきた」

「お父様、お父様、お父様」

ミーティシアは父親の方がハーフエルフだったのか。珍しいな……ハーフエルフは女性が相場と決まっているが、こういうこともあるのか。というか、ハーフエルフで見た目がおっさんということは、何歳だよ……この父親は。

生存が絶望視されていた娘と感動の再会だ。いやー、本当にいいことをした。

感動の再会シーンの裏で、私は親指と人差し指で円を作り『金の準備はできているか』とマーガレット嬢に密かにサインを送った。彼女もこちらの意図をくみ取り、軽く頷《うなず》いた。

「お主が音に聞くレイアか。娘を救出していただき感謝する。この場にいるのが娘だけということは、ウーノは逝《い》ったか……」

「いえ、お父様。ウーノは、生きております。ただ、ちょっと……」

チラチラと、なぜか私を見てくる。まさか、私にウーノの状態を説明しろというのか。いや、そんなはずはない。ここで優秀なマーガレット嬢が、このやり取りでウーノがどういう状況に置かれているかなんとなく察したようだ。

『ギルドの不手際でこうなったんだ。マーガレット嬢が説明しろ』と目で訴える。

『いやよ‼　どうせ、レイア様の蟲の中にいるんでしょう。娘さんの従者は、大怪我《おおけが》したので蟲を使って治癒《ちゆ》させちゃいました‼　なんて言えるはずがないでしょう。年頃の女性が肉体の一部とはいえ、蟲と同化したとか説明できないわよ』と目で言い返される。

「なんだ、どうした？　ウーノは生きているのか。ならば、声をかけてやらねばいけないだろう。お前を守るために、きっと無理をしたはずだ。貴族以前にお前の父親として感謝の言葉をかけてやりたい」

やばい。この人、想像以上にいい人だ。話を聞いていると、義理と人情のある人だとよく分かる。

とはいえ、そんなことが私に関係あるわけじゃないのでね。

報酬《ほうしゅう》の件もあるし、面倒だけど説明することにした。

「ウーノという女性ですが、私が発見したときには死にかけておりましたので、私の魔法を用いて治療《ちりょう》をいたしました」

「そうかそうか、改めて感謝を。ウーノの治療《ちりょう》については別途報酬《ほうしゅう》を出そう。いくらだ？」

冒険者という存在をよく理解している。報酬《ほうしゅう》の話をすぐにしてくれるのだ。嬉しい限りである。

「報酬《ほうしゅう》額については、ミーティシア嬢と既にお約束しておりますので、直接聞いてください」

父親の目線がミーティシアに向かった。当然、報酬《ほうしゅう》はいくらかと聞いている目である。

「い、一千万セルです。お父様」

この額を高いと見るか安いと見るかは、相手次第である。たかが従者に一千万セル。しかし、『水』の魔法が使えることを考えれば、悪くない額とも言える。

「ふむ、いいだろう。その一千万セルを立て替えよう。ウーノには、これからもミーティシアの従者として頑張《がんば》ってもらわねばならないからの。ミーティシアとの関係や『水』の魔法が使えるあたり、一千万セルで命が救えたのなら安いもんじゃ」

「ありがとうございます。報酬《ほうしゅう》につきましては、ギルド経由にて私宛に」

こうして、貴族のお偉い様との面談を終えた。その後、すぐにウーノをギルドの一室で吐《は》き出して、ギルド専属の『水』の魔法の使い手に委《ゆだ》ねた。あの場で全裸の女性を吐《は》き出したら、さすがに私に要らぬ嫌疑が掛かりそうだからね。


ミーティシアと別れた翌日、報酬《ほうしゅう》を受け取るべくギルド本部に訪れた。

「報酬《ほうしゅう》の三千五百万セルに加えて、私から搾《しぼ》り取った一千万セル、従者の治療《ちりょう》分で一千万セル。他にも、ミーティシア嬢から百万セル相当の貴金属を巻き上げたそうね。呆《あき》れるわ」

たった数日で悪くない報酬《ほうしゅう》だ。ギルド本部にいる連中が、カウンターに置かれた金を見て羨《うらや》ましそうにしている。金額に目がくらみ、ギルド本部を出たとたんに闇討ちをかけてくるバカも少なからず存在する。だが、そんな連中はことごとく謎の失踪《しっそう》を遂《と》げることになる。

「労働に対する正当な報酬《ほうしゅう》だと認識しているが。嫌なら、依頼しなければいい」

「レイア様しか達成できないと分かった時点で、報酬《ほうしゅう》額の釣《つ》り上げ交渉をしてきておいて、よく言うわ。まあ、一応こちらの無理な依頼を引き受けてくれたんだから感謝しておくわ」

「急にデレても私は落とせませんよ。そんな安い男じゃないもんでね。あと、美味《おい》しい依頼ありがとうございました」

チッ。

マーガレット嬢の舌打ちが聞こえた。

迷宮から救った者たちが今後どのような生き方をするかは知らないが、再び迷宮に潜ることがある場合には、今回のことを教訓にし、無理のない迷宮ライフを過ごすことを望む。

4　パワーレベリング（一）

今日も美味《おい》しい依頼を探して、『ネームレス』のギルド本部をウロウロしている冒険者たちがたくさんいる。私もまた、その一人だった。

よく知らない人からは、ソロで『モロド樹海』下層を拠点に活動している私は、一人占めしたモンスターの素材を売却することにより、かなり稼げると思われがちだが……蟲たちによってほとんど骨も残らないくらいに捕食されるため、モンスターの素材での収入が望めないのだ。

まあ、希《まれ》に残る魔結晶を売ることでそれなりに稼げている。魔結晶だけは食べない蟲たちに、本当に感謝している。

また、モンスターの素材に代わる恩恵は十分受けている。蟲たちが倒した分のモンスターソウルは、私の影に収納された時点で、多少吸収効率は落ちるが私自身に還元させることができる。究極的には、私は一歩も動かずに、モンスターソウルによる成長が可能なのだ。

とはいえ、何もしないで無為に成長すると、不測の事態に対応できるだけの能力が身につかないので、必ず私も蟲たちと一緒に最前線で戦うようにしている。

「うーーん、どの依頼も条件が厳しいな」

一番多いのが、上層でモンスターの素材狙いのパーティー募集、次に多いのが中層でモンスターの素材狙いのパーティー募集。無論、どの募集にも言えるが、モンスターソウルも副次的に得られるため、自己成長も狙える。

私が理想とする依頼は、下層で無心にモンスターを始末するだけでお金が貰《もら》える殲滅《せんめつ》依頼である。

そもそも、そんな都合のいい依頼なんて早々にあるはずがない。モンスターの素材を狙わずに何を狙いに行くのかと言われれば……返答に詰まる。

「いっそ、また戦争でも起きてくれないかな。このままだと、お財布が風邪《かぜ》をひきます」

思わず、不謹慎《ふきんしん》な発言をしてしまうほど依頼がなかった。

「レイア様、レイア様。実にいいところにいらっしゃいました!!」

依頼を探しているところに、これ幸いといった顔をしたマーガレット嬢が現れた。ろくでもない依頼を押しつける気でいることが、手に取るように分かる。私の可愛《かわい》い蟲たちの蟲の知らせがなくとも分かる。

この笑顔の裏で、相当ゲスい顔をしていることは間違いなしだ。

「しまった、四十二層の入口にハンカチを置いてきてしまった。今すぐ取りに戻らないといけない!! 一ヶ月くらいで戻るから、その話はまた今度で」

すぐさま身を翻《ひるがえ》し、ギルド本部を後にしようと思ったが……見事に服の裾《すそ》を掴まれた。

「どこの世の中に、ハンカチのために四十二層まで足を運ぶ馬鹿がいるんですか。ハンカチくらい、私が差し上げますよ。ですから、お話ししましょうよ!!」

「嫌だ!! どうせ、誰も受けずに残ったろくでもない条件の依頼を押しつける気だろう!! 報酬《ほうしゅう》に見合わない労働はする気は全くないぞ」

「ふっふっふっふ。ところが、今回の依頼はたった十日で五千万セルという超高額!! しかも、レイア様にぴったりです」

ピクピク。

単純計算で日当五百万セル……どのような条件か知らないが、額面上は確かに破格である。だが、美味《おい》しい話に裏があるのは当然。それでも売れ残っているとあれば、当然何かしらの欠陥依頼であるのは分かりきっている。

しかし、金に釣《つ》られてしまう自分が悲しい。

「……話を聞かせてもらおうか」

「もちろんです。他に聞かれるとアレですので奥の部屋に――」

あ、やべ。正直、そう思った。奥の個室を利用するあたり、機密レベルが相当高い依頼であることが分かったからだ。


案内された部屋は、ご立派な応接間だ。備えつけられている椅子には、ギルド長とその対面に『神聖エルモア帝国』正規軍の軍服を着た強面《こわもて》のオッサン。そして、高そうなドレスを着た陶磁器のごとき肌をした美しい金髪の女性がいた。

彼女は、スタイルさえ控えめに言っても抜群《ばつぐん》である。若干胸が小さいが、Dに近いCといったところであろう。……胸のサイズがね!! 冒険者のランクじゃないからね。

だが、この女性に見覚えがある。どこで見たかというと、二年前の戦争時に、兵士へ激励のお言葉をかけに来た皇族にソックリである。もう本人ではないかと思うくらいにソックリさんである。か、帰りたい。美味《おい》しい話に乗せられて、ここまで来た自分を殴《なぐ》ってやりたい。

「適任者を連れてまいりました。アメリア様、シュバルツ様」

アメリア……そんな名前だったか。確かフルネームは、アメリア・ハーステイト・エルモア。『神聖エルモア帝国』の第八皇位継承権を持つ本物の皇族だ。だが第八位となると、次期皇帝になる可能性はゼロに近い。そのため、それくらいの順位の女性は有力な諸侯に嫁ぐことが多いと聞く。

正直に言って、好んで関わりを持ちたくないものだ。

もう一人はよく知っている。シュバルツ・アイゼン・アインバッハ、『神聖エルモア帝国』の第四騎士団副団長である。二年前の『聖クライム教団』との戦争において、私に殿《しんがり》を命じた鬼畜《きちく》な司令官。そのおかげで私は一代貴族にのし上がったのだから、ある意味感謝している。だが、シュバルツのやったことは決して忘れない。

「レイア様もお掛けください」

マーガレット嬢が着席しろと促す。身を翻《ひるがえ》して逃げようかと思った矢先にだ……くそったれが‼

逃げ切ることは、可能だ。しかし後々のことを考えると、決して最良の選択とはいえない。顔を合わせする前ならまだしも、この状況に追い込まれた時点で負けたのである。

「ははは、ありがとう」

お互いが着席したというのに、誰も口を開かない。無言のプレッシャーを食らい、マーガレット嬢の胃もキリキリ言っているだろう。それを見かねてか、ギルド長である本名不明の親方こと、愛称ヒゲオヤジが話題を切り出してくれた。

「ゴホン。まずは、儂《わし》がお互いのことをご紹介させていただきます」

アメリアの紹介に引き続き、シュバルツの紹介がなされた。双方ともやはり、こちらが予想した通りの素性であり、帰りたさが倍増した。そして、最後に私の紹介がされたときに、若干アメリアが『迷宮でソロ？　こいつ変人じゃね』と言いたげな目をしているように感じたが許そう。

「二年前は大変お世話になりました、シュバルツ様。まさか、あの有名な『闇』の魔法を使う者を相手に殿《しんがり》を務めさせられるとは、このレイア、とても勉強になりました」

「五体満足で生き残るだけでなく、そのお陰で貴族にまでなれたのだろう。感謝してくれていいぞ」

『闇』の魔法。この私の『蟲』の魔法と同じく、オンリーワンの魔法として有名である。それに加えて使い手が、『聖クライム教団』に所属している世界最強の冒険者として名をはせているランクAの紳士だ。

『闇』の魔法の使い手が手加減していたにもかかわらず、私の方は本気で死にかけた。こちらの蟲の大半がたった一人に殲滅《せんめつ》される様《さま》は、もう顔が青ざめたね。最終的にゲリラ戦に持ち込むことで時間稼ぎをし、凌《しの》ぎきったけど、正面から挑んだら今でも勝てる気がしない。

何より問題だったのは!! こいつら軍の上層部は――特にシュバルツは、『闇』の魔法の使い手が来ることを私に黙っていたんだよ。それでどれだけ私の可愛《かわい》い蟲たちに被害が出たと思う……聞いていれば速攻で逃げたけどさ。

あの化け物相手に逃げたところで誰も責めはしないだろう。

「まあ、過去のことだからこの際、水に流しましょう。このまま話が進まないのもアレなので、依頼内容を教えていただけますか？」

「いいだろう。既に察しているかもしれないが、この依頼にはアメリア様が絡んでいる。これから話す内容は当然だが、この場で我々に会ったことについても外部に漏らすことは許さん」

俗に言う守秘義務というやつですか。当たり前ですな。

「お約束しましょう。それに、皇族絡みのネタなど外部に漏らせるはずもありません。それで、依頼内容は？」

「それについては私から説明いたします。ご無理な依頼であることは重々承知でここまで来たのです、せめて私の口から言わせてください」

蝶よ花よと愛《め》でられて育てられてきたのだろう、動作の一つ一つに気品がある。まあ、迷宮において、そんなお上品さは欠片《かけら》も必要ないがね。必要なのは、力だ。

「私は、この度正式に皇族の姓を返上いたしました。もとより皇位継承権が低い私ですが、それでも婚姻関係を結びたいという縁談のお話は、それなりにありました。ですが……」

「はあ？」

思わず、口に出してしまった。

皇族の姓を返上したということは、ただの平民に成り下がるのと同義である。なんの得があってそんな行為をするか見当もつかない。

「口を慎め。アメリア様の前だぞ」

「これは失礼シュバルツ様。アメリア様、どうぞ続きを」

というか、そんな話を聞いて「はあ？」と言ってしまうのは当然だと思う。私は決して悪くない!!

「実は、私……好きな殿方がいまして。しかし、皇族という身分が邪魔をして叶《かな》わぬ恋でした。ですが!! 皇族の姓を返上したことで、自由恋愛が可能になったのです」

ふむ、分かった。こいつは、頭がお花畑だということが理解できた。恋愛のために皇族の姓を捨てるとか、こいつが歴史上初じゃないかと本気で思った。

「そ、それはおめでたい（頭がな!!）」

「ありがとうございます。本題はここからです。その殿方は、侯爵家の四男で相続権がないため、冒険者として過ごしております」

本題に入る前に既にお腹いっぱいである。

その後の話も聞いたが、頭が痛いどころじゃなかった。はれて四男と婚約したが、相手が冒険者であるがゆえに一緒にいられる時間が少ない。加えて、いつ死ぬか分からない。

しかし、恋人とはいつも一緒にいたいとのことである。気持ちは理解できなくもない。だが、『箸《はし》より重いものは持ったことがないんです』みたいな女を、短期間で屈強なアマゾネスみたいに進化させろ、とか無理難題もいいところだ。

いくら私がランクBだからといって、不可能なことだってあるぞ!!

しかもだ!!　あわよくば、私みたいに戦争で功績を立てて貴族になれるほどの力量を身につけたいとのことだ。そりゃ、貴族になれば生活もそれなりに安定するから分からんでもないよ。

だがな、おい!!　いい加減にしろ。私は七つの玉を集めることで現れる龍じゃないんだぞ。金さえ払えば、冒険者なら何でも叶《かな》えてくれると思うなよ!!

「ま、まあご依頼の内容は、そんなところです。いかがですか、レイア様。ギルドとしても是非《ぜひ》ともレイア様にお願いしたいのですが」

さすがのマーガレット嬢も顔が引き攣《つ》っている。

そもそも、こんな経験値稼ぎのような依頼なら、他のパーティーに依頼しろよ。前回のミーティシアみたいに、ギルドがしっかりとしたメンバーを斡旋《あっせん》して迷宮に行かせろと言いたい。が……その結果、選ばれたのが私であるとは考えたくない。

パワーレベリングにも限度があるぞと言いたい。

だが、ここまで来るとさすがに驚きを通り越して呆《あき》れたので、逆に冷静でいられるわ。

「嫌だよ。どうみてもババじゃん、この依頼。というか、婚約者が冒険者ならそいつに依頼しろよ。喜んで引き受けてくれるだろう」

正直な意見だ。婚約者のランクは知らんが、そいつと一緒に少しずつ強くなれよ。

「アーノルドはランクCの冒険者でして、既に半固定メンバーで迷宮に挑んでおります。そんな中、私のような初心者が交ざってパーティー全体にご迷惑をお掛けすることはできません」

「いや、その半固定パーティーに金を払って育ててもらえ。恋人ともいられて一石二鳥だろう。……アーノルド？　もしかして、ミーティシア嬢のパーティーリーダーを務めたあいつか？」

マーガレット嬢が頷《うなず》いた。

助けてやった恩を仇《あだ》で返された気分だ。そもそも、あいつのパーティーってこの間壊滅したんじゃないのか。それとも、臨時の寄せ集めパーティーだったということか。どちらにせよ、本人が知らないとはいえ、婚約者の無茶難題を私に当てつけるなど許せん!!

「ランクBの方に覚えていただいているなんて、さすがはアーノルドです。それならば話が早いです。私をあの方の横に立てるくらいにまで育ててください。報酬《ほうしゅう》は、五千万セルをご用意いたしました。期限は十日」

どうあっても、アーノルドがいるパーティーには依頼したくないようだ。まあ、こんな頭がお花畑の女性がいたら、パーティーが何度崩壊の危機に遭遇《そうぐう》するか分からんが……

「だが、断る!!」

「ほほう、アメリア様の依頼を断ると」

シュバルツが睨《にら》むが、そんなの関係ないわ!! 武力で押し通せると思うのなら来るがいい。ランクA相当の力量がないシュバルツなど、私の敵にはならん。

「たった十日でこの箱入りお嬢様をランクCまで育てろと？ 冗談《じょうだん》も休み休み言えよ。ギルドのお前らも教えてやれよ、ランクCまでたどり着ける冒険者が全体のどのくらいか。そこに至るまでどれだけの時間を費やしているかを!!」

「こ、これでも『水』と『土』の二つの魔法を使えます。それに、シュバルツから剣の指導も受けております」

「使える？ それは使いこなせていると理解していいのですかな？ 剣の腕前は、ゴアグリズリーを相手にしても一人で倒しきれるほどのものかな？」

せめて現状の実力がランクD相当で、ゴアグリズリーを一人で相手にできるのであれば、十日のパワーレベリングでもギリギリランクCに持っていけるだろう。『モロド樹海』下層で十日間不眠不休の超スパルタのデスマーチをしてくれる。

「い、いいえ。さすがにそこまでは」

「おい、マーガレット嬢。お世辞《せじ》抜きでアメリア様は、冒険者としてどの程度だ？」

「Eランクです。ただ、装備品がどれも一級品ですので三層くらいまでならソロでも立ち回れるかと」

一級品の装備補正込みでDランク、三層が限界とは、もうお手上げだろう。

「騎士団からの人材派遣は？」

「それができるなら、ギルド本部を訪れん。既に姓を返上したアメリア様だ。騎士団が表立って動くことはできん。儂《わし》がこの場にいること自体、本来まずいのだ」

そりゃ、帝国臣民の血税がお給料となっている騎士団様だ。一般市民に成り下がったアメリアのために動くなど、許されることではない。それなのに、このような行動を取っているのは、シュバルツの独断だろうね。生き汚いから、コネ作りだ。うまくいけば、侯爵家に借りを作れる。

「なるほど、分かりました」

「それでは!!」

アメリアが嬉しそうな顔をしている。野に咲く一輪の花のような美しさである。

「この度の依頼はご縁がなかったということで。私はこの場で誰にもお会いしておりませんし、何も聞いておりません。というか、私はなぜここにいるのでしょうか。ここしばらくの記憶が全くない」

席を立ち上がり、一礼をして部屋を退出した。マーガレット嬢やギルド長が焦《あせ》って止めに入ったが知らぬ存ぜぬ。追いかけられないうちに迷宮へと退避することにした。

さすがのマーガレット嬢やギルド職員も、トランスポートで二十層に移動した私を追いかける術《すべ》は持ち合わせていないだろう。それに彼らは、次なる生贄《いけにえ》を見つけ出すことに必死で、そんな余裕はないはずだ。

5 パワーレベリング（一）

無言の圧力が占める応接間。レイア様が立ち去ったことで、場の空気は最悪だ。

本音を言えば、レイア様に声をかけた私自身もこの場から逃げたかった。皇族……元皇族とはいえ、依頼内容がひどいの一言である。受付で働いていても、ここまでひどいのはなかなかない。

ランクEからランクCにまでなれる冒険者は全体の一割程度だ。その間に死亡したり、引退したりと様々な理由で数が減っていく。ランクEからランクCまで、おおよそ五、六年近い年月を要するのが普通である。

「マーガレットさんからランクBというお話を聞いていたので、期待していたのですが、ハズレでしたね。申し訳ありませんが、他の方を斡旋《あっせん》していただけませんか？　条件は同じでかまいません」

レイア様は、ランクBの大きな枠に収まってはいるけど、同ランクにおいて間違いなく最強の一角だった。下層のモンスターを一対一どころか、複数いたとしても問題なく捌《さば》ける実力者なのだ。

それで期待ハズレとか本当にどうしてくれよう。

おまけに『条件は同じでかまいません』などと。冗談《じょうだん》ですよね、と聞き返したい。『蟲』の魔法によって拘束《こうそく》したモンスターを死ぬまで殴《なぐ》らせることで、強制的にレベリングさせてもらう計画がパーである。

そもそも、モンスターソウルの吸収は、与えたダメージの総量に応じて攻撃した各人に分配されるので、人数が多いほど効率は低下する。ゆえに、レイア様への依頼であった。

それをこのアマは!!　もうちょっと考えて喋《しゃべ》れよ。報酬《ほうしゅう》を上乗せするとか、皇族が所持している秘宝とか、美味《おい》しい話を小出しにして、相手の気持ちを乗せようって考えないのか、と文句を言いたい。

「い、一応あたってみますね。ですが、先ほどの者のような人材はなかなか……」

「期待しております」

皇室育ちは気苦労がなくて幸せで夢のようだなと思う時期が、私にもありました。しかし、今この状況を見て断言できる!!　温室培養《ばいよう》された使えない女性とか、ないわ……一般人に生まれて本当によかった。

次なる生贄《いけにえ》を選別しないといけないので、一礼して部屋を退出した。

「――マーガレットさん。レイア様は、既にトランスポートを利用して二十層へ移動されておりました。まだ二十層のトランスポートにいるかと期待して職員を向かわせましたが、生憎《あいにく》と……」

「そう……トランスポートの移動代金は経費で落としてかまわないわ」

後輩にレイア様を追わせてみたが、やはり無駄足に終わったわね。

失敗したわ……依頼内容の概要は把握《はあく》していたけど、あそこまでひどいとは。日当単位の計算だと報酬額《ほうしゅうがく》は決して悪くないが、依頼内容と照らし合わせたら最低である。

「この際、仕方がない。ランクBが一人いるパーティーがいるわね。あいつらを呼んでちょうだい」

レイア様とは異なり、普通のランクBだ。下層のモンスターを一対一で倒せる実力者。もっとも、下層は二十一層以降なので、二十一層のモンスターを倒しても、四十九層のモンスターを倒しても、同じランクBである。

そのため、ランクCに毛の生えたようなランクBがいたり、ランクAに片足を突っ込んでいるランクBがいたり、同ランクでも実力が雲泥《うんでい》の差であることは珍しくない。

「分かりました」

「はあ～、次はもっと上手に話を運ぶように私が主導で話を進めます。特に、恋人のためというのがまずいわよね。そこらへんを濁《にご》して大義名分に置き換えておきましょう。あと、皇族の姓を返上したというのもまずいわ」

「そうですね。では、あの者たちはとりあえず別室で待機させておきますので。準備ができたら呼んでください」

「ええ、さて……本気でやりますか」

美談をメインに持っていき、皇族や侯爵家へのコネなどを餌《えさ》にすれば、なんとかなるでしょう。

◇◇◇

あの意味不明な元皇族の依頼から逃げ出してはや五日。

『モロド樹海』の三十九層にて広範囲に蟲を展開し、宝箱の探索及び周囲の警戒をさせている。そして、その警戒網に引っかかる輩《やから》が二名。一直線に、私の方へ向かってくる。危険に備えて、影から蟲たちが溢《あふ》れ出した。

「この気配……知っているな」

前方より、大剣を担《かつ》いだ女性と、いかにも魔法使いの装いをした身長二メートル近い男が歩いてきた。蟲たちにはそのまま警戒を続けさせた。万が一に備えて、いつでも戦闘できるように。

「あいかわらずアベコベな組み合わせだね。エーテリアとジュラルド」

やはり、私が認める数少ない冒険者だった。なんだかんだで、長い付き合いでもある二人だ。

女性の方は、エーテリア・エスメラルダ。ランクBの冒険者。『火』『水』『土』の三つの魔法を使いこなし、特に『水』の魔法による身体能力の上昇幅は恐ろしい。だが、エーテリアの凄《すご》いところは、魔法ではない。武器の扱いに関しては神がかっており、古今東西あらゆる武器を使いこなす。私が知る限り最高の使い手だ。背中に下げている人丈《ひとたけ》を超えるオリハルコン製の大剣で斬り伏せられたらと思うと、身震いがする。

そして、男性の方がジュラルド・ホーエンハイム。ランクBの冒険者。『火』『水』『土』『風』の全ての魔法を扱うことができる、極めて強力な魔法使い。広範囲魔法は不得意と聞いているが、単

体魔法の威力は目を見張るものがある。特別な属性を除けば、魔法に関して『神聖エルモア帝国』で最高の使い手といって間違いない。身長が二メートル近く、筋骨隆々であるため、よく前衛職と間違われる。

この二人は、ペアで『モロド樹海』に挑む冒険者で、各々の実力は非常に高い。この階層まで二人で来られる冒険者が一体どれだけいるだろうか、と思わず考えてしまう。そんなランクAに片足を突っ込んでいるような二人に揃って襲われれば、私でも勝てないだろう。

「相変わらず警戒心が強いな。こちらには戦闘の意思はないって、何度も言っているだろう。それに、あんたとやり合うなんてジュラルドと二人がかりでだって本気でごめんこうむるね」

そうは言うが、あらゆる武器を使いこなし、オリハルコン製の大剣を担《かつ》いだ超一流の冒険者と、私が知る限り最高の魔法使いが揃ってきたら、知り合いだとはいえ警戒するには充分である。

「すまない、レイア殿。この階層であなたの蟲を見つけたので、食料を売っていただこうかと」

ジュラルドが神妙な顔で言う。

「そういうことか。悪いね、こっちはソロだから、冒険者、モンスター問わず、近づいてきたら警戒するのは当然さ。で、食料が欲しいんだっけ？　いいよ。レートはいつも通りで」

一日分の水と食料で二十万セル。『モロド樹海』下層において、確実に食べられる食料が確保できるのだから、決して高くない額である。むしろ、水については嬉しい効能もあり、魔法使いのジュラルドには大好評を得ている。

十日分の食料を二人分売ることで、四百万セルも副収入を得ることに成功した。やはり、分かる人には、私の蟲たちのよさが分かるのだ。これほど有益な蟲たちを毛嫌いする、上層や中層あたりをウロウロしている冒険者の気が知れない。

「助かった、助かった。これで、まだしばらく狩れるな。じゃあ、この階層は、あんたが使っているから、アタイらは他へ行くよ。縁があったらまた会おう」

「おう、またよろしくな。お互い、生きてればまた会えるだろう」

手を上げて立ち去ろうとするエーテリアに、私も手を上げて応《こた》える。ジュラルドも頭を下げた。

「では、またよろしくお願いします。ああ、そうだそうだ。ここに来る途中の二十三層あたりでしたかな？　見慣れないパワーレベリングパーティーがおりましたが、あれがギルド本部で噂《うわさ》になっていた皇族の方ですかね」

あの依頼を受けるパーティーが存在したのか!!　信じられん!!

「ああ、皇族のパワーレベリングパーティーね。二十三層程度をパーティーで戦っているあたり、効率は期待できそうにないな」

「その通りですな。では、エーテリアが行ってしまうので、私もこれにて」

あれ？　今の会話って完全にフラグじゃね？　これで私が例のパーティーを助けに行かなければ全滅すると。

いやいやいや!!

そんなことなんて、あるはずないよね。フラグなんて迷信だ。そう、今の会話もたまたまジュラルドが気になったので私に教えてくれただけで……

「やべ〜、今の情報を聞いちゃったから、気になって仕方なくなってきたぞ」

これは、今の会話がフラグでないことを検証するために、現地に赴《おもむ》き、陰ながら見守ってやる必要があるのではないか。待てよ待てよ……そもそも、そんな行動自体がフラグではないか。

一体、どうすればいいんだぁぁぁぁぁぁ!!

6 パワーレベリング（二）

駄目だ……完全に気になって、ろくに眠れなかった。

ということで、仕方なく元皇族のパワーレベリングパーティーを探しに、『モロド樹海』の迷宮を上層目指して上っていった。せっかく下層のいいところまで潜って、これから狩りの時間になる矢先にこれだ……ほとんど何もせずに、トランスポートまで戻ることになるとは全く考えてなかった。

律儀《りちぎ》に、こんなどうでもいいことを確認しに行く自分が嫌になる。

「いいや、前向きに考えるんだ。この世界においてフラグというものが存在しないことを立証できる可能性があるのだ。いいじゃないか、それだけで十分の成果だ」

パワーレベリングパーティーがどの程度の実力者で構成されているかは知らないので、念のため、三十層くらいからは蟲たちを広範囲に展開させて、探索を掛けつつ移動をした。

上層目指して階層を上ってきて思ったが、やはり下層で狩りをしている冒険者は本当に少ない。ここまで上る間に見つけたパーティーは、片手で足りるくらいだ。

そして、見つけてしまった。

二十四層でパワーレベリングをしているご一行を見つけてしまったのだ。このまま見つからなければ、もう『ネームレス』に帰ったか、全滅したかで終わらせる予定であったが……生きて目の前で狩りをしているのだ。

私の代わりに生贄《いけにえ》になったパーティーを、遠く離れた場所から監視してみた。当然、用心を重ねて、あちら側が感知できると思われる二倍の距離を取っている。

確認してみると――前衛三名、後衛二名、サポーター一名のよくあるパーティー構成だった。

前衛にいる、装備が一際《ひときわ》立派な女性がアメリアだな。ハイオーク相手に、前衛が弱らせて魔法にて拘束《こうそく》。そして、アメリアが背後からメッタ刺しにする流れで稼いでいるみたいだ。見る限り、無理のない安全なパワーレベリングに思える。

「まあ、唯一の問題は、ハイオーク一匹倒すのに時間をかけすぎという点だ。ハイオークは群れることは少ないが、死にかけた際に仲間を呼ぶ習性がある。そのため、時間を掛けずに一気に殺すのが鉄則なのだがね。はあ～完全にフラグを踏んだわ……これって、私が来なかったら何も起こらなかったとかないよね」

パワーレベリングパーティーからでは、位置的に見えていないかもしれないが、私の位置からは、はっきり見える。ハイオークの断末魔の叫《さけ》びが、周囲にいたハイオークを呼び寄せたのだ。

見える範囲で五体。メンバーの実力は定かではないが……凌《しの》げるか微妙だな。身につけている装備を見る限り、平均してランクCくらいだろう。

◆　◆　◆

「クラフトさん。やりましたわ。これで本日、十体目です!!」

ハイオークの血が滴《したた》るオリハルコン製の直剣を嬉しそうに振るうアメリア様が、俺に言った。彼女を見ていると、パーティーメンバー全員が和《なご》んでしまう。皇族の女性を、パワーレベリングとはいえメンバーに迎えることは、パーティーが華やかになり気分的にいいものだ。

しかも、皇族からのご指名の依頼とあらば、多少無理があっても、将来的なことを考えれば受けるのが得策だというのが、メンバー全員の総意だ。こういう冒険者の業界で生き残るためにも、繋がりは大事である。

マーガレット嬢の話では、この度のパワーレベリングで見事にランクCに認定されれば、かねてより思いを寄せていた侯爵家の男性と結婚することができ、侯爵家の後ろ盾《だて》を得て次期皇帝の地位を目指せるという話だ。

一つ疑問があるとすれば、皇族の依頼を我々の前に断った者がいるとか。命が惜《お》しくはないのだろうか。アメリア様に聞いても、我々より前に断ったという冒険者については、詳しく語っていただけなかった。期待外れのランクBの冒険者だったので話すまでもありませんと……

「お見事です、アメリア様。さあ、どんどん行きましょう」

しかし、運が回ってきたな。三ヶ月前にランクBに昇格してから、トントン拍子《びょうし》で進んでいる。

これで皇族とのコネクションもできた。パーティーメンバーにも恵まれていたおかげで、装備を整えたらあと数年でさらに上を目指せるだろう。

それまでの間に『火』以外の魔法も鍛《きた》えておかねばいけないな。才能はあると言われたので、あとは鍛錬《たんれん》あるのみ。

そろそろ、もう一つの仕事に入るか。マーガレット嬢からの依頼で、戦闘以外に、アメリア様を褒《ほ》めまくることも俺の役目だ。マーガレット嬢曰《いわ》く——豚もおだてりゃ木に登る。皇族相手にそんな暴言を言い放つあたり本当に恐ろしい人だ。

だが、存外的を射ている意見でもあった。メンバーのやる気も当然必要だが、なによりパワーレベリングには、アメリア様の頑張《がんば》りが一番大事だ。

ゆえに、褒《ほ》めちぎる。

「さすがです!!　この調子ならば、すぐに私たちと同じランクCですよ」

他のメンバーも、それぞれ戦闘では別に役目を持っている。

例えば、後衛で『土』と『風』の魔法を使うランクCの冒険者サラ。彼女には、アメリア様のメンタルケアをマーガレット嬢より密かに依頼されている。慣れない環境に長時間滞在するのだ。同性が色々と面倒を見た方が好都合なのだ。

このまま順調に行けば、予定通りの成果は達成できるだろう。ギルドでこの話を聞いたときは冗《じょう》談《だん》かと思ったが……やり方次第でランクCになれるとはね。

マーガレット嬢の入れ知恵だが、ランクCの定義は【迷宮の中層（十一〜二十層）のモンスターを一対一で倒せる実力】である。よって、ランクB相当のモンスターを、パーティーでもいいので弱らせて、アメリア様に殺させる。それにより少しでも、多くのソウルを吸収させる。

それを日程いっぱい繰り返すことで、無理やり成長を促す。そして最終日に十一層に赴《おもむ》き、〝ただまま〟他のパーティーとの戦闘で疲弊《ひへい》した瀕死《ひんし》のモンスターと遭遇《そうぐう》、これを一人で討伐する。

そうするとあら不思議、ギルドから正式にランクCの認定が出るということだ。間違いなく、一対一で十一層モンスターを倒したのだから、文句が出るはずがないと言っていた。第三者が口を挟もうなら、おそらく権力で握りつぶす気でいるのだろう。あの目は、それを本気でやるつもりだった。

さらに言えば、ランクBの冒険者であるこの俺が、証人として見届けることになっている。

地道な努力で高ランクになった者が聞けば、頭の痛い話だ。だが、これが現実。接待漬けのパーティーでろくな実力が付いていないにもかかわらず、ランクCの冒険者が誕生する裏技……恐ろしくて、ギルドの方に足を向けて寝られない。

「前方からハイオーク三体、右から一体、左から一体来ます」

サポーターの報告を聞き、方針を練る。ランクBのモンスター五体……対応できるかギリギリのラインである。ハイオークは、力は強いが動きは単調。ゆえに、左右のハイオークを魔法で足止めしつつ、前方のハイオークから始末することにした。

「申し訳ありませんがアメリア様、下がっていてください」

アメリア様を後方へと下がらせた。

皇族の地位にいる人だから、一介の冒険者の命令など聞けません、とか嫌な顔をすると思ったが、マーガレット嬢から強く指導を受けた話は本当のようだ。

◇　◇　◇

「なんだ、やっぱりフラグなんてなかった」

パワーレベリングパーティーは思いのほか優秀で、ハイオーク五体を凌《しの》ぎ切った。相性もあるだろうが、魔法での足止めが効果的で、各個撃破を行うことで事なきを得た。

もう、これ以上見る必要もないだろうと思い、二十層のトランスポートから一旦《いったん》迷宮の外に帰ることにした。今回の稼ぎは全くと言っていいほどなかったが、そういうときもあるということで納得しておこう。

「だが、今回稼げなかったソウルを少しくらい、この階層で補充しても罰は当たらんだろう。そうだろ、モンスターども？」

私の周囲を警戒している蟲たちが襲いかからないギリギリの位置から、こちらの様子を窺《うかが》っているモンスターたちに声をかけた。一人で迷宮をウロウロしている馬鹿とでも思っているのだろうか、私自身のことは餌《えさ》としか見ていないご様子。

そんなモンスターが襲ってこないのは、彼らより遥《はる》かに強い蟲たちが私の周囲を警戒しているからである。モンスターたちは、蟲たちが私を食った後の食い残しをいただこうと、今か今かと待っているのである。

先ほどから、蟲たちに対して何か物申しているようだがね。あまり、私に対して失礼なことを言うと、勝手に蟲たちがそちらを襲いはじめるから、言葉遣いには気をつけた方がいいぞ。

「実力の違いも分からないとは……まあ、所詮《しょせん》はモンスター。あまり人間を舐《な》めるなよ」

メキメキビキビキ――

身体構造が変化していく。『蟲』の魔法を使い、影に潜《ひそ》む蟲たちの特性を身に宿しているのだ。頭から触覚が生え、筋肉は膨《ふく》れ上がった。見た目には大きな変化はないが、中身はもう人ではない。

蟲を大量に使ってモンスターを殲滅《せんめつ》することから、私個人の戦闘力は高くないと評価する者も多くいるが……それは、あながち間違いではない。この私特有の身体強化を使わなければ、四十層以降では厳しいからね。

モンスターが私を襲ってきやすいように、蟲たちを下げた。

その瞬間、待っていましたと言わんばかりに、集まっていたモンスターたちが一斉に牙をむいた。

本来なら生存本能から逃げてもおかしくないのだが……飢《う》えているのかな。

「理解できないだろうが、キサマらにいいことを教えてやろう。蟻はな、自らの百倍近い重量のものを持ち上げることができる。その力が人間に適用できれば、どのようになると思う」

この階層における力自慢――ハイオークの全力の攻撃を、人差し指一本で軽く止めた。そして、ヤクザキックを腹にブチかました。すると、見事に下半身が消し飛び、ハイオークが即死する。たったこれだけの攻防で、ハイオーク一匹が死んだのだ。これで、モンスターたちは察しただろう。力量が違いすぎたがゆえに、強さが理解できなかったのだ、と。

「実に脆《もろ》い。おいおい、危なくなったら脱兎《だっと》のごとく逃げ出すのかよ。いいよ、鬼ごっこをしよう」

蟻以外にも凶悪な特性を備えた私を前に、二十四層ごときのモンスターが太刀打ちできるはずもない。ランクBの冒険者であるこの私の腕力は、ソウルの恩恵で通常でも常人を遥《はる》かに上回る。

そこに『蟲』の魔法が加わることで、百倍以上に強化されるのだ。脚力も同様である。皮膚《ひふ》も硬化しており、鋼鉄の武器程度では傷一つ付けることも叶《かな》わないだろう。この魔法の唯一の欠点といえば、魔力消費が激しい!!　しかし私が開発した美味《おい》しい効能を持つ水のお陰で、かなりの長時間、この形態を取ることが可能になった。

本来はこの形態に加えて、蟲たちを展開し、下層で暴れている。二十四層程度で使う力ではないがね。パワーレベリングパーティーには悪いが、殲滅戦《せんめつせん》を始めさせてもらおう――

それから、約二週間後。

いつもどおり、『ネームレス』ギルド本部に依頼を探しに来て、マーガレット嬢からどうでもいい報告を聞いた。

「アーノルドとアメリアが死んだ?　そりゃ突然だな。まあ、冒険者だからよくあることだがね。

親しい間柄でもないし、香典《こうでん》もいらんだろう」

「あら、意外と冷たいのね。理由は聞かないの？」

「………もしかして、以前に話があったアメリアの一件と関係があるのか？」

「ご明察～」

どういうカラクリかは知らないが、アメリアがランクCになったことは耳にした。急造したランクCの冒険者など糞《くそ》の役にも立たない。どうせ、女を守るために死んだとか、そんなオチに決まっている。

いや、待てよ……まさか!!

「マーガレット嬢、貴様はやはり死神だな」

「何をおっしゃいますか、こんな美女を捕まえて死神だなんて。いやー、ギルドと関係ない場所で死んでくれて本当によかった。元とはいえ皇族を、ギルドの依頼で死なせたとなっては印象が悪いですから。善意で見送ってあげたときは、こんなことになるとは思わなかったけどー。不幸中の幸いね」

きっと、ランクCになったアメリアの実力を見るためと称して、アメリアとアーノルドの二人に迷宮で狩りでもするように促したのだろう。ランクCが二人いれば、上層ならなんとかなる。

しかも、人目を気にせずイチャイチャできるからね迷宮では!! 元とはいえ皇族だ。どこに人の目があるか分からない。だからこそ、迷宮はある意味最適な逢瀬《おうせ》の場所であろう。そういうお盛んな場面で襲われて死亡した可能性が濃厚だと思う。

事実、迷宮で男女の営みをしている最中に、モンスターに襲われて死ぬ事例はよく聞く。冒険者の恥さらしみたいな死に方で、聞いているこっちが恥ずかしいわ。

偶然、ギルドのあずかり知らぬ場所で事故が起こった。探索の回数を重ねれば、その内そういう事故が起こってもおかしくないからね。

「まじ、女怖いわ……」

「何をおっしゃいますか、完全に事故じゃありませんか。その結果、たまたまギルドや私に被害が及ばなかっただけのことです」

「だったら、私にそんな話を聞かせるなよ!! 世の中、知っていい情報とダメな情報があるんだよ。今の情報は完全にダメな情報だろ」

「最初にパワーレベリングをお願いしたときに真っ先に逃げたじゃありませんか。その仕返しですよ」

何が『仕返しですよ』だ!! しかも、ですよのところで可愛《かわい》くウインクまでしやがって……まじ、死のウインクだよ。マーガレット嬢が男だったら、秒で始末しているよ……間違いなく。

「……で、いつまでここにいるんだ。さっさと持ち場に戻って仕事しろよ。一応ギルドの受付嬢だろう?」

「ええ、ですからこうしてレイア様にピッタリのご依頼をですね……」

当然、ろくでもない依頼であることは間違いなかったので、話を聞く前に脱兎《だっと》のごとくトランスポートから迷宮に帰ることにした。

……あれ？　今、迷宮に帰ると普通に思ってしまった。おかしいだろう。なんで迷宮が家みたいになっているんだよ、と頭を悩ますことになった。

7　紳士《しんし》

この世界においても、人身売買は重罪に該当《がいとう》する。亜人についても売買を行《おこな》ったら、仮に貴族であっても爵位を剥奪《はくだつ》されて、監獄行きと相場が決まっている。

特に亜人の中でも、エルフは美人で多方面に様々な才能を有しているし、人身売買などもってのほかだよね。

個人的にも、人身売買は嫌いだ。エルフという種族を手に入れるために戦争を仕掛ける馬鹿とか現れそうだからな。そんな薄い本的な展開は、許さない!!

しかし、人身売買が禁止されているお陰で、孤児が多い。各国が数年に一回程度の頻度《ひんど》で戦争を行うせいで、両親を失った子供や五体満足でない子供がいる。奴隷という身分に落とせない以上、扱いは必然的に孤児になる。そのため貴族たちは、そういった戦争で傷ついた子供や大人をある程度、保護する義務があるのだ。

一般市民が有していない様々な権利を持つ貴族だからこそ、義務を背負うのは当然の帰結。よって、孤児の保護についても当然の義務だと考えている。

無論、それは一代貴族の私にも適用されるので誠心誠意、義務を全うしている。

そして本日は、『神聖エルモア帝国』の最南端に位置する私の領地で慈愛《じあい》に満ちた紳士《しんし》的な行為を行うべく、壮大な計画を立てている。

私も領主であるため、年に数度はガイウス皇帝陛下から賜《たまわ》った領地に帰る。もっとも、雇った役人に領地運営の全権を与えているので、状況を確認することが私の仕事だ。

私が不在だからといって、後ろめたいことをしていた場合には、蟲たちの餌食《えじき》にする。

当然、そんなことをしないよう、雇う際に念入りに脅《おど》しておいたから、安心はしている。それに、『蟲を使っていつでも監視している。嘘をついても蟲が分かる』と言ってるしね!! 『蟲』の魔法なんて私しか使えないから、何とでも言えるのが素晴らしい。

「くっくっく、本日の〝患者〟のリストを持ってこい、ベレス」

領地代理の役人のベレス。ガイウス皇帝陛下から領地を賜《たまわ》る際に、一緒に紹介してもらった。本当に掘り出し物だよ、この人。

「こちらにご用意しております。本日は孤児院にて全員待機しているように連絡済みです」

領地運営には、農民の存在が不可欠だが、農民は湧《わ》いて出てくるわけではないのだ。そこで『いなければ他の領地から連れてくればいい』との結論に至った。もちろん、どの領地も労働力をタダで引き渡すはずがない。

だが、孤児な上に五体満足でない者は別である。むしろ、一時金をやるから引き取ってくれと言われるほど厄介《やっかい》な存在に思われているのだ。私が目をつけたのがそういった連中だ。壊れているなら治して使えばいいんだよ。

◆　◆　◆

俺と同じ、領地の規模に似合わない大きな孤児院にいる者の間から、不安の声が聞こえてくる。

この孤児院にいるほとんどの者は、他の領地では厄介者《やっかいもの》と言われている。大怪我《おおけが》をしている者や手足が足りていない者ばかりだ。本当に、どうしてそんな者たちばかり集めたのか分からない。

孤児院の仲間の話を聞くと、『神聖エルモア帝国』の各所から集められていた。噂《うわさ》では、孤児を引き取る際の一時金目当てで集めたのではないか、そして集めたところで殺す気ではないかと囁《ささや》かれている。

しかし、ここまで手広く多方面から孤児を集めて殺しましたでは、貴族様でも隠し通せるわけがない。きっと、俺たちの想像を遥《はる》かに超える何かがあると、ビクビクしつつ日々を過ごしていた。

だが、いつまで経っても何も起こらなかった。それどころか、働くこともままならない俺たちに朝昼晩、三度の食事まで提供された。衣服についても、新品ではないが、比較的状態のいいものが配給される。他にも、週に二度はサウナで身体を綺麗《きれい》にすることが義務付けられていたり、生活必需品で必要なものは申請書を書いて審査に通ると支給される、という信じられない奇跡まで起こっている。

部屋も二人部屋が用意されており、お互いに協力して過ごすようにと言われた。また、内職を希望する者は、働いた分のお金が当然のように支給される。

ハッキリ言って気味が悪い状態だ。

そんな気味が悪い状態が続いた日々だったが、ついに先日、領主代理を務めるお役人さんから『領主様がお越しになるので、当日は全員、身を綺麗《きれい》にしてお待ちするように』とのお達しが来た。

誰もがついに来たと思った。何が起こるか分からないが、身を綺麗《きれい》にしておけということは、きっとそういうことだと、俺を含めた全員が理解した。世の中には、色々な性癖を持つ者がいると聞いたことがある。そう言った特殊な人なのだろうと……

本日、初めて領主であるレイア・アーネスト・ヴォルドー様と対面した。最初に持った皆の感想は一つ――白かったらしい。俺は目が見えないからまだ分からなかった。この領主の様々なことが――

◇◇◇

ざっと数えて百五十人近い。よくぞこれだけ集まったな。私の方から持ちかけた話だから文句はないが、もう少し自分たちでどうにかする努力はして欲しいね。まあ、ここにいる連中を引き取った際の一時金と私の稼ぎで、この孤児院を無事に建てることができたし、運営費用も賄《まかな》えているからよしとしよう。

「この場にいる貴様らに告げておく。貴様らが今まで食っていた飯や衣服、この建物、そして生活費の全ては、私が稼いでいたのだ。いいか、私は貴様らに施しを与えた。よって、本日からはその借りを返済してもらおうと思っている」

私の一言で孤児たちの顔が青くなっていく『今まで世話をしてあげたんだから、ちゃんと働いて返してね』と伝えたつもりなのだが……うまく伝わっただろうか。若干、不安である。

「よいか貴様ら!!　事前に配られた番号札があるだろう、その通りに一列に並べ。番号が呼ばれたら、返事をして奥にある個室に一人で移動すること!!　決して、レイア様に失礼のないように」

ベレスが指示を出したあと、私は奥の個室で待機した。

最初の患者のリストを確認。弓矢が足に刺さり、ろくな治療《ちりょう》を行わなかったため、片足が不自由になっている少女である。

「は、はじめまして領主様」

カルテを再確認している間に部屋に入ってきた少女が挨拶《あいさつ》をしてきたが、あまり興味がなかったので軽く目を合わせて終わらせた。面白くないパターンだな。既にこの手の怪我《けが》については回復できることが分かりきっている。

「服が邪魔だ、脱げ。そして番号札と一緒にそこのカゴに入れておけ」

少女が服を脱ぎ、指示通りにカゴにしまった。その瞬間を待ってましたと、蛆蛞蝓《うじなめくじ》ちゃんが影から登場。

モナナ（今日もお父様のために治療《ちりょう》～。くっくっく、この蛆蛞蝓ちゃんにかかれば、この程度の怪我《けが》など十分……いいえ、五分で治してみせましょう）

さすがは、治癒《ちゆ》能力で他の蟲たちの追随《ついずい》を許さないだけのことはある。同じような怪我《けが》の治療《ちりょう》ならば、経験を活かしてより効率よく治す。いい子だから、後で背中でも流してあげよう。

「キャーーー!! 助け――」

その瞬間、蛆蛞蝓ちゃんが少女を丸呑《まるの》みした。

蛆蛞蝓ちゃんは、無駄に服だけ融解させることができる。だから、服は脱いでもらった。買い与えた衣服を駄目にするのはもったいないからね。当然の気遣いである。少女としても、数少ない衣服を失うのは今後大変であろうという思いからの紳士《しんし》的な配慮だ。

「安心しろ、助けてやる」

助けを求める少女に応《こた》えるこの私――間違いなく、紳士《しんし》!!

◆◆◆

個室の前に並ばされている俺。俺の前にいた最初の一人が中に入って一分も経たずに――事が起きた。

『キャーーー!! 助け――』

個室の中から、尋常《じんじょう》じゃない叫《さけ》び声が聞こえた。何事かと列を乱そうとしたら、すぐに領主代理の人が駆け寄ってきた。

「お前ら、列を乱すな!! 貴様らには、レイア様に恩を返す義務がある。何が起ころうとも列を乱すことは許さん。さあ、二番目行け」

二番目……俺か。

「え？　でも、まだ一番の女の子が出てきて……」

「二度は、言わんぞ！　さっさと行け!!」

中で何が起こっているか理解できないまま、部屋の中に入った。どのみち俺たちにはそれ以外の選択肢がない。ここを追い出されれば、本当にのたれ死ぬだけなのだから。

◇◇◇

二番目の患者は、一人目より面白い。

「ほほう、君は目が見えないのか」

「は、はい」

「眼球はあるな……ふむ。目を触ると痛みを感じるかね？」

「いいえ、触られている感触はありますが、痛みはありません」

なるほどなるほど、ならば付け替えるか。いやいや、それとも蛆蛞蝓ちゃんが失明にも対応できるか確認してみるか。迷うな……蟲の目に付け替えた方が、色々と便利かな。この少年の将来も考えれば、それがベスト!!

おし、付け替えよう。

その瞬間、少年の目を抉《えぐ》り、蟲の目と入れ替えた。

「ぎあ゛あ゛ぁぁぁぁぁぁぁぁ。目がぁっ目が‼」

なんだ、痛覚はあるのか……だったら先に言って欲しいな。痛覚遮断してあげたのにね。まあ、いいか。目を完全に治療《ちりょう》させるために、蛆蛞蝓ちゃんに呑《の》み込ませた。

蛆蛞蝓ちゃんがでかいとはいえ、さすがに百五十人近い人間を一気に腹に収めることは難しいので、二十人区切りくらいで吐《は》き出そうと考えている。

その後も私により、たくさんの孤児たちが救われていった。手足を復元し、失明を回復し、内臓の病も治癒《ちゆ》するパーフェクトな働きである。

七時間にわたり、孤児院には歓喜の叫《さけ》びが木霊《こだま》していた。

途中、治療《ちりょう》が待てないのだろうか、孤児院の外に行こうとする者たちが出る始末。そういった治《ち》療《りょう》が待てない可愛《かわい》い子供たちは、最優先で個室に呼んで治療《ちりょう》してあげた。本当は順番を守らないといけないが、そんなことに目くじらを立てるようなことはしない。なぜなら、紳士《しんし》だからだ。

子供って手が掛かるね。私の満面の笑みを見て、嬉しさのあまり泣きじゃくるし。中には、失禁する少女もいて困った。そっちの趣味はないというのに。

治療《ちりょう》を終えた私は、患者たちが目覚めるまで、孤児院の一室でお茶を一杯飲んでいる。

「いやー、いいことをしたあとは気分がいいね。きっと私の評価もうなぎのぼり間違いなしだよ」

「そ、そうでしょうか」

何を言っているベレス。これで評価が上がらないなら、どうやったら上がるか私でも分からないぞ。

「住居を与え、衣服を買い与え、三度の飯も提供、怪我《けが》や病の治療《ちりょう》、完璧だ!! あとは安静にさせておけば、全員一週間ほどで健康体になる」

「素晴らしいです。しかし、一日で全員の治療《ちりょう》をされると思っていなかったので、食事を作る者が誰もおりません。今から手配いたしますが、少しばかりお時間を」

「ああ、食事ね。大丈夫、治療《ちりょう》を終えた者にぴったりの食事を私が用意している。治癒薬《ちゆやく》にも近い効果を持っている料理……いや、この場合は食材かな？ とりあえず、山ほど用意しているから安心してくれていい」

子供には、たくさん食べて元気になってもらわないといけない。それに、治療《ちりょう》を終えたばかりで色々と衰弱しているだろうし、心ばかりの気遣いである。

うじゃうじゃ……。私の影から、無数の美味《おい》しい効能を持つ蝗《いなご》が現れた。

何やらベレスが真っ青な顔をしているが大丈夫だろうか。領地運営の全権を任せていたので、さすがに疲労が溜《た》まっているのだろう。不安だ……ベレスが倒れたら誰が領地を運営するんだ!!

「ベレス、疲れているなら言ってくれ。君がいなくなったら誰が領地運営をするんだ。さあ、遠慮なく蛆蛞蝓ちゃんに――」

「だ、大丈夫です!!」

「そ、そうか。ならば、この蝗を」

「とても、ありがたいですが、実は、ダイエット中でして」

ダイエット中か……ならば、仕方がない。しかし、ダイエットするほど肥満体には見えないのだがね。まあ、理想とするスタイルは人それぞれか。

夜になり、全員が目覚めた。何やら、叫《さけ》びながら飛び起きる元気な子供が多いらしい。本当に働けない身であったのか疑問を感じずにはいられない。

そして食事を摂《と》らせるために、全員を食堂に集合させた。

当然、私も孤児たちと一緒に食べる予定だ。同じ席で同じ飯を食うことで、お互いの理解が広がると思うしね。少しでも、子供のことを理解しようというこの姿勢――まさに紳士《しんし》!!

「食事をする前に一つ、一週間程度は安静にしているように。暴れると再生した箇所からもげるから。私がいないときにもげたら、治療《ちりょう》が間に合わなくて死ぬ危険性があるので気をつけること。何か質問がある者はいるかね？」

そう告げると、おずおずと一番目に治療《ちりょう》を行《おこな》った少女が手を挙げた。

「そこの一番、発言を許す」

「領主様は、私たちを治療《ちりょう》してくださったんですよね？　どうして、最初に治療《ちりょう》をすると教えていただけなかったのでしょうか」

「……あれ？　伝えていたと思ったが……些細《ささい》な問題だ。次に質問がある者はいるか？」

伝えていても伝えていなくても、結果は同じなのだ。

次に、三十五番が手を挙げたので指名した。

「領主様は、なぜ私たちの治療《ちりょう》をしてくださったんですか？」

「治療《ちりょう》しなかったら働けないだろう？　我が領地では、農民を欲している。だが、農民は湧《わ》いて出てくるものではない。だから、貴様らを引き取って治療《ちりょう》を施したのだ。安心しろ、働けばしっかりと対価を渡そう。貴様らが馬車馬のごとく働くほど、税収が増えて領地が潤《うるお》うのだ。お互いウィン－ウィンな関係で行こうじゃないか」

こういう事情もしっかりと説明してあげるあたり、紳士《しんし》的な対応である。そろそろ食事の挨拶《あいさつ》をしようと思ったが、まだ質問者がいるようだ。十二番の失禁少女を指名した。

「あ、あの……今日の晩ご飯ですが」

少女が、皆が着席しているテーブルにある皿の中身を見て、私の方をチラチラ見てくる。ああ、量が足りなかったか。子供だもんね!!　影の中から蝗が飛び出して、失禁少女の皿の上に移動した。

「どうした？　そんなこの世の終わりみたいな顔をして？　体調が悪いなら、治療《ちりょう》してやるぞ」

私の背後から蛆蛞蝓ちゃんが顔を出したのを見て、少女は首を横に振り、私は元気ですと猛アピールしてくる。

やっぱり、子供の考えることは理解できんな。

「そうそう、言いそびれるところだった。本日のディナーだが、君たちのために用意した特別なものだ。見た目は少し気になるかもしれないが、ランクBの冒険者も美味《おい》しく召し上がっているほどの貴重なものである。なんと、治癒薬《ちゆやく》にも近い効能があるだけでなく、栄養価も満点、鮮度も抜群《ばつぐん》とパーフェクトな食材だ。味の方も保証しよう」

「あ、ありがとうございます」

失禁少女が絶望したような顔のまま着席した。

もう、わけが分からないよ。

本当に、君たちのような孤児が口にできる食材じゃないんだ。この私が自ら手塩にかけて作り上げた究極の食材だというのに、その不満そうな顔が気に入らない。

なぜなんだ……!!　ここまで紳士《しんし》的に接して、手厚く扱っているのに。

「おかわりもあるから、遠慮なく食べてくれ。…………そして最後に言っておくが、君たちの治療《ちりょう》のためにも、身のためにも、残すことはお勧めしない。衣食住の全てを施したこの私が用意した食材を、まさか残すようなことはしないよね」

少しでも早く怪我《けが》を治してもらうために、心を鬼にした。

具体的には、『モロド樹海』下層に出現するヘラクレスモスキート、デストロイスコーピオン、デッドリータランチュラを呼び出して、孤児院の食堂を埋《う》め尽くした。

無論、食事の邪魔にならないように配慮は怠《おこた》っていない。壁や天井、床に至るまで……ああ、君たち程度が踏みつけたとしてもビクともしないから、間違って踏んでも怒らないよ。

皆、理解のあるいい子たちだからね。よく見たら段々可愛《かわい》く見えてくるはずだ。君たちが希望するなら、おはようからお休みまで君たちの面倒をお願いしてもいいのだが、それだとまるで囚人の監視になってしまう。

私は、あくまで君たちの自主性を尊重したいのだよ。

蟲食《むししょく》が世に広まらないのは、食べる習慣がないからだと理解している。ならば手近な領地でまずは実践を、と考えていたのだ。一口食べれば、そのよさが理解できるのだが……

「ふむ、静かになったね。では、いただきます」

あれ？　この世界においても、食事前には『いただきます』で合っているはずなのに、誰も私に続いて発言をしない。これは、いけませんね。

「いけませんね　皆さん。いいですか、食事前にはいただきます。これは、当たり前のことなのですよ。それとも、喉《のど》の調子でも悪いのかな？　治療《ちりょう》しますよ。それとも、私が君たちのために用意した食事が気に入らないと？　分《ぶん》を超えた贅沢《ぜいたく》は身を滅ぼしますよ」

慈愛《じあい》に満ちた笑顔を皆に向けた。

「「「「い　ただぎまず」」」」

若干、濁音《だくおん》混じりであったが、しっかりと食前の挨拶《あいさつ》が行われた。

ピギャーー（美味《おい》しく食べてくれてありがとう〜）

蝗たちが、食べてくれたことによる感謝の言葉を述べた。いい子たちだ……

「ああ、言いそびれたけど、その蝗ね……噛《か》まれると悲鳴を上げるんだが気にしないでね。……あれ？　白い泡を吹いて倒れている!!　これは、いけない。治療《ちりょう》が甘かったか」

原因不明で泡を吹いて倒れた少年を急いで蛆蛞蝓ちゃんに取り込ませた。

他にも幾人もの孤児が、原因不明で倒れていった。

無事だった者たちは、もう涙いっぱいの顔で蝗を美味《おい》しく食べている。

きっと、今日という日が思い出になったことは間違いないだろう。

8　新人冒険者（一）

毎年の慣例行事で見慣れたことだとはいえ、俺――アインス・ヒューレル・エルザードの番となるといささか緊張するな。だが、今日のためにできる準備は全て行《おこな》った。この冒険者育成機関で学んだことをいつでも発揮できるように、復習にも力を入れてきた。

目の前の冴えない講師――本当に元ランクCの冒険者だったのかと思える者の講義も真面目に聞いた。今でこそ俺より強いが、それも時間の問題だろうな。

「皆さんはまもなく『モロド樹海』へ赴《おもむ》き、本物の迷宮を味わうことになります。今日まで習ったことをしっかりと実戦に適用できれば、上層で十分な成果を得られるでしょう。現地では、ギルドを通じて先輩冒険者を雇うのも一つの手段です。一つしかない命です。決して、無駄にしないように」

しかし、本物の迷宮ね。冒険者育成機関の敷地内にある『試される大地』と比べて、どの程度違うか楽しみだな。あそこのモンスターは、もはや俺の敵にならん。

早く経験してみたいものだな。講師曰《いわ》く――この冒険者育成機関にある『試される大地』とは別物だそうだが、所詮《しょせん》迷宮という枠組みは同じはずだ。事前調査を行い、確固たる装備と戦術で挑めば、倒せないモンスターなどいない。

だが、赴《おもむ》く前に確認しておきたいことがある。

「魔法について聞きたいことがあるが、今でもかまわないか？」

「かまいませんよ、アインス君。どうせ、君は聞き入れはしないでしょうから」

今は我慢してやる。

だが講師とはいえ、もう少し俺に対して下手《したて》に出ておくんだな。最上級生の中で、剣技及び魔法において首席であるこの俺は、既にランクD相当の実力があると太鼓判を押されている。ランクC止まりであった貴様など、すぐに追い抜いてみせる。

暗い夜道を気をつけて歩くことになるぞ。

「高ランクの冒険者にもなれば、詠唱を必要とせずに魔法を使えるらしいが、俺にも可能なのか？」

「そうですね。冒険者になれば誰でも知ることですし、教えてあげましょう。結論から言えば、アインス君でも可能です。講義で教えたとおり、魔法とは本人が持つ魔力を『火』『水』『土』『風』のいずれかの形で現界させる事象です」

ああ、それについては重々承知している。

「確か、大事なことは想像力だったな」

仮に、『火』の魔法を扱える者を十人集め、目を瞑《つむ》った状態で火の玉を出させても、全員が同じ大きさや威力のものを出すことはない。想像する『火の玉』が個々に異なるからだ。しかし、それでは社会で使う際に困るため、生まれたのが『魔法名』と『詠唱』というシステムである——と習った。

「ええ、その通りです。ここでは君たちの将来性も考えて、意図的に『魔法名』と『詠唱』というシステムを講義に取り込んでいます。将来的に軍属になる者もいるでしょうから、覚えておいて損はありません。それに、パーティーでの連携にも役に立っていたでしょう」

確かにその通りだ。仲間がどのような魔法をどの規模で使おうとしているか察することができるので、戦闘で大いに助かっている。仮に、『魔法名』と『詠唱』というシステムがなければどうなったかと想像すると……辛《つら》いな。

この冒険者育成機関で学んだことなど役に立つことが少ないと思っていたが、存外そうでもなかったな。

「だが、何事にもメリットとデメリットがあると考えているが……」

「アインス君、いいところに気がつきますね。メリットについては様々ですが、特にパーティーでの戦闘がスムーズに行えることと、魔法のイメージが確固たるものになるので威力が安定することです。デメリットは、『詠唱』しないと魔法が使えないとすり込まれてしまい、『詠唱』なしでは魔法行使ができなくなることです」

「ありえるな」

試しに無詠唱で魔法の行使を試みた。一応、発動はしたが……威力は全く出なかった。なるほど、これは今後改善の余地があるな。

「余談ですが、『詠唱』をする冒険者は二流。無詠唱で複数属性行使ができて一流と言われていますので、アインス君も頑張《がんば》ってください」

「そんな裏話があったのか。では、もしかして『火』『水』『土』『風』の魔法は、想像力さえあれば全属性扱うことが可能なのか？」

「それは、完全に生まれ持った才能に左右されます。才能さえあれば、二属性、三属性と鍛《きた》え上げれば扱えるでしょう」

そこは変わらずか……参考書通りの回答だな。

だが、魔法の講師をする者が言うのだから、十中八九事実なのだろう。もし魔法を扱える者全員が、全ての属性を扱えるのならば、迷宮攻略がどれほどスムーズになるか想像もつかない。

では特別な属性はどうなのだ。あれも才能に左右されるのだろうか。

「ならば、『闇』や『聖』といった特別な属性も、才能があれば使えるのか？」

「情報が少なすぎて分かりませんね。ただ、一つ言えることは……それが扱える者たちには近付かないことです」

確認されている属性は、『火』『水』『土』『風』に加えて、特別な属性である『闇』『聖』『雷』『蟲』の四つだ。教科書にもその名前しか載っていないので、是非《ぜひ》とも一度拝んでみたいものだな。

「そうか、非常にためになる講義であった。それでは、メンバーも待っているのでそろそろ行くことにする」

「ああ、気をつけて行ってきなさい」

今日からこのアインス・ヒューレル・エルザードの冒険が始まるのだ。『モロド樹海』のモンスターどもよ……華々しく散るといい。

◇◇◇

「お、エーテリアにジュラルドじゃないか」

「あんたも休みかい、レイア？」

「お久しぶりです、レイア殿」

たまの休みに『ネームレス』のギルド本部にランチに来てみれば、珍しくエーテリアとジュラルドがいた。二人と休みが被ることなんて本当に久しぶりなので、カップルの二人には悪いが、相席させてもらうことにした。

しかし、今日はなぜか人が多いな。

「何やら騒がしいな。今日は、祭りか何かだっけ、ジュラルド？」

『ネームレス』のギルド本部の空気が和気藹々《わきあいあい》としている。なんというか、とてもフレッシュな雰囲気を漂わしている集団が多数いることに疑問を覚える。冒険者になる者なんて大体の場合、それ以外に道がなくて仕方なくということが多いので、暗い雰囲気の奴が多い。

「あの集団ですか。もう、そんな時期なのですね。あれは、冒険者育成機関の最上級生の集団です。実は、僕の母校なのですがね」

ジュラルドがあそこの卒業生だったとはね。冒険者育成機関って一般的には知られていないだろうが、真っ黒なところなんだよな。

モンスターを駆除できる人材を育成し、誰もが平和に暮らせる世の中を作るべく、一丸となって頑張《がんば》ろうという崇高《すうこう》な精神のもとに設立されていることで有名だが……当然、そんな聞こえのいい設立理由は、表向きのものだ。

そもそも、冒険者なんて職業は誰でもなれる。冒険者育成機関を出る必要は全くない。各所にあるギルド本部で一枚の紙切れにサインをしたその日から、ギルド公認の冒険者になれるのだ。

冒険者育成機関の真の姿は、家督を継げない貴族のために用意された牧場なのだ。加えて、国家の役人やギルドの天下り先、引退した冒険者の再就職先――というのが真実だ。

だが、当然育成機関らしいことも行《おこな》っている。武器の扱い方から魔法、迷宮探索における心得などを教えているとのことだ。最低限、迷宮で生計が立てられるだけの力を付けさせることを、育成の目標にしているのだろう。

ちなみに、生徒は冒険者育成機関を卒業しても冒険者にならない場合、軍隊へ入る者が多い。なんせ、軍で行う教育の一部を冒険者育成機関でやってくれているのだ。手間が省けるだけでなく、即戦力として期待できるから、軍隊も卒業者の採用に力を入れている。

また、冒険者育成機関は一般市民にも広く門を開いている。一般市民からの搾取《さくしゅ》に見事に成功しているエグイ事例だ。一般市民の収入でも少し頑張《がんば》れば払える料金設定がされている。

そのおかげで、冒険者の六割強は冒険者育成機関の出身者なのだ。

「へぇ〜、ジュラルドは冒険者育成機関卒業生か。もしかしてエーテリアも？」

長年付き添った夫婦みたいな雰囲気を醸《かも》し出すこの二人だ。その可能性は高いだろうと思っている。いいよね、そういう青春時代がある人は……

「ちげーよ。アタイは、『自称冒険者』の方さ。ジュラルドとの出会いは、ジュラルドが最上級生になったときだ。要するに、あそこにいる連中みたいなときさ」

そのくくりで表現するなら、私も『自称冒険者』だな。私がそれを知ったのは、冒険者になってから少しした頃だけどね。当時、大変お世話になったギルド受付嬢に色々と教えてもらった。

『自称冒険者』と『冒険者』——本質的なところは全く同じだ。唯一の違いは、冒険者育成機関を出たか否《いな》か。ギルドとしても、天下り先である冒険者育成機関が栄えていた方が懐《ふところ》も潤《うるお》うなどの真っ黒な思惑が数多《あまた》に存在した結果、生まれた言葉なのだ。

もっとも、ギルド職員も迷宮に挑む冒険者たちも、ほとんど使い分けたりすることはない。そんなことに全く意味がないからだ。

だが、冒険者育成機関を出たばかりの新人は、よく勘違いする。冒険者育成機関を出た自分たちの方が、技量も知識も遥《はる》かに上——ゆえに、冒険者育成機関を卒業した自分たちこそ真の『冒険者』で、それ以外の者たちを『自称冒険者』と蔑《さげす》むことが多い。

その思い違いから、尊《とうと》い命を落とす者も少なくない。力こそ全ての冒険者の業界、新人ふぜいが偉そうにしていられるのは最初だけだ。

「へぇ〜、じゃああれかな？　エーテリアが無謀にもモンスターに挑み、死にかかったところをジュラルドが颯爽《さっそう》と助けに入り、今の関係ができ上がったと」

「いいえ、逆です。僕がモンスターに無謀な特攻をした結果、死にかけたところをエーテリアに救っていただきました。大剣を振り回しモンスターを一刀両断するあの姿は、凄《すご》かった」

「お前がかよ!! なんでだよ。全属性使えるエリートだろ!! モンスターくらい、余裕だっただろう!?」

「そんなことはありませんよ。昔の僕は、弱々しかったんですよ」

ジュラルドは、身長二メートル近くあるだけでなく、筋骨隆々。腕の太さがエーテリアの太ももくらいある。しかも、スキンヘッドに加え、肉弾戦が得意ですと言わんばかりに耳が潰《つぶ》れている。

「その顔は、信じていませんね」

現在の容姿からは想像すらつかない……どう考えても、昔からマフィアの用心棒みたいな面構えだったに決まっている。騙《だま》されんぞ!! 中層程度のモンスターならば素手でバラバラにできるほどの身体能力を持っていて、何を今更。信じられるはずがない。

「それが、本当なんだよね。アタイだって、ずーっと一緒にいなかったら、同じ反応をしたよ。あ、これが当時のジュラルドとアタイだ」

エーテリアが、ペンダントに入っている二人の肖像画《しょうぞうが》を見せてくれた。

そこに描かれていたのは、少し幼く見えるが今とあまり変わらないエーテリアと、肩まである綺《き》麗《れい》な金髪をしたエルフの美少女であった。以前にあったクオーターなど目じゃないほどの美少女だ。

「……肖像画《しょうぞうが》、間違ってない？ 元、パーティーメンバー？」

「いえ、エーテリアの横に描かれているのが僕です」

肖像画《しょうぞうが》とジュラルドを並べて、見比べてみる。さらに、見比べてみる。じっくり、見比べてみる。よーーーく、見比べてみる。

「い、いったい何が起こったんだ!? 迷宮では何が起こってもおかしくないというが、これは絶対におかしい!! というか、人族じゃなかったの!? それに、女だったの!?」

「そんなに、変わりました？ 僕は男性ですよ。肖像画《しょうぞうが》でもそう見えるじゃありませんか。ほら、耳だって」

「見えねーよ!! それに、耳は潰《つぶ》れているだろう!!」

悪いが、速攻で突っ込んだ。

「そうでしたね。モンスターとの戦闘で潰《つぶ》れてしまいました」

マジかよ……なら仕方がない。よくあることだよね……エルフなんて長い耳が邪魔になるもんね。今みたいに潰《つぶ》れていた方が戦いやすいのは理解できる。でも——

「なんで、禿《は》げてんだよ!!」

「戦闘中に髪が邪魔になるので脱毛しました」

そっか、なら仕方がない。分かるわ……ハゲの方が洗うのも楽だし、戦闘でも邪魔にならない。特に肉弾戦をやる人は、髪の毛を掴まれないようにハゲにするのはよくあることだ。

「じゃあ、この肉体的な変化は？」

「モンスターソウルの吸収によるポテンシャルの上昇が原因です」

なるほど、ならば仕方がない。亜人――特にエルフは、モンスターソウルの恩恵を非常に受けやすいと聞くからね。

「すまなかったジュラルド!! 一瞬でも疑ってしまった自分が情けない」

「いえいえ、よくあることです」

美少女と見間違うほどの美少年が、数年でここまで進化を遂げ《と》るあたり、さすがは神が作った迷宮である。

まじ、恐ろしい。

◆◆◆

冒険者育成機関を出た俺は、パーティーメンバーとともに直行便にゆられること二日、ようやく『ネームレス』のギルド本部に到着した。『モロド樹海』に挑む冒険者が集う街ということで賑《にぎ》わいもあり、なかなか活気がある。

軽く見渡しただけで、幾人もの冒険者たちが目に入る。俺たちより強い者もいるだろうが……全体的に見てレベルが低いと感じるな。まあ、それは当然かもしれん。なんせ俺のパーティーメンバーは、冒険者育成機関の最上級生の中でも最高のメンバーが揃っていると言い切れるからな。

「我々の実力は、この場にいる現役の冒険者たちに劣《おと》るとは思えない。しかし、初めての『モロド樹海』だ。最低限、サポーター兼道案内役は雇っておくべきだと思うのだが、どうかな?」

「賛成ですわ。お姉様からも『モロド樹海』に挑む場合には必ず人を雇いなさいと強く言われましたからね。それで、ギルドに依頼を出します？」

コミットの姉といえば、ミーティシア様のことか。噂《うわさ》じゃ、ここ最近パワーレベリングに失敗して死にかけたと聞いた。安全面も考えれば、確かに人を雇うべきか。

「それが一番だが、他のパーティーも同じ考えみたいだな。今から依頼したんじゃ、引き受けてくれる冒険者がいつ現れるか分からん。だから、直接交渉するぞ」

「えっ⁉　そんなことをしていいの？」

問題ないとは言わないが、バレなければ問題ないさ。俺たちのデビューを飾る方が大事だ。

「問題ないさ。ちょうど、あそこに暇そうにしている冒険者が三人いるだろう？　オリハルコン製の大剣を担《かつ》いでいる女と、魔力を高めるピュアミスリル製の装飾品を付けているガタイのいい男は、間違いなく高ランクの冒険者だ。だが、その二人と一緒にいる白髪頭は、サポーターと見て間違いない」

冒険者の中には少数で迷宮に挑む者もいると聞くが、まさにあのような連中だろう。サポーター以外の者の装備は、どれもが一財産といえるほどの品物に見える。俺たちもあのレベルまで早く上り詰めたいものだ。

そのような者についていく優秀なサポーターともなれば、俺たちが知らない知識を持っているに違いない。年齢も近そうだし、感じのいい雰囲気で近づけば、雇える可能性も高いだろう。

「なるほど、高ランクの冒険者のサポーターなら、色々と勉強になりそうね。賛成だわ」

まずは俺が交渉しよう。どうしても渋《しぶ》るようなら、コミットを交渉役にすればよい。彼女はエルフとのクオーターだけあって、非常に美しい。そのため、男性相手の交渉の成功率はとても高いだろう。

俺の彼女にこのようなことを依頼するのは心苦しいが、致し方ない。今回に限り、パーティー全体の利益を考えるとしよう。

◇◇◇

こうして、話せる相手と食事ができるのは楽しいものだ。迷宮での色々な情報が交換できるからね。他にも、宝箱から出たものを交換している。お互い必要なものは異なるので、いつもいい取引ができる。

それにしても、今日は『ネームレス』のギルド本部の酒場もガラ空きだ。昼時だというのに閑古《かんこ》鳥《どり》が鳴いているのは悲しいことだ。同じ冒険者たちの血腥《ちなまぐさ》い話が聞こえないとはね。

そんなことを思っていると、フレッシュな雰囲気を漂わす連中が近づいてきた。

雰囲気から察するに、私が好きな冒険者らしい話をするようには感じられない。ここで食事を取るつもりにしても、空いているテーブルはいくつもあるのに、こちらに近づいてくる。何を考えているのか見当もつかない。

まあ、やる気に満ちた目から察するに、輝かしい未来でも想像しているのだろう。だが、先輩冒険者である私からしてみれば、ようこそ泥臭い世界へ、だ。

「冒険者育成機関の者でアインスと言います。是非《ぜひ》、貴方《あなた》に依頼したいことがあるのだが、よろしいかな？」

おかしいな。この酒場の店員だとでも思われたのだろうか？　ここの制服も着ていないから間違われることはないはずだ。視力でも悪いのかな。

……さすがにないか。仕方ないから忠告してやろう。

「私に依頼？　新人みたいだから言っておく……ギルドを通せ、アホども」

新人ということで、非礼を見て見ぬふりをしてあげる。

ギルドを通さずに依頼などもってのほかだ。そんなことをしたら、マーガレット嬢によって亡き者にされるぞ――お前らがな‼　と、優しく先輩である私が忠告してあげた。皇族ですらギルド経由で依頼をする世の中だぞ。

この私以外の冒険者にそんなことをしたら、リアルファイトになるだろう。貴様らのせいでギルドに目を付けられたとね。紳士《しんし》であるこの私だから、忠告をした上に見逃してあげるのだ。

「あ、アホですと……この」

「抑えてアインス‼」

どうやら図星を突かれて、気に障ったようだ。こちらの先輩的指導に何か問題があったのだろうかと、ジュラルドとエーテリアを見たが……どうやら私が正しいようだ。

アインスと名乗るアホを抑える女性は、クオーターのエルフか……最近、妙に縁があるな。おまけに、どことなく顔つきが、少し前に迷宮より救出した女性に似ている。いいや、エルフだから美人という共通点が似ているだけか。世の中、そんな縁があちこちにあるはずがない。

「ゴホン。失礼、何やら不快な発言が聞こえましたが、気のせいということにしておきます。こちらの依頼を受けるか受けないかは、これを見てからにしてほしい」

アホが、テーブルの上に百万セルを積んだ。これが何を意味しているか、エーテリアとジュラルドには理解できないようであった。しかし、私は理解した。

「なるほど、そういうことか。新人なのによく分かっているじゃないか」

「ならば、話が早い!!」

これは、迷惑料兼指導料兼口止め料ということで間違いない。しかも、素直に謝りづらいので「こちらの依頼を……」とか、ツンデレ風に言ったのだろう。

ここまで気が利く新人であったとは、この私ですら見抜けなかった。こいつは、将来有望である。

そして、懐《ふところ》に金を収めた。

「ほら、さっさと受付に行って依頼を出してこい。今回は、コレに免じて見なかったことにしておいてやる」

そのやり取りで、エーテリアとジュラルドも納得がいったようだ。

「ああ、そういうことでしたか。最近の冒険者育成機関は、そこまで熱心な教育をしているんですね。僕の時代にはなかった指導です」

「気が利くじゃねーか。おいおい、独り占めはなしだろう。仲良く三等分だろう?」

「仕方ない。端数はもらうぞ」

ランクBの冒険者相手への謝罪料としては不足しているが、ここは先輩として後輩の顔を立ててやろうと一致した。他の者たちでは、真似《まね》ることすら難しい、紳士《しんし》淑女《しゅくじょ》ならではの行為である。

しかし、そんな我々の心遣いも知らず、新人パーティーはお怒りのご様子。全くもって意味不明である。理解できない現象は迷宮の中だけにしてほしいものなのだがね。

「おい!! なに当然のごとく、百万セルもくすねてんだ!! さっさと、金返せ!! 高ランクの冒険者のサポーターだからっていい気になるな、『自称冒険者』の白髪頭!! 俺らの両親に言えば、お前らなんて明日には迷宮の肥料にしてやれるんだからな!!」

「早くお金を返しなさい。そうすれば、お父様に報告しないであげるわ。お父様は、ギルドの幹部と非常に仲がよろしくてよ」

「俺たちが汗水垂らして稼いだ金を何のためらいもなく懐《ふところ》にしまうとか。冒険者の風上にもおけねーな」

色々と何を言っているか理解できない状況になったぞ。迷惑料を素直に受け取ったら、なぜか新人冒険者たちが激怒した。しかも、大声で周りに聞こえるように喚《わめ》き散らしている。子供の喧嘩《けんか》じゃないんだぞ。大声出して周囲の賛同を得られるなんぞ、大人の世界じゃ通じないことも理解できないのか。

そんなことよりもだ……こいつらは一つ恐ろしいことを口にしたな。

「マジかよ……エーテリア、ジュラルド。私たち、明日には迷宮の肥料になるんだってさ」

冒険者にとって、売られた喧嘩《けんか》は買うのが常識である。

ギルド本部にいた新人たちを除く冒険者やギルド職員は、開いた口が塞《ふさ》がらないみたいだが、私もその一人だ。

9 新人冒険者（二）

毎年のことだが、実に面倒な時期が来たと思った。

この時期には、冒険者育成機関から最上級生たちが遠征に来るため、ギルド受付における事務作業が普段の数倍に膨《ふく》れ上がる。私――マーガレットも将来的な天下りを考えて、いい顔をする必要があり、それもまたストレスが溜《た》まる要因である。

「マーガレットさん、よろしければ本日の業務終了後にディナーでもいかがですか？」

「ありがとうございます。ふふ、そうね……貴方《あなた》がもっといい男になったら考えてあげるわ」

と、笑顔で最上級生の手を握って言うと、面白いように堕ちる。これでまた一人ね。男って本当にチョロいわね。そして滑稽《こっけい》だわ。

さて、働き蟻も幾人か捕まえたし、溜《た》まってきた最上級生の依頼書でも片付けていきますか。手始めに、積み重なっている数枚の依頼書に目を通してみたが……ひどい。

「どれもこれも、冒険者を斡旋《あっせん》するこちらの立場になってほしいような依頼ばかりね。少しは、相場ってものを調べてきて欲しいものだわ」

依頼内容は、サポーター募集、『モロド樹海』における立ち回りを教えてくれる人募集、レベリングさせてくれる人募集など、様々であった。だが、ほとんどの依頼に言えることが、圧倒的低報酬《ほうしゅう》。

もちろん、生徒としてはそれなりの額で依頼をしているつもりなのだろうが……『モロド樹海』で冒険者を雇うには無理がある金額だ。こんな報酬《ほうしゅう》では、引き受けてくれる人などいつまで経っても現れるはずがない。

「そこは仕方ありませんよ。あそこで採れる素材じゃろくな値段にもなりませんしね。まあ、ひどいのは認めますが、同郷のよしみで引き受けてくれそうな人に話を通しましょう、マーガレット」

「それしかないわね。はあ、面倒だわ」

人情に訴えて依頼を引き受けさせる方向でギルド本部の全体方針が決まった。

可愛《かわい》い後輩のために割が合わないけどよろしく、とひどい話ではあるけど、なんとかするしかない。それが仕事。その上、これは女に弱い冒険者を狙い撃ちにするゲスい作戦だが、効果は抜群《ばつぐん》。

受付嬢の必須技能だと言われるけど、これにかかる男ってバカよね。

昼になり、冒険者育成機関の生徒の依頼書を処理する最中、珍しい組み合わせを発見した。『ネームレス』が誇る最高戦力が、ギルド本部で軽食を食べていたのだ。

「ランクB……それも化物に近い連中が揃うと、さすがに凄《すご》いわね。みんな一斉に酒場から逃げたわ」

席に座っているだけで営業妨害に近い存在だが、誰も文句を言えない。酒場のマスターも客足が遠のいて困っているみたいだけど、助けないわよ。

「マーガレットさん、この依頼をあの方たちにお願いしてみては？」

後輩が持ってきたのは一枚の依頼書だ。冒険者育成機関の生徒が出した『今後のためにランクB相当のモンスターが出る下層でレベリングさせてください。報酬《ほうしゅう》は、二百万セル出します。期間は、一週間でお願いします』などと、妄言《もうげん》にも等しい内容の依頼書だ。

この依頼書を見た瞬間、零《ゼロ》の数を間違っているのではと思い、何度も見直した。仮に、報酬《ほうしゅう》の金額に零《ゼロ》が一つ多くても、引き受ける冒険者はいない。前回みたいに依頼主が皇族なら、話は別だが。

と考えていると、何を血迷ったのか、後輩がそんなとんでもない依頼書を渡そうとしてきた。

「嫌よ。あんたも、アイツらと全く縁がないというわけじゃないんでしょう？　その依頼を持っていってみなさいよ」

「た、確かに依頼の際に顔を会わせはしますが、これを持っていく勇気はちょっと……」

「だったら、振るんじゃないわよ!!　というか、こんな依頼は出した奴を呼び出して書き直させなさい。最悪、冒険者育成機関に連絡してもかまわないわ」

女性としての武器が通じない、かつ化け物みたいな連中を相手に、私だって持っていきたくないわ。一歩間違えば命の危険がある。そりゃ、アイツらに依頼を頼むのは圧倒的に私が多いわよ。

でもね!!　誰も好きでやっているわけじゃないわ。

後輩に指導を行い、引き続き受付及び事務処理を開始した。

絶え間なく来る最上級生たちからの依頼を処理して一段落付いたときに、後輩が駆け寄ってきた。

女の勘《かん》だけど、嫌な予感がするわね。

「マーガレット先輩大変です。実は、ギルドを通さずに堂々と依頼をしている生徒たちが……」

「どこのアホタレよ!!　で、誰に依頼しているの？」

と聞き返したところ、後輩があちらですと指をさした。場合によっては直接指導をしなければならない。依頼をした方も依頼を受けた方もだ。

その方角にいる冒険者は、数が少ない……具体的には三名だけだ。誰に直接依頼を申し込んでいるかすぐに分かった。同時に安心した。

「ああ、アイツらなら大丈夫よ。ギルドのルールを分かっているし、それとなくギルドを通すように促すはずよ」

「そうですよね。ただ、冒険者育成機関の最上級生だと……彼らを誰か知らないで無礼を働くんじゃないかと不安で」

ギルドを通さずに依頼をすることは、たとえ皇族であっても許されない。誰が決めたルールか知らないけど、依頼主、ギルド、冒険者の三つの関係が崩れてしまうと困る人がいるんでしょうね。

ピコーン。

「……………あんた、フラグって知ってる？　もし、何か起こったら、あんたが責任取りなさいよ」

「心配しすぎですよ、マーガレットさん。レイア様のそばには、オリハルコン製の大剣を持ったエーテリアさんやピュアミスリル製の装飾品を身に付けたジュラルドさんの二人も一緒にいるんですよ。そんな人たちに新人冒険者ごときが偉そうにデカイ口を叩《たた》くはずありません」

　ピコーーン　ピコーーーン。

　まごうことなきフラグ!!　間違いなくフラグ!!　なんて後輩なの!!　こんなにも恐ろしいフラグをたくさん立てるなんて!!

「おい!!　なに当然のごとく、百万セルもくすねてんだ!!　さっさと、金返せ!!　高ランクの冒険者のサポーターだからっていい気になるな、『自称冒険者』の白髪頭!!　俺らの両親に言えば、お前らなんて明日には迷宮の肥料にしてやれるんだからな!!」

「早くお金を返しなさい。そうすれば、お父様に報告しないであげるわ。お父様は、ギルドの幹部と非常に仲がよろしくてよ」

「俺たちが汗水垂らして稼いだ金を何のためらいもなく懐《ふところ》にしまうとか。冒険者の風上にもおけねーな」

　ギルド本部によく響く罵声《ばせい》が届いた。

　一同が声のする方向を見てみると、驚愕《きょうがく》の一言である。無謀と勇気を履き違えているとしか思えない出来事が起こっていた。今年に入って今日ほど驚いた日はないわ。

「マジかよ……エーテリア、ジュラルド。私たち、明日には迷宮の肥料になるんだってさ」

　どういう展開でそんな状況になったのか理解できないが、やるべきことが一つある。

「私、花を摘みに行ってくるわ」

この隙《すき》に逃げるしかない。下手したら、ギルド本部が血まみれになる事態。血の汚れって取れにくいのよね。

10　新人冒険者（三）

発言から察するに、貴族の子供たちであることは間違いなかった。ゆえに、普通に怖い。

私とエーテリアとジュラルドの三名を相手に、迷宮の肥料にしてやると啖呵《たんか》を切ったのだ。それがどういうことを意味しているかといえば、私たちと同じランクBの冒険者たち、またはランクAの冒険者を使って殺しに来ることを示唆《しさ》している。

こう言ってはアレだが、私たち三名は『神聖エルモア帝国』の冒険者の中でも上から数えた方が早い実力を有する冒険者だと自負している。

「まずいな。エーテリア、ジュラルド……」

「え、何かまずいのか？　アタイは、今からこいつらに指導をしてやろうと思ったんだが」

「僕も同意見でしたが、何がまずいんです？」

最上級生たちを完全に放置して、内輪で話を進めた。

「私たちを相手に啖呵《たんか》を切ったのだ。勝算がなくて、そんなことをする奴などいるはずがない。こいつらは親の権力を使って、本気で私たちを殺しに来るつもりと見て間違いない。要するに、ランクBの私たちを纏《まと》めて殺せる化け物が出張ってくる可能性が濃厚だ。多分、ランクAの化物を連れてくるつもりだ」

「なるほど、そういうことでしたか。しかし、ランクAですか……一番可能性が高いのは『闇』の魔法を使うグリンドール・エルファシルですかね。次点で『聖』の魔法を使う『ウルオール』の王族である双子の姫君だと思います」

ランクAは、我々でも死を覚悟する必要がある。

現在、ランクAは四人。その内、三名が特別な属性の使い手だ。生憎《あいにく》、『闇』の使い手であるグリンドール・エルファシルにしか会ったことがないので、『ウルオール』のランクAの実力は不明だが、『闇』の使い手と同等だとすれば、勝ち目はないと考えるべきだろう。あと一人は、魔法の才能なしでランクAまで上り詰めた変人だが、これも厳しいと考えるべきだな。

「『闇』の使い手が来るとまずいな。アレとは、戦争時にやりあったことはあるが、手加減されて時間稼ぎがやっとだったぞ。私たち三名が束になっても、ガチで来られると勝算はない」

「それで生きているアンタも十分スゴイと思うぞ。でも、グリンドールって金で動かないことで有名だから、来ないいんじゃね？」

エーテリアの言うとおり、ランクAのグリンドール・エルファシルは実際の理由は不明だが、『聖クライム教団』という宗教国家の出身者だからか、基本的に宗教絡みの依頼でしか動かないと専《もっぱ》らの評判だ。まあ、迷宮探索は別らしい。

「それなら安心だ。では、双子の姫君とやらはどうだ？　ジュラルドは同族だし、何か知らないか。

『聖』の魔法の情報でもいいぞ」

見た目はどうあれ、ジュラルドは同じエルフだ。エルフのランクA、王族、『聖』の魔法、ここまで揃っている存在なのだから、知らないはずがない。

「母国では有名人ですからね。ですが、他国の姫君が、ランクBの僕らを殺す依頼を受けるとは考えにくいですね。あと『聖』の魔法は、浄化能力が異常に優《すぐ》れており、彼女たちにかかればモンスターすら食べられるようになるとかならないとか」

なんだ、その能力……モンスターを食べられるようにするだと!! 私と同じような魔法じゃないか。存外、気が合いそうだな。そのうち挨拶《あいさつ》に行ってみよう。手土産を持参してね。そして、どちらのモンスターが美味《おい》しいか是非《ぜひ》勝負したいものだ……料理でな!!

「そうなると、残りのランクAか……確か、『俺より強い奴に会いに行く』という名台詞《めいぜりふ》を残して行方知れずと聞いている。くそ!! 一体、どうやって我々を殺すつもりか見当もつかない」

私たちが知恵を絞《しぼ》ってもまるで思いつかない殺害計画を一瞬で思いつく、この最上級生たちに感服した。

「難題ですね。あと、可能性があるとすれば……ギルド総出で殺しにくるくらいですかね。それなら可能性はあるかと」

さすがは、同じ冒険者育成機関を出たエリートだ。その発想はなかった。数の暴力という言葉があるくらいだ。金と権力をフルに使えば可能だろう。

ギルド幹部にコネもあると言っていたので、各所のギルド本部やギルド総本山から精鋭が続々と送り込まれてくる可能性もある。さらに言えば、皇族に素晴らしいコネや、国家を裏で操《あやつ》るほどの権力を持っている親がいるのだろう。

そうでなければ、私たちをどうこうしようなど思えるはずがないからね。

「『ネームレス』以外からも応援がくる可能性があるから、各個撃破で潰《つぶ》していくか。厳しいが、それしか生き残る道はない」

ようやく、今後の方針が決まってきた。

幸い、ジュラルドとエーテリアと一緒なら生き残れる可能性は高い。疲れたら迷宮に潜《ひそ》み、追っ手は蟲を使って分断後に各個撃破。最終的には他国に亡命もありだな。私たち三人なら、受け入れてくれる国は十分にあるだろう。

「でもよ〜。それ実行すると、アタイらはこの国にいられなくなるよな。アタイは両親がこの国にいるから、親孝行する前に死にたくないんだよ。できれば、金を返す方向がいいんだが……」

大剣を振り回してモンスターをなぎ倒す姿からは想像もできないほどの女子力を発揮するエーテリア。これが淑女《しゅくじょ》だ。

「エーテリアがその気なら、僕もお金を返す方向でいきます。よくよく考えれば、こんな端金《はしたがね》のために、馬鹿らしいです」

エーテリアのご両親のためならば仕方がない。それに、私もよく考えれば『神聖エルモア帝国』を簡単に捨てるわけにもいかないしね。

だが、一度受け取った金を返すという行為は、非常に納得がいかない。しかし、冒険者としてのプライドより両親をとるエーテリアの顔を立てる。それが紳士《しんし》というものだ。

「そうだな。親孝行は大事だからな。こんな端金《はしたがね》のために、我々が命懸けになるまでもあるまい。だが……こんな端金《はしたがね》をそのまま返したとなっては、ランクBとして恥ずかしいだろう。だから、色をつけようと思うんだよ」

「賛成ですね。じゃあ、僕はオリハルコンの短剣でも……」

懐《ふところ》から余り物の短剣を取り出そうとしたジュラルドを止めた。ここは、言い出した私が出すのが当然である。そのくらいの度量は当然、持っている。

「それには及ばない。二人とも、この子を見てみなさい」

私は影の中から自慢の蟲を呼び出した。

ピピ（なになに？　どうしたのお父様）

私は、一匹の幼虫をテーブルの上に出した。深紅《しんく》の目をした純白の幼虫である。小さいながら、健気《けなげ》で儚《はかな》い瞳で見つめてくる様子は、胸キュンである。

「初めて見るタイプですね。しかも、どことなく気品が溢《あふ》れているように感じます」

「なんか、あれだ……なんか分からないが、女としてこの子に負けた気がする」

ほほう、さすがはジュラルドとエーテリアだ。この幼虫を見てそこまで感じ取れるとは、超一流である。

「聞いて驚け!!　この幼虫はな……幻想蝶《げんそうちょう》だ」

あまりに美しすぎて神話にも登場したと言われる貴重な蟲だ。あらゆるモンスターを魅了することから、傾国のモンスターなんて言われるほどの子なのだ。私もこの子を『モロド樹海』で見つけたときは、驚いたよ。

まさか、本当に存在していたとはね。

最近になり繁殖に成功して、私の蟲たちからも大切に育てられている子の一匹だ。

「まさか、あの幻想蝶ですか⁉　ランクAの双子の姫君が、あまりに婚約を申し込んでくる男たちが多いために出した無理難題――『幻想蝶を持ってきた者と結婚します』で有名な蝶を、幼虫とはいえこの目で見られるとは、眼福ですな」

双子の姫君のことはあまり知らないが……日本の昔話であったようなことを実践したエルフがいるとはな。

「この子を新人たちに⁉　まじかよ、アンタ太っ腹どころじゃないぞ」

だが、そのまさかだ。

繁殖に成功しているとはいえ、我が子のように可愛《かわい》がっている蟲をこんな非礼な連中に渡すことになるとは……心が痛い。だが、ランクBの大先輩が百万セルをそのまま返したとなっては、冒険者全体の沽券《こけん》に関わる。

ゆえに、ここは涙を呑《の》んだ決断が必要なのだ。

ああ、あと二日もすれば羽化するのに、その姿が見られないことを、私のみならず蟲たちも嘆いているのがよく分かる。

「すまぬ、我が娘よ……決して、命が惜《お》しいからお前を差し出すんじゃないことを分かってくれ。

これはケジメなんだ」

ピーピー（心配しないで。お父様、私どこに行ってもお父様のことを忘れませんから）

そんな私を励ますかのような瞳で言葉をかけられては、涙が止まらない。

「ぶわ……涙で前が見えない」

「これが、父親が娘を嫁に出すときの気持ちなのか……」

「いい話だ」

ジュラルドもエーテリアも感化されて、涙目状態だ。

「さあ、持っていけ新人ども‼　いいか、その子を不幸にしたら絶対に許さないからな‼」

百万セルと一緒に、幻想蝶ちゃんの幼虫を差し出した。

ピーピー（お父様。私のこと、たまには思い出してくださいね）

忘れるどころか、毎晩思い出すよ。

◆　◆　◆

我々の権力に恐れをなした白髪頭が、青ざめた顔で高ランクの冒険者たちとヒソヒソと会話を始めたので、俺たちはこいつらが詫《わ》びを入れてくるのを待ってやっていた。

「さあ、持っていけ新人ども‼　いいか、その子を不幸にしたら絶対に許さないからな‼」

それが、どういうつもりだ。色をつけて、と若干会話が漏れ聞こえていたので、親への報告についてはなかったことにしてやろうと思っていた矢先に、この白髪頭は喧嘩《けんか》を売ってきやがった。

しかも、高ランクの冒険者たちもそれを止めない。

まさか、色をつけて返すという言葉が、白色の幼虫をつけて返されるという意味を示していたとは、さすがの俺も予想外だった。

「ふ、ふざけるなよ!! 人が下手《したて》に出てりゃ、いい気になりやがって!! こんな、きたねー幼虫なんか誰がいるかよ」

パシン!

金だけしっかりと受け取り、幼虫を払い除けた。

ピピー(痛いよ、痛いよ、お父様。助けて)

払いのけられただけでなく、床に落ちた衝撃で苦しそうに泣き叫《さけ》ぶ幼虫に嫌気が差す。

「高ランクの冒険者だからといって、やっていいことと悪いことがあるんじゃありませんの。あなた方の顔は覚えましたわよ。すぐにお父様に報告して、自らが行《おこな》ったことを後悔させてあげるわ」

コミットの言葉で、白髪頭は自分の末路を考えたのだろう。顔から表情が消えた。きっと、恐ろしい拷問《ごうもん》の末に殺されるであろうから無理もない。

「気持ち悪い蟲だな……」

仲間に指示を出して、幼虫を踏みつぶすように言った。かばうつもりか、白髪頭がその寸前で割り込んできたが、そのまま手を踏みつけさせる。つい先ほど便所に行ったばかりの靴《くつ》で踏まれるさまは実にいい気味だ。

「小綺麗《こぎれい》な手に靴跡《くつあと》がついちまったな。ああ、悪い悪い。さっき、便所に行ったばかりだったわ」

「すまなかった。私が馬鹿だったよ」

白髪頭め、今頃謝ったって遅いんだよ!! 一度の失敗が全てを失うことを身をもって知るがいい。

「今更、何を言い出しやがる。俺らをここまでコケにしたんだ、貴様らは絶対に肥やしにしてやるからな」

「最初から、素直に謝っておけばいいんだよ。これだから、『自称冒険者』は気に入らないんだ。明日までの命だ……命乞いのセリフでも考えておくんだな」

さて、スッキリしたことだし、ギルドに依頼を出すとしよう。

◇ ◇ ◇

「ジュ、ジュラルド……冒険者育成機関の最上級生ってすげーな。アタイ、ある意味尊敬したぞ」

「全くもって同感です。……大丈夫ですか、レイア殿」

捨て台詞《ぜりふ》まで吐《は》いたあと、ギルドの受付で依頼書を平然と書いているあたり、間違いなく大物であると確信できる。だが、今はそんなことに感心している余裕など一ミリもない。

「悪い……しばらく、酒場に誰も近づけないでくれ。今、刺激されると抑えきれない」

私の命令に従順な蟲たちといえども、抑えることができない場合もある。今回は、それに該当《がいとう》しかねない案件だ。私の蟲の間でも、幻想蝶ちゃんは絶大な人気を誇っている。そんな子を殺そうとしたのだ。

「分かりました。この場は、僕とエーテリアが封鎖しましょう」

「脂汗《あぶらあせ》までかいて……本気でまずそうだな。蟲たちを抑えるのは手伝えないが……明日はアタイらも腕を振るうぜ」

「おや？　ご両親のことは、よいのですか？」

「なーに、よく考えれば、アタイより長生きしそうなほど、元気な親だからな……」

「まったく、紳士淑女《しんししゅくじょ》すぎるだろう、お前ら」

これほどまでにコケにされたのだ……紳士淑女《しんししゅくじょ》の集まりである私たちも覚悟を決めることにした。どのような強敵が来ようとも、全力をもって打ち勝とうという固い絆《きずな》で結ばれた。

11　新人冒険者（四）

迷宮では何が起こっても不思議でないということは、よく耳にする。でも、ギルドでも不思議なことが起こるとは、長年ギルドの受付で働いている私も驚愕《きょうがく》だ。

もう、何が起こったのか理解ができなかった。なんで、あの生徒たちが死んでないの？　花を摘みに家まで帰って、彼らが生きながらジワジワと蟲たちに躍り食いされているだろうなと思って戻ってきてみたら、普通にギルドに依頼を出している。本当に理解が追いつかない。

「ギルド本部に戻ってきたら、ランクBの冒険者に正面から喧嘩《けんか》を売った新人たちからの依頼書が手元に回ってきた。何を言っているのか分からないと思うが、本当に訳が分からない」

「冒険者の厳選は任せるわ、マーガレット。こちらも一緒にお願いね」

追加で一枚の依頼書が手渡された。

一枚には依頼書には、『高ランクの冒険者のサポーターを募集。礼儀正しい方。一～五層まで一週間かけていく予定なので、報酬《ほうしゅう》は百万セル』である。まあ、この条件なら探せばいるだろう程度である。

問題は、もう一枚の方だ。

『エーテリアとジュラルド及びそのサポーターらしい白髪頭を迷宮の肥やしにしたい。屈強な冒険者を用意して欲しい。報酬《ほうしゅう》は、三千万セル。肥やしになった冒険者の持ち物は、くれてやる』

……当然、無理難題である。そもそも、三千万セルも用意できるなら、一枚目の依頼書に金額をもっと上乗せしろと言いたかった。

当然のことだが、このような恨《うら》みを果たしてくれ系の依頼もギルドでは扱っているが……これはひどい。あの三人を纏《まと》めて迷宮の肥やしに？　バカじゃないのこいつら。むしろ、お前らが肥やしになるわと誰もが思う依頼である。

これでも仕事ができる自負はあるけど……二枚目の依頼は、処理できる自信がないわね。契約金が欲しいから、やれることはやってみるけどね。

そして、いい具合にギルドにやってきた、要望通りのサポーターを見つけて交渉に入った。

まずは、一枚目を処理しましょう。

「タルト様、お手頃で美味《おい》しい依頼があるのですが、どうですか？」

高ランクの冒険者パーティーでのサポーター経験もあり、亜人であるタルト様なら、間違いなく水準を満たしている。

「え〜、マーガレットさんのそういう依頼って、だいたい裏があるじゃん」

ひどい誤解だと思う。なぜ、そんな風に思われているのか見当もつかない。自分のため、ギルドのために頑張《がんば》っているのに、報《むく》われないとはこのことね。

「そんなことありませんよ。依頼主は、冒険者育成機関の最上級生の方ですが、メンバー全員がランクDに近い実力を持っております。加えて、ギルド上層部と縁のあるご両親を持つ方が数名おります。一〜五層を一週間という期間で、報酬《ほうしゅう》額七十万と少し安めですが、ご縁を考えれば美味《おい》しい依頼かと」

「うーーん、微妙な金額だね。でも、なんか嫌な予感がするんだよね。ほら、こういうの蟲の知らせっていうのかしら？」

鋭い……九死に一生を得た経験により、成長したのかしらね。

「じゃあ、こうしましょう。タルト様がこの依頼書にサインをしていただければ全てをお話ししましょう。知りたくありませんか？　その違和感が何なのかを？」

「なんかうまく乗せられている気がする。でも、そこまで言われたら気になるし……今後のことを考えれば美味《おい》しい。分かった、サインする!!」

ここまで思い通りになると笑わずにはいられないが……サインを書き終わるまで我慢する。笑いを堪《こら》えるのがここまで辛《つら》いとは、思わなかったわ。

まさに、計画通り。

サインを書き終わり、書類を他の職員に渡したので、安心して話せる。

「ここだけのお話ですよ。実はこの依頼……明日には消えることがほぼ確定しているんです。依頼料って正式契約される前に依頼主が死ぬと、依頼主の親族に依頼料が返却されてしまうんですよ」

「当たり前じゃないですか。でもそれじゃ、まるで依頼主が明日死ぬみたいな……」

タルト様が疑問に思うのも当然。話の流れを考えると、明日になれば依頼主たちはこの世に存在しないことになる。

「死にます。だから、その前に正式に契約をしたいのです。そうすれば、タルト様はなんの苦労もしないで七十万セルを、我々ギルドは仲介料をという作戦です」

最小の労力で最大限の成果をあげる。営業の鑑《かがみ》だと自負している。

タルト様が何かを感じ取ったのか、急に『ネームレス』のギルド本部内にいる者たちに目を配りはじめた。ここには、サポーターをメインとして活動している者が、他にもいる。何人かはまだ依頼を探しており、このレベルの話ならば残っているのが不自然な依頼だ。

気づかれたかしらね。

内容だけを考えれば、この依頼は今来たばかりの人に回ることはあり得ない。よって、誰も受けてくれなかった依頼と相場が決まっている。

「私がいない午前中に、このギルド本部で何があったの？　マーガレットさん、間違いなくそれが関係していますよね？」

「お約束ですし、お話しいたします。この案件の依頼主は、レイア様、エーテリア様、ジュラルド様の三名を相手に『お前らなんて明日には迷宮の肥料にしてやれるんだからな』と大層な啖呵《たんか》を切った方です。これは聞いた話ですが、レイア様の大切な蟲を踏みつぶそうとしたとか。さらには、その蟲を守ろうとしたレイア様の手を、トイレに行ったばかりの汚い靴《くつ》で踏んだとも聞きおよんでおります。ゆえに、誰も受けていただけなくて困っておりました」

タルト様が、私を親の敵のような目で見てくる。そんなに怖い目で見ないでくださいよ。か弱い私じゃ、サポーターの人相手でも簡単に大怪我《おおけが》しちゃうんですから。それに、サインをしたのはタルト様自身ですよ。

「ふ、ふざあ゛いやあぁぁぁぁぁ」

タルト様が文句を言おうとした瞬間、床に穴が空いた。そして、その中から噴水のように湧《わ》き出した白い蟲たちによって、彼女は穴の中に引きずり込まれた。

あまりの一瞬の出来事だったが、白い蟲たちに襲われて穴の中に引きずり込まれていく亜人の女性の悲鳴と顔は、ここにいる者全員の記憶に残るだろう。

蟲たちは自分たちが空けた穴を綺麗《きれい》に補修し、元通りにした。おそらく、無関係な人が穴に落ちて怪我《けが》をしないようにという配慮なのだろう。全く、レイア様はどんな教育をしているのかしらね。

「サインも貰《もら》っているし問題ないわ。それにしても、今回はかなり本気みたいね」

蟲たちがあちこちでコッソリ監視しているからまさかと思っていたが、ギルド本部の床にまで手が伸びていたとは想定外ですよ、レイア様。

はあ～、でもこの惨劇を見た人が多いので、二枚目の依頼書は処理できないでしょうね。もったいないけど、なかったことにしておきましょう。

◆　◆　◆

「お父様、本当にあれでよろしかったのですか？」

「ミーティシアよ、儂とて辛《つら》いのだ。だが、どうしようもできないこともあるのだ」

ギルド幹部と縁がある儂でも無理なことがある。娘のコミットの件だが、手の施しようがない。

昼前に『ネームレス』のギルド本部より緊急の書簡が届いた。内容を確認して大至急コミットのパーティーメンバーの関係者たちを一堂に集めた。

議題は言うまでもなく『ネームレス』でのひと悶着《もんちゃく》についてだ。ギルド側の言い分を纏《まと》めると「お宅の子供たちがランクBの冒険者の三人相手に喧嘩《けんか》を売り、怒りを買いました。責任を取ってください」とのこと。

当然、子供たちを守るべく、対抗馬としてランクBの冒険者をぶつけて潰《つぶ》すべきだとか、謝罪金を積んで許しを請おうという意見も出た。しかし、相手の名前を聞いた瞬間、全員の顔が引き攣《つ》った。貴族として国家の運営に携わる者たちだけあって、著名な高ランクの冒険者の名前や実力は当然把握《はあく》している。

だからこそ、レイアとエーテリアとジュラルドといった存在のことも知っている。

「ですが、コミットが頭を下げて謝れば、きっとレイア様も分かっていただけると思います」

「お前は、彼に命を救ってもらったからそう思うのだろう。だが、お前が思っているほど彼は優しくない。追記されている情報によれば、コミットたちは彼が大事に育てた蟲を、あろうことか床に叩《たた》きつけ、踏みつぶそうとしたそうだ」

『蟲』の魔法を使う者が大切に育てた蟲を、手荒く扱うどころか意図的に殺そうとした。どれほど重大なことなのか、理解できないわけではあるまい。

「そ、それは……」

「聞き分けなさい!! それより、一刻も早くコミットからアイハザードの姓を剥奪《はくだつ》する手続きを進めなさい。化け物たちの矛先《ほこさき》がこちらに向く前に、コミットとアイハザード家は無関係という事実を作らねばならない」

あの者たちの性格上、我々実家とコミットが完全に無縁ならば、手を伸ばすようなことはしないだろう。もちろん、それが『ネームレス』でひと悶着《もんちゃく》あった後に処理していたことだとしても、そこらへんは見て見ぬふりをするはずだ。

「悪いことは言わない。あの子は最初からいなかったと思い、忘れなさい」

「わ、分かりました」

無事に遠征が終わった暁《あかつき》には、私たちから質のよい装備を送ろうと思っていたのだが……その金が手切れ金になるとは思ってもみなかった。だが、悪く思わないでくれ。これも家を守るためなのだ。

◆　◆　◆

頭が痛い……それに暗いし、動けない。

一体、何が起こったのだろう。寝相が悪くて床に落ちたのかな。それともお酒の飲み過ぎで二日酔い……!!　お、思い出した。

迷宮から帰ってきて……食事して……ギルド本部に行って……マーガレットさんと……蟲!!

「はっ!!　ここは」

自分がどこにいるか見当もつかないが、無数にある深紅《しんく》の目がこちらを凝視《ぎょうし》しているさまを見て悲鳴をあげそうになった。逃げ出そうにも、手足は蟲たちに拘束《こうそく》されてびくともしない。全身を蟲たちが這《は》いずり回り、もはや生きた心地がしなかった。

見たこともないような蟲系モンスターが無数にいる。気配から分かる……高ランクのモンスターだ。

「お目覚めかね？」

月明かりに照らされている場所には、非常に見覚えのある人が座っていた。この蟲たちの主——高ランクの冒険者で『蟲』の魔法の使い手、命の恩人でもあるレイアさんが腰を下ろしていた。

他にも、見覚えのある人たちがいる。以前は、高ランクの冒険者なんて雲の上みたいで縁がない存在だったので、興味すらなかった。だけど、危機一髪の状況を助けていただいてから色々と勉強した。

高ランクの冒険者といっても、ピンキリらしい。上はそれこそ天井知らず。そして『ネームレス』の高ランクの冒険者でも、誰もが一目置いているのが、まさに目の前にいるレイアさん、そして一緒にお茶を飲んでいるエーテリアさんとジュラルドさんだ。

『ネームレス』にいる高ランクの冒険者の中で化け物と言えばこの三人のことを示すと、誰かが言っていた。

「お、お久しぶりです。ひいっ」

人の笑顔をこれほど怖いと思ったことはない。何も知らなければ、そこら辺の女性など一発で落とせるほどのレイアさんの容姿が、笑顔に相乗効果を出す。私の生存本能が警告音を鳴らしていた。

「どこかで見た顔かと思ったら、あのとき命を救ってやったサポーターか。まさか、冒険者でなくサポーターを使って我々を殺しに来るとは予想外だな」

殺す？　何を言っているのかさっぱり理解できなかった。三人に無礼を働いた連中の依頼を受けたからこの場に連れてこられたのだと思ったが、どうやら話はもっと複雑なようだ。とてつもなくまずい方向に!!

「意外とこういうのが危ないんですよ、レイア殿。安全だと思っていたら後ろからずぶりと……」

「ああ、分かるわ。私は無害です、何も知らないんですという顔して、油断した瞬間に襲いかかってくる。戦場じゃよくある手さ」

「なるほど、危うく騙《だま》されるところだった。ジュラルドとエーテリアがいなかったら死んでいたかもしれない。さて、タルト君……今から言うことに正直に答えましょう。我々は、紳《しん》士《し》淑《しゅく》女《じょ》の集まりだから、素直な子には優しいよ」

大声で言いたかった「勘違いです助けて!!」と。しかし、叫《さけ》べば間違いなく死ぬ予感がした。だから、泣きながら頭を上下に振った。

「よろしい。私たちの殺害依頼を受けた仲間の数とその能力について全て吐《は》きなさい。隠れ家まで話せばさらによし」

殺害依頼!? なんのこと!?

はっ!! まさか、ランクBの化け物と言われている三人を対象にした殺害依頼を私が請け負ったと勘違いしているのか!?

だけど、不幸中の幸い。この三人なら、話せば分かってもらえる可能性がある。なんでも自称紳《しん》士《し》淑《しゅく》女《じょ》と言っている人たちだ。まだ、チャンスはある。

「ま、間違いです。私が受けた依頼はサポーターの方でして。だから、勘違いなんです。本当です。信じられないかもしれませんが信じて~。お家に帰してぐださい……」

恥も外聞もない。鼻水を垂らして涙を流して必死に説明した。マーガレットさんに会ってから今に至った事の顛末《てんまつ》を——

「ふむふむ、マーガレット嬢に騙《だま》されてサインさせられたと……」

「そうなんです。だから、本当に無関係なんです」

「なるほどなるほど。だが……駄目だ」

希望が見えたと思ったら、一瞬で絶望の淵へと落とされた。どうしてですか⁉ 私は騙《だま》されただけなんです。悪いのは、全部マーガレットさんじゃありませんか。

反論するにも、私を拘束《こうそく》する蟲たちの締め上げがきつくなり、息をするのも困難になってきた。し、死にたくない。

徐々に、蟲たちが身体を駆け上がってきた。間もなく口も覆われて、本当に最期になってしまうだろう。

「なんでもします‼ なんでもしますから、信じてください。本当に無関係なんです。お願いしますお願いします」

蟲に全身を犯されて食われる未来が見えはじめた。だが、喋《しゃべ》ることができる今しか、生存の可能性を掴むことができない。本気で何でもする覚悟だ。靴《くつ》の裏を舐《な》めろと言われたら喜んで舐《な》める。椅子になれと言われれば喜んで椅子になる。それほどまでの覚悟はできた‼

「迫真の演技の可能性もありますが……この状況で嘘を突き通しているとも考えにくい。レイア殿、ならば彼女にスパイをさせてみてはどうでしょう？」

「なるほど。確か、新人冒険者たちのサポーターになる予定だったな？」

ジュラルド様‼ 今日から、貴方《あなた》の眠る方角に足を向けて寝ません‼

蟲たちの拘束《こうそく》が解かれていくのが分かった。

「その通りです!!」

神は、私を見捨てなかった。神など信じていなかったけど、このときばかりは神の存在を本気で信じた。

「ならば、新人冒険者から我々の殺害依頼を受けた者たちの情報を聞き出せ。そして、サポーターとしての依頼終了日に、四層で私の蟲が先導する場所へそいつらを連れてこい。できるよな？　あと、仕入れた情報については、蟲を数匹付けるから手紙でも渡せ」

だから、貴方《あなた》たちの殺害依頼を受けるようなアホはこの世にいないと何度言ったら分かるんだ、と口を酸《す》っぱくして言いたいが、この三人は本気で暗殺者が来ると信じている。ゆえに、無駄だと悟った。

ここで野暮なことを口にして、好転した状況が後ろに下がったら、もう目も当てられない。

「必ずこなします!!　指定された場所には必ず命を懸けて連れていきます。しかし、殺害依頼については、頑張《がんば》りますが最悪、本人たちから聞き出してください」

「本人たちを尋問《じんもん》した方が確実か。よし、その条件でいいだろう。約束を違えたときは、どうなるか理解しているな？　これでも、前の戦争ではスパイを相手に全ての情報を吐《は》かせるほど、拷問《ごうもん》が得意だったからね。腕が鈍《にぶ》っているか確認させないでくれよ」

考えるだけでも恐ろしい。脅《おど》しとか冗談《じょうだん》でなく、間違いなく本気であると理解した。

「もちろんです!!　必ずやご期待に応《こた》えてみせます。レイア様、ジュラルド様、エーテリア様」

全身全霊を懸けて、サポーター兼スパイをこなしてみせます!!

12　新人冒険者（五）

タルトをスパイとして、新人冒険者に付けた。今頃は、迷宮内部で色々と情報を聞き出していることだろう。その情報をもとに、暗殺者の戦力を徐々に削《そ》ぎ落とし、完全に無力化を図る予定だ。

だが、情報を待つばかりでは生き残ることは難しい。

ゆえに、エーテリアとジュラルドを餌《えさ》に罠《わな》を張ることにしたのだ。三人でいるときより、二人でいるときの方が襲いやすいのは当然だ。暗殺者にとって、これ以上のチャンスはない。

「さすがはレイア殿ですな。まさか、我々を餌《えさ》にして暗殺者を誘《おび》き出そうとは」

「人通りの多い場所をあえて選び、こちらに近付いてくる者を順次排除していく。各所には蟲の監視網が敷かれていると……相変わらず発想がすげーな」

この作戦の概要は、エーテリアとジュラルドを街中《まちなか》の人目に付きやすいメインストリートの二十四時間営業をしているカフェテラスに配置して、暗殺者が接近してくるのを待つというものだ。

二人ならば、たとえ人混みの中であろうとも隠れて接近してくる者を感知することは容易《たやす》い。加えて、私の蟲たちもあらゆる場所で監視をしている。この数万の目から逃れられる者はいないだろう。

そして、エーテリアとジュラルドのすぐ横に私は隠れている。私の持つ蟲の中でも擬態化能力に優《すぐ》れた蟲を身に纏《まと》うことで、擬似《ぎじ》ステルス状態になれるのだ。

もちろん、この蟲の能力を自らに付与すれば、わざわざ蟲に頼らずとも擬態化能力を再現できるのだが、服にまでその能力が付与されるわけではない。全裸になれば問題ないが、さすがに見えにくくなるとはいえ、全裸待機など紳士《しんし》のやることではない。

「それも凄《すご》いですが、一番驚いたのは『街中《まちなか》で戦闘することで、暗殺者が一般人への被害を恐れて攻撃を躊躇《ちゅうちょ》するなら、こちらにとって好都合』という発想です。ここなら、広範囲魔法を雨のように降らされることはない。僕は単体魔法には自信がありますから、この程度の人混みだとどこにいようとも目標を外しません」

「本当にすげーよな。アタイは、その発言を聞いて目からウロコだったよ。世の中、天才的な発想をする奴っているんだな」

「二人とも、そんなに褒《ほ》めるなよ。勝つためには当然の作戦だ。私たちなら、街中《まちなか》であろうと一般人に被害を出さずに十全な実力を発揮できる。だからこそ、計画した作戦だ」

それから、今か今かと暗殺者が現れるのを待った――

しかし、夜まで待機したというのに誰一人来なかった。

昨日、新人冒険者たちは確かに『明日には、迷宮の肥やしにしてやる』と言ったのだ。それなのに、今日という日が既に終わったのに、何も起こらなかった。

「どういうことだ？　丸一日、待機していたのに誰も来ねーじゃねか、ジュラルド」

「僕にも見当がつきません」

丸一日無駄に待機させられて、さすがのエーテリアも若干イラついている。

無理もない……いつ襲ってくるか分からない暗殺者をいつでも撃退できるように、細心の注意を払っていたのだ。だが、恐ろしい真実に気がついた。

「そうか!!　そういうことか!!　まさか、ここまで計算されていた作戦なのか!!　恐ろしい」

「どういうことです、レイア殿？」

「そもそも、『明日』という発言からブラフだったんだ。いつ襲われるか分からない緊張感を与え続ける。おまけに、命の危険があると分かっている以上、我々は迷宮に潜るわけにもいかない。なんせ、モンスターとの戦闘中に後ろからズブリ、とかあるしな」

高ランクの冒険者とはいえ、緊張感を長時間維持することは疲れる。しかも、誰が、いつ、どこから襲ってくるか分からない。相手の能力も不明とあれば、迷宮のモンスターよりタチが悪い。

「まさかあの新人たちは、アタイらを街に足止めするだけでなく、こちらの警戒が薄れるタイミングを見計らっていると!!」

「お、恐ろしい新人たちだ。僕らを相手に啖呵《たんか》を切っただけのことはありますね。今日で全て片付くと思っていましたが、認識を改めないといけません。で、今後はどうします？」

恐ろしい新人の思惑に見事に踊《おど》らされてしまったが、基本的な方針の変更はない。待ち伏せをして、暗殺者を狩る!!　タルトからの情報を持ち帰る蟲を待ち、順次暗殺者を殲滅《せんめつ》するのだ。

――そして、カフェテラスに待機したまま五日が過ぎた。

新人冒険者たちの初遠征が終わりに近づいているにもかかわらず、私たちの戦いは一向に終わりが見えていなかった。さすがに五日も経つと、エーテリアやジュラルドの顔も疲れの色が濃い。

ほぼ不眠不休での戦い……辛《つら》い。

しかも、その間の収穫といえば、タルトが手に入れた情報くらいである。名前、装備、所持品、使える魔法、力量に加えて、家柄や人間関係といったどうでもいい情報だけだ。

仮にも命がかかっているので、職務怠慢《たいまん》だとは思っていない。だが、もう少し役に立つ情報を抜いてこないと、朝起きたら手足の一本が取れていたなんて事態もあるかもしれないぞ。

だが、そんなときもついに終わりを迎えるかもしれない。待ちに待った者が来たのだ。

「ジュラルド様、エーテリア様……ここ数日、そんな場所で一体何をなさっているのですか？」

マーガレット嬢が何食わぬ顔でやってきたのだ。

「まさか、マーガレットさん、貴方《あなた》が……いえ、考えれば適任とも言えますか。『ネームレス』のギルド本部は、どうやら本気のようですね」

「ギルドの死神を差し向けてくるとか、こりゃ……やべーな、ジュラルド」

疲れきったこのタイミングで、ギルドの死神――マーガレット嬢が現れたのだ。恐ろしいことである。ギルドが何を考えてマーガレット嬢という刺客を放ったのか、想像もつかない。

しかし、全面戦争は逃れられないだろうと覚悟した。

「死神ってなんですか、そのあだ名!!　人が気になって声をかけてみただけだというのに」

幸い、マーガレット嬢は私の存在に気づいていない。エーテリアとジュラルドしかこの場にはいないと思っているのだろう。ならば、気づかれないうちに首を落とすか。

いや、ギルド内部の情報を吐《は》かせてから殺した方がいいな。マーガレット嬢の首筋に指先を当てて、優しく声をかけた。

「動くな。下手に動けば、体内に蟲の卵を植えつけて内側から孵《ふ》化《か》させてやる」

「レ、レイア様もいらしたのですか。一体、どうしたのですか？　こんないたいけな私を相手に」

いたいけとは面白い冗談《じょうだん》を言うようになったな。今までマーガレット嬢が、間接的に始末した冒険者だけでも、軽く三桁を超えているだろうに。

だが、ギルドの死神と恐れられているマーガレット嬢とはいえ、既に背後を取っている私の敵ではない。首筋に差し込んでいる無痛の針の先から、いつでも卵を植えつける準備が整っている。

私が『お前はもう死んでいる』という台詞《せりふ》を言うために、長年研究し、開発した必殺技。相手を攻撃すると同時に蟲の卵を植えつけて孵《ふ》化《か》させることで、内側から破壊する。対人においての威力は未知数だが、下層モンスター相手でもかなり使える技である。

まさに、必ず殺す技と言うに相応《ふさわ》しい。

「マーガレット嬢、お互い知らない仲ではないんだ。ギルドだって、我々とウィン‐ウィンな関係でいたいよな？」

「ええ、その通りです。あとエーテリア様も、大剣を私のお腹に突き立てるのをやめていただけません？　生きた心地がしないのですが……」

　さすがのマーガレット嬢も顔が青い。だがやり手の受付嬢だけあって、まだ余裕がありそうだ。しかし、敵かもしれない存在が目の前にいるのだ。剣を下げるなどの愚行はもってのほか!!　油断大敵である。

「マーガレット嬢を我々の暗殺に用いたギルドの思惑。そして、他の暗殺者の情報を全て吐《は》いてもらおう。仲間を売ることはできないと言うかもしれないが……話さなければ、無理矢理にでも吐《は》かせる」

　……何やらマーガレット嬢は、頭を抱えて悩んでいる。おそらく、仲間を売ることと私たちに味方することのどちらが自分の利益になるか、考えているのだろう。こういう汚い計算は、マーガレット嬢が得意とする分野だろうな。

「もしかして、新人冒険者たちが出した依頼について言っていますか？」

「そうだ。マーガレット嬢がこの場にいるのだ。依頼をギルド自体が受けたのだろう。ゆえに情報を売れと言っている」

　顧客情報を外部に漏らすことが問題なのは承知している。だが、自らの命と天秤《てんびん》にかけたらどちらが大事かは明白。

「あの依頼は、見なかったことにして破棄しましたよ。最初は、素行の悪い冒険者や依頼主と揉《も》める冒険者を差し向けて掃除《そうじ》しようと思っておりました。ですが、タルト様が拉致《らち》されたことで、誰も引き受けてくれる人がいなくなったんですよ。どうしてくれるんですか!!」

さらりと、冒険者の不穏分子排除をさせようとしていたとは恐ろしい。死神の名に恥じない行為である。それに、さりげなく我々のせいで仲介料を儲《もう》け損なったと文句を言ってくるあたり、腹黒どころのレベルじゃない。あれ？　今のマーガレット嬢の発言からすると……もしかして。

「ってことはアレか？　アタイらが全員思い違いをして、五日間も無駄にしたと？」

「ええ、端的に言えばそうなると思いますよ、エーテリア様。そもそも、貴方《あなた》たち三人を纏《まと》めて迷宮の肥料にできるような人材、この国にいませんし」

「それだと、新人冒険者たちが偉そうに啖呵《たんか》を切ったのは、どういうことだ？　私は、ランクAが出張ってくることや、ギルドが総出で殺しに来ることも視野に入れていたんだが」

マーガレット嬢が、こいつ頭オカシイと言わんばかりの面《つら》をしている。このまま、卵を植えつけてやろうかと一瞬思った。

「レイア様、エーテリア様、ジュラルド様。馬鹿を舐《な》めちゃいけません。世の中には底知れぬ馬鹿というのがいるんです。それでは、私は業務がありますのでこれで……」

新人冒険者たちに対して馬鹿と言っているはずが……なぜか、私たちに向けて言っているようにも聞こえてしまう。なぜだろうか。

だが、これで方針は決まった。

背後関係がない以上、もはや新人冒険者など、迷宮の肥料にしてくれるわ!!

「エーテリア、ジュラルド……付き合わせて悪かった。この埋《う》め合わせはきっとしよう。だから、新人たちの処理は私に譲ってくれ」

「ええ～、アタイだって憂《う》さ晴らししたいのに」

「僕も先輩として指導をしてあげたかったんですが、幻想蝶の一件もありますし、お譲りしましょう」

話が分かる仲間って素晴らしい。埋《う》め合わせに、いま考案中の新作蟲の試食をさせてあげよう。

◆　◆　◆

サポーターとして五日経ったが、新人冒険者たちは思った以上に優秀だった。何も知らなければ、今後も長く付き合いたいと思うほどの逸材《いつざい》だと思う。若干、学生気分が抜けないのだろう。迷宮ではあまり見ない、和気藹々《わきあいあい》とした雰囲気でいるが、気分よく『モロド樹海』を上層から着々と一層ずつ攻略していった。

マーガレットさんが言うように、冒険者育成機関で極めて優秀な成績を残しているだけのことはあるわね。武器の扱いから魔法に至るまで、現役のランクDの冒険者と遜色《そんしょく》ない実力を有していた。経験不足や知識不足で少し危ういときもあったけど、メンバーがフォローしあうことで乗り越えている。数年も鍛《きた》えれば、ランクC。さらに鍛《きた》えればランクBに届く可能性も十分あると思う。

――生きていればね。

「『試される大地』と違い、やはりモンスターの強さが段違いだな。だが、それだけやりがいもあるというものだ」

「その通りね。遠征ももうすぐ終わりますが、皆さん気を抜かずに行きましょう」

今まで出会ったモンスターとは比較にならないほど、獰猛《どうもう》な蟲系モンスターに襲われた私から言わせてもらえば……上層にいる屑《くず》みたいなモンスターより遥《はる》かに恐ろしい連中に喧嘩《けんか》を売るお前たちの方がよっぽど恐ろしい。

こいつらのせいで、死の一歩手前まで行ったのだ。毒草を食わせて殺してやりたいと思っていた。実行するのは容易《たやす》い……この階層に来るまでに、的確に仕事をこなして信頼を得ている。だが、実行すると、レイア様たちとの約束が果たせない。

それは死を意味するので、ぐっと我慢している。

「お疲れ様です。それでは、素材を剥《は》ぎ取り次第、移動しましょう」

「ええ、そうしましょう。いやー、本当にタルトさんにはお世話になっています。どうですか？今後、私たちの専属として一緒に迷宮を……」

「いいですわね。タルトさんは、既に中層もご経験されているとのことですし、私たちにとっても好都合。報酬《ほうしゅう》は、もちろん他より高くお出しいたしますわ」

人の発言を鼻で笑うようなことをしてはいけないと理解している。そして、それを我慢するのがこれほど辛《つら》いとは、今までの人生で初めて知った。専属の話は、嬉しいことだ。安定したパーティーであれば報酬《ほうしゅう》も美味《おい》しいし、何より身の危険がかなり低下する。

「そうですね。では、迷宮より無事に出られた際に詳しいお話を……」

そう、無事に出られればな、と小声で付け足した。そして、白い蟲に導かれて迷宮の奥へ奥へと進んでいった――

◇◇◇

エーテリア、ジュラルドと別れた私は、五層への入口にて待機していた。なぜ、こんな場所で待機していたかというと、理由はしっかりある。だが今は、今後の冒険者のためにとだけ言っておこう。

そして、私たちのこの数日間の苦労など露ほども知らない顔で、新人冒険者たちがやってきたのだ。私の顔を見た新人たちは、見下すような顔をした。

目上の人に対しての礼儀を習っていないのだろうか。親の顔が見てみたいね。

「なんだ、その顔。貴様ら、人様にそんな顔が向けられるほど偉かったのか？」

「ふっ、いえ、ギルドは職務怠慢《たいまん》だなと思いましてね。三千万セルという大金を払ったのに、貴方《あなた》が生きているんです。普通、驚くでしょう」

「アインス、もしかして本当に詫《わ》びを入れに来たんじゃないかしら。さすがに、あの依頼が出たことを知れば、誰だってねえ」

他のメンバーも、リーダーのでかい態度に釣《つ》られてつけ上がる。

本来、こういうのは見ている分には楽しいのだが、当事者になってみればムカつくの一言である。

「私がお前らごときに詫《わ》びを？　面白い、実に面白い!!　はっはっはっはっは」

「ごとき!?　僕らを誰だと思っている!!」

「知っているとも。冒険者育成機関の首席のアインス、アイハザード家の次女のコミット、そして――」

タルトから提供された情報を丁寧《ていねい》に読み上げていった。家族構成や使える魔法、装備品の状態、人間関係を話した際の新人たちの顔は滑稽《こっけい》であった。外部に漏らしていない情報であり、本来仲間しか知らないはずの情報なので当然の反応だ。

それにしても、以前に助け出したアイハザード家の次女だったとはね。世間とは存外せまいものだ。

「なぜ、そんなことまで!!」

「そこでだ。私だけがお前らの情報を知っているのは、非常に不公平だと思うのだよ。この中で、私が誰なのか知っている者はいるかね?」

新人たちがお互いの顔を見合わせる。だが、誰も正解に行きつかない。これでも、それなりの有名人だと自負していたのだが、とても残念に思った。

「知らん!!」

「では、正解を――タルト君」

タルトがご指名されたことで、メンバー全員が理解した。内部情報を漏らしていた犯人が誰であったかを。依頼主である冒険者の情報を外部に漏らすなど、本来許されない。だから、全員がタルトを非難した。

しかし、そんなことを全く気にかけていないあたり、タルトも成長したなと実感した。

「こちらのお方は、ランクBの冒険者レイア・アーネスト・ヴォルドー様です‼　世界で四つしか確認されていない特別な属性である『蟲』の魔法の使い手。ソロで『モロド樹海』に挑むことで『ネームレス』では有名な人です。そして、昨今ではランクAに最も近い冒険者と言われております。そして最後に……アンタら、喧嘩《けんか》を売るなら相手を選べ、バカ野郎‼」

パチパチパチ。

なかなかの説明に拍手《はくしゅ》してあげた。だが、有名という割に、以前は知らなかったようだったけどね。勉強したならばよしとしよう。いつなんどき、その知識が役に立つとも限らないからね。

私は、勤勉な冒険者は好きだぞ。

「よくできましたタルト君。ご紹介にあずかりましたランクBの冒険者レイアと言います。この度は、私の可愛《かわい》い蟲が大変お世話になり、そのお礼をさせてもらいましょう。ああ、タルト君、もう帰っていいよ」

「帰ります‼　もう、こんな連中に関わるなんてゴメンです。だけど、モンスターもいるし、トランスポートの利用料を持ってない‼　帰れない‼」

なかなか面白い猫耳亜人であると思った。

ならば帰りの際に連れて帰ってやろうと思い、タルトに一歩も動くなと指示をして、蟲たちを解放した。蟲たちは、先日の一件から時間が経ったおかげで、だいぶ落ち着きを取り戻しているが、決して怒りを忘れたわけではない。

ギギェェ（僕は目玉を貰《もら》うからね）

ビービ（じゃあ、私はあっちの女性のハツをいただきますね。最近、ホルモンも好きですけど、やっぱりハツが一番ですよね）

ギギ（ハラミもらいまーす）

ジッツジ（よーし、じゃあ、火の準備してくる～）

私の可愛《かわい》い蟲たちがそれぞれ、食べる箇所を譲り合って決めている。本当にできた子たちだ。誰も争わないように譲り合うという精神を持っている。文字通り骨の髄《ずい》まで美味《おい》しくいただく算段を立てる君たちの計画性に、お父様は脱帽です。

ああ、それと先ほどから糞尿《ふんにょう》を漏らしそうな雰囲気を漂わせている新人諸君。できれば、蟲たちに洗浄する手間を取らせないであげてほしいね。

「さて、新人諸君。君たちには、これから二つの道が存在します。……あれ？　どうしました、先ほどの威勢《いせい》が全く感じられませんよ。ほら、返事しろよ」

「す、すみませんでした!!　でかいことを言って。全て、アインスの指示だったんです」

「おい、お前!!　なに俺のせいにしてんだよ!!　ふざけるなよ!!」

我先に助かろうとする下衆《げす》な奴が、リーダーを餌《えさ》にして逃れようとした。頭の回転はクソ早いようだが……そもそも、私の手を踏んだバカ野郎など生きて返すはずないだろう。

貴様は、新人としては破格ともいえる偉業の代償として、死ぬことは決まっているのだ。蟲たちによって生まれたことすら後悔させようとしたところ、一匹の幻想蝶ちゃんが新人諸君の前を飛び回った。羽は宝石のような輝きを放ち、羽ばたく度に魔力を帯びた鱗粉《りんぷん》が光の軌跡を描いて、見る者全てを魅了する。私に取り込まれたことでアルビノ体質になり、本来の輝きとは異なってはいるが、それでも気品が漏れ出すほどの魅力を有している。

ピーピピ（いけませんお父様）

この子こそ、先日、目の前の新人冒険者たちにキズモノにされた幻想蝶ちゃんである。

「まさか、この者たちに情けをかけろと!?　こいつらが幻想蝶ちゃんにどんなことをしたか、忘れたわけじゃないだろう？」

ピーピーピピ（もちろん、覚えております。しかし、幼虫であった私の姿は醜《みにく》く、受け入れてくれる方が少ないことも存じております。ですが、こうして無事に羽化することができました）

「羽化できたからといって、こいつらは……」

ピピピー（冒険者の方がモンスターである私を攻撃したからといって、それを責めてはいけません。それは、迷宮でなくとも当然のことなのです）

「それは、そうだが……」

ピッピッピ（私は、いつの日か冒険者の方とモンスターが手を取り合い暮らせる日を夢見ております。ですから、どうかその冒険者たちを殺さないでください。これを機会に、この方たちにも友好的なモンスターがいることを知っていただけたらと思います。小さい一歩ですが、私にとっては夢への大きな一歩なのです、お父様）

『蟲』の魔法が使える自分以外に幻想蝶ちゃんの言葉が理解できないのが悔やまれる。これほどまでに素晴らしい考えを持っている幻想蝶ちゃんの生《なま》の言葉を、新人諸君に聞かせることができないのだ。本当に爪《つめ》の垢《あか》でも飲ませてやりたいと思う。

幻想蝶ちゃんの言葉に、私だけでなく他の蟲たちも心を打たれて涙目になっている。

「ぶわ……分かった。可能な限り考慮しよう。だから、戻っていなさい」

万が一、幻想蝶ちゃんに何かあっても困るので、影の中に戻ってもらった。

しかし、自らを虐《しいた》げた者たちをこれほどまで気遣うとは……恐ろしい女子力だ。ゆえに、私は殺さずに可能な限り、娘の要望を叶《かな》える方向にした。——とりあえず、私の手を踏みつぶした愚か者に蟲たちを呑《の》み込ませた。

「あ゛あぁぁぁう゛おぉっぉぉぉ」

耳や鼻、口といった体内に繋がる器官から無理やり侵入され、苦しみもがく姿を盛大に披露《ひろう》した。

だが、殺さない。

こちらが殺さないことが相手に分かってしまうと図に乗る可能性があるので、そこら辺は内緒にして話を進めることにした。

「静かになったな。立場を弁《わきま》えろ。いいか、お前らには今すぐ死ぬか、苦しみながら長生きして死ぬかを選ばせてやる」

この私にできる最大限の譲歩だ。紳士《しんし》である私は、可愛《かわい》い蟲たちの意見を何よりも尊重する。それに、新人諸君も助かりたいだろうし、お互いウィン‐ウィンの関係でいることが、世の中にとって都合がいいと思うんだよ。

「ふ……」

一瞬、誰かが文句を言おうとした。しかし、巨大な百足が首筋に強靭《きょうじん》な顎《あご》を突き立てた。あと一声発していれば、首と胴が泣き別れしていたが、さすがに察したのだろう。『モロド樹海』下層に生息する蟲系モンスターだ。このレベルになると、低ランクの冒険者を処理することなど道ばたの雑草を抜くに等しい行為なのだよ。さて、では話を続けよう。

「アインスとコミットと言ったな。お前ら、なんでも恋仲で、この遠征が終わったら婚約するそうじゃないか。だが、それを周りに漏らすのはいただけない」

『俺、この遠征が終わったら婚約するんだ』的なことを周りに言いふらしていたそうだ。全く、どうしようもないね。そんなことを知ったら、フラグ的に考えて、私が殺《や》るしかないじゃん。だけど、幻想蝶ちゃんとの約束もあるので、私は殺さない!! だが、仲間内で同士討ちならば、別問題であろう。

「貴様ら二人には、さらに選ばせてやろう。どちらか一人を蟲たちに差し出せ。そうすれば、もう一人については、見逃すことも考えてやろう。制限時間は三十秒だ。話し合うもよし、実力行使もよし、好きにしろ」

幻想蝶ちゃんに諭されたとはいえ、あれほどの非礼を行《おこな》った者たち相手にこれほどまで譲歩できるのは、紳士《しんし》だからだと思っている。

「ねえ、お願いよ。私のために死んでよ、アインス」

「俺のことを愛しているって言っただろう。頼むよ。お前のことを絶対に忘れないからさ」

愛し合っていたはずの二人が、お互いに死んでくれと言い合う姿は実に醜《みにく》い。なぜだろうか……本当に愛していたのならば、率先して蟲たちに飛び込んでもいいはず。蟲たちも、自分たちにダイブしてくる冒険者を受け止めるべく、大きな口を広げて待ち構えているというのに。

言い争いは、短い制限時間だというのに白熱し、ついに結果が出た。コミットがアインスにキスをして私が行くわと油断を誘い、彼の脇腹を剣で突き刺したのだ。

男って、女に弱いな……

その様子を見ていた仲間も誰も非難しないあたり、本当に仲のいいパーティーだ。我が身に飛び火しないことだけしか考えていないとは、反吐《へど》が出るわ。

「いいから死ね!! もう、時間がないんだから」

「コミット……お前……」

刺されて倒れたアインスを蟲たちが覆い尽くし、いい音色の悲鳴が響いた。傷口からも蟲たちが侵入する。徐々に捕食されていく苦痛は洒落《しゃれ》にならないだろう。優しさが溢《あふ》れる私は、少しでも長生きできるように、死なないギリギリのラインで痛めつける。

「恋人を騙《だま》し討ちとは、愛とは素晴らしい」

「い、生きるためよ。これで私は!!」

恋人の死より、自分が生き残った喜びに浮かれるとは恐ろしいな。クオーターとはいえ、エルフとの混血だ。伴侶《はんりょ》にしたい種族ナンバー一が泣いているぞ。

「……すまん、考えたけどダメだったわ。やっぱり、恋人同士であった二人を離れ離れにしたとあっては、紳士《しんし》として恥ずかしい。だから、末永く一緒にいられるようにしてあげるよ」

希望に満ちたその顔を絶望で塗りつぶす。

「約束が違う!!」

「別に、助けてあげるなんて約束はしていない。言いがかりはやめてほしい。自分が不利になった際に最初の約束を改変するのは、よくないよ」

私は考えてやろうと言っただけで、見逃すとは一言も言っていない。

コミットという女性が何を思ったのか、涙を流しながら服を脱ぎはじめた。そして、生まれたままの姿になった。

「好きにしていいから、お願いします」

だが、人生経験の長い私は、これだけで全てを理解した。そうか。なるほどね。

「気が利くじゃないか。そこまで覚悟していたとは……ならば、私の手で」

蟲たちが捕食する際に、衣服まで蝕《むしば》んでしまってはお腹に悪いだろうという気遣いで全裸になったのだ。おまけに、「(蟲たちの)好きにしていいから、(脱いだ衣服については綺麗《きれい》な状態で家まで)お願いします」なんて、気の利いたセリフまで使えるとはね。

分かるよ。綺麗《きれい》な状態の遺留品を届けてほしいのだろう。

そこまでの女子力を持ちながら、なぜ幻想蝶ちゃんの幼虫を無下《むげ》に扱ったのか理解に苦しむ。まあ、女心と秋の空という言葉もあるくらいだ。たまたま、機嫌が悪かったのだろう。

「その心意気、見事であった。敬意を表して衣服については、アイハザード家に届けよう」

私はコミットに近づき胸元に手を置き、蟲たちの方へ押し倒した。

「あっ」

最後にコミットが何か言いたそうだったが、きっと「ありがとう」と伝えようとしたのだろう。間違いない!!　この状況下でかけられる言葉とすれば、感謝の言葉以外にあるはずがない。

では、幻想蝶ちゃんとの約束を守るために色々と手を施そうじゃないか。喜べ新人諸君――貴様らは、死なずに済むのだからね。


世のため人のため、そして可愛《かわい》い蟲たちのためにやった私の紳士《しんし》的な行いが、今や『ネームレス』で噂《うわさ》になっている。

あの新人冒険者たちは、幻想蝶ちゃんとの約束通り、殺さないでおいた。文字通り置いておいた。こう見えても私は、人体改造のスペシャリストと自負している。蟲たちの能力を駆使して、四層の出口に身体の四分の三が存在しないにもかかわらず、助けを求めて悲鳴をあげるオブジェクトを作りあげた。

設置してから、オブジェクトの評判を見るために何度か通ったが、上々の出来だ。初見の者は青ざめたが、無害だと分かると安心するようだ。そして、悲鳴が聞こえれば出口が分かるという利点から、何も見なかったことにしている。大改変があっても変わらず出口のそばに存在し、冒険者のための道標として役に立っている。

中には、気味悪がって排除しようと試みる者もいたが、低ランクの冒険者がどうにかできるレベルのものではない。私の蟲が苗床《なえどこ》として利用しているのだ。当面は現状維持だ。第三者からの意見があった場合、こいつらの処遇を再考しよう。

「役に立たない冒険者を人のためになる冒険者に文字通り作り変えてきた。可愛《かわい》い蟲たちの要望であったし、これでモンスターと人間の関係が一歩前進したのは間違いない」

「『蟲』の魔法って凄《すご》いな。アタイも特別な属性が使えたらな……」

「そうなったら、僕がいる意味がないじゃないですか。嫌ですよ、ペア解消なんて」

エーテリアとジュラルドも、この結果には満足そうだった。

それにしても、全く不幸な事件だった。でも、こうして笑い合える仲間がいるっていいよね。

13　濡れ衣

栄養価や鮮度、加えて繁殖も簡単。さらには、治癒薬《ちゆやく》にも近い嬉しい効能もある。これほどまで完璧な食材は、皆無《かいむ》と言っても過言ではない。だが、見た目や噛《か》まれた際に鳴くことから、絶大な不評を買っている、迷宮での生命線である食用の蟲たち……

だから、その全ての悩みを解決すべく、蟲たちの研究をやめない!!　万人に受ける食料を……また、迷宮で飢《う》える者をなくすため、日々涙ぐましい努力を繰り返しているのだ!!

「そして、ついに生み出すことに成功した。鮮度抜群《ばつぐん》、栄養価抜群《ばつぐん》、食べやすさ抜群《ばつぐん》、消化もよく快便をお約束!!　ダイエット食としても売れること、間違いなし!!」

誰に話しているわけでもないけど、叫《さけ》ばずにはいられなかった。そして、早速迷宮の中層へ、食事に困る者たちに救いの手を伸ばすべく移動した。

紳士《しんし》として、後輩を助けるのは当然であろう？

それに、まずは新商品を流行《はや》らせるために赤字覚悟の試供品配布は当然だ。何事も先行投資は必要だと認識している。

いや、待てよ。中層に人がいないと思っているわけではないが、ギルドで中層の依頼状況を確認した上で向かうのが効率的だろう。

受付にて確認したところ、中層で現在狩りをしているパーティーは、十三組いると教えてもらった。もちろん、ギルドの依頼を受けて狩りをしているパーティーが十三組であり、実際はもう少し多いと予想している。

だが、実にちょうどいい数である。

まだ試作段階であるため、用意できた蟲は全部で三十体。もし、冒険者の皆からご好評が得られたら、さらに増やそうと考えている。蝗と違い、繁殖が難しいのが難点だが。

でも、みんなの喜ぶ顔が見られるなら頑張《がんば》る。最終的には、領民にも是非《ぜひ》食べさせてあげたい。

ということで、準備をしてから『モロド樹海』中層へと赴《おもむ》いた。

影からバスケットボールより少し大きなサイズの蟲の卵が出てきた。卵が割れて、中から深紅《しんく》の目をした純白の兜蟹《かぶとがに》のような蟲が生まれ落ちる。この蟲こそ、蜘蛛をベースに色々と配合して生み出した新しい仲間だ。

前世で見た映画に出てくる地球外生命体を参考にして作った、素晴らしい蟲である。

食料として不評な蟲を普及させるために、私は考えた。食べるのが辛《つら》いなら、胃の中に直接送り込めばいい!!

この蟲は冒険者の顔に張りつき、口から長い管を出して冒険者の口から胃の中に直接卵を生み落とす。そして、胃液で卵の外皮が溶け落ちて生まれるのだ……蟲がな!! さらに、管を通した際に冒険者が苦しまないよう、部分麻酔を行うようにしている。当然の配慮だ。

実は、この胃液で溶け落ちる卵の外皮は、栄養価抜群《ばつぐん》だ。これ一つで、一日に必要なビタミンなどの栄養が全て摂《と》れる!! しかも、胃の中で生まれ落ちた蟲が、胃から大腸へ移動してお腹に溜《た》まった老廃物を綺麗《きれい》にお掃除《そうじ》してくれるのだ。

最後にはケツから出てくる。まあ、その際に蟲とご対面することになるが、些細《ささい》な問題だ。体外に出れば、数分で寿命が尽き、土に還る自然にも優しい蟲である。身体にも自然にも優しい、本当に半分が優しさでできているような蟲なのだ。

おまけに!! 心遣いのできる蟲で『生んでくれて、ありがとう』とお礼を言うあたり、律儀《りちぎ》すぎる。残念なのは、その言葉が私以外に理解できず、ピギュアーという鳴き声にしか聞こえないことだ。

冒険者のためにも自然のためにも、一粒で二度美味《おい》しい!!

いやいや、忘れてはいけなかった……嬉しい効能がある。若干ながら身体能力が強化される。体内の蟲が、宿主が元気でいられるようにと力を分け与えるのだ。心温まるいい話だ。

一粒で三度美味《おい》しい!!

「さあ、皆の者よ!! 今こそ、困っている冒険者たちに救いの手を伸ばすのだ。そして、モンスターと冒険者の輝かしい未来を!!」

こうして、蟲たちは地面を這《は》いずり、各方面へ移動を開始した。

◆　◆　◆

中層で狩りをすること一年、モンスターたちの動きや習性を理解し、冒険者の私——ルミルは、そろそろ次のステップへ進もうと考えている。ここまで来られたのは、仲間に恵まれたからよね。

幼馴染《おさななじみ》のエステール、ステラ、アリアの四人でようやくここまで上り詰めた。食い扶持《ぶち》減らしから、家を追い出されて……身体を売って生計を立てるしかないと当初は考えていたけど、人間やればできるものね。

本当に、全員が前に出たくないからって後衛を選んだのに、よくやってこれたわよ。長期戦に向かず、全員が魔法を使った火力でのゴリ押し戦法。実に有効だけど、魔力の消耗《しょうもう》が激しいのよね。

「なかなか、雨がやみませんね……」

「でも、雨が降ったのがこの階層で助かったわ。小型のモンスターがいないから、視界が悪くても見落とすことはないものね。でも警戒は怠《おこた》らないでね、エステール」

不幸中の幸いかしら。この『モロド樹海』で、雨の降る中での戦闘は避けたい。雨の中での戦闘は、視界が悪いだけでなく、体力の消耗《しょうもう》も激しい。だからこそ、全員で一時の休息を取っている。

「そうそう、この間みたいなことなんてごめんですよ。まあ、できることも少ないですし、先に食事にしましょう」

全員が『水』の魔法で飲料水の確保に入る。皆に『水』の魔法の才能があったことが幸運だわ。食料の中で一番重要で確保が大変な水を、事前に用意せずに迷宮に挑める。

だが、皆が携帯している食事に手をつけようとした瞬間、遠くの茂《しげ》みから、見たこともない深紅《しんく》の目をした純白のモンスターが飛び出してきた。

ピギャ（お勤めご苦労様です。お食事を持ってまいりました）

「アリア!!」

エステールも気がつき大声を上げた。アリアも即座にモンスターの方を確認したが、私同様に驚きを隠せていない。この階層ではいない種類のモンスターだったのだ。

雨の中では、『火』の魔法は威力が減衰する。アリアが即座に無詠唱の『風』の魔法で迎撃を試みるが……信じられないことに、こちらの魔法を完全に避けきっているのだ。

「当たらない!!　ステラ、貴方《あなた》の広範囲魔――」

広範囲魔法を得意とするステラを見ると、見たこともない白い蟲が顔に張りついていた。蟲が張りついた隙間《すきま》から、ステラが涙を流して助けを求める顔が見えた。

「うゞうぅう」

まさか!!　正面から来た一匹目の蟲は、囮《おとり》!?　全員の注意を引きつけ、背後から別の蟲が襲いかかる。モンスターがそのような方法で襲ってくるなど想定外だ。高ランクモンスターの中には、言葉を理解してそのような戦術をとるモンスターもいると聞くが……この階層にいていいレベルのモンスターではない。

どうなっているの……いつもと同じだったのに、どうして!?　まるで、理解が追いつかないこの状況に恐怖した。

「いやあぁぁぁぁぁゔゔぅぅぅ」

瞬《また》く間にアリアも犠牲《ぎせい》者になった。

「アリアとステラを一瞬で……何なんだよこれ。誰かたすげぇぇぇおおお゛おぉぇぇぇ」

決して油断したわけではない。それなのに、一瞬でエステールまで蟲にとりつかれてしまった。

そして呆けた瞬間に、私の視界に飛びついてくる蟲が見えた——

それからの記憶は曖昧《あいまい》で、気を失ってから数分後に目が覚めたと思う。服の濡れ具合などから換算するとその程度だ。全員が五体満足で、何が目的だったのか理解できない。だけど、一つだけ分かったことがある。

この階層には、本来いないはずのモンスターが生息している可能性がある。外部から誰かが持ち込んで繁殖に成功した口なのだろうか。だけど、今はそんなことは重要じゃない。

大事なのは、早急にこの階層を抜け出して逃げることだ。あのモンスターは間違いなく私たちより強い。今回は助かったけど、次も同じ結果になるとは限らない。

しかし、先ほどのモンスターの目的は何だったのだろう。身体に何かされたわけでもない……一向に身体的な変化は訪れなかった。本当に、何がしたかったのか見当もつかない。

目が覚めたとき、モンスターは影も形もなかった。悪い夢でも見たかのようだ。

「やはり、全員異常なしね。あれは、なんだったんだ」

「もう、その話はやめましょう。思い出したくもありません」

身体に異常がないかを判別するために『水』の魔法で徹底的に調べたけど、何も検知されない。

「晴れてきましたし、早く移動いたしましょう。次の階層でばんばん狩って、忘れることにしましょうか」

そうよね。でも、何か忘れている気がするのよね。ああ、そうよ、お昼にしようと思っていたんだわ。まあ、いいかしらね。お腹も別に減っていないし、次の階層へ急がないといけないしね。

◇◇◇

ギルド本部で、耳を疑うような話をマーガレット嬢から聞かされた。

「中層において、見たこともない深紅《しんく》の目をした白い蟲に襲われた冒険者たちがいるだと!?」

「ええ、それで今こうしてレイア様とお話をですね……」

言葉を濁《にご》してはいるが、間違いなく私が疑われている。

私の可愛《かわい》い蟲たちが無闇に冒険者を襲うことなどないと断言しておこう。私が指示すれば話は別だがな。

「まさか、この私を疑っているわけじゃないだろうな。マーガレット嬢」

「う、上からの指示でして、一応確認をと……」

日頃、ギルドに美味《おい》しい思いをさせてあげている私を疑うなど許せんな。この私の稼ぎでどれだけのギルド職員が生活できていると思っているんだ。それにもかかわらず、この私を疑うとは言語道断だ。

「完全に濡れ衣だ。そもそも、この私が中層の冒険者を襲って何の得になると思う？」

「そこが謎なんですよ」

謎だと!?　そんな、証拠もなしに疑いをかけたのか!!

だが、このまま疑われた状態というのも嫌である。ここは身の潔白《けっぱく》を証明し、私に濡れ衣を着せようとした真犯人に天誅《てんちゅう》を与えるべきだ。

「いいだろう、真犯人を探してきてやる。それで、今まで何人死んだ？」

「誰も死んでおりません。それどころか怪我《けが》一つしておりません」

「……おい!!　被害が出たと言っただろう!?　どういうことなんだよ」

「そんなの知りませんよ。真犯人に聞いてください」

一体、犯人は何がしたいんだ。私の可愛《かわい》い蟲に罪をなすりつけるような自殺行為まで行い、訳が分からない。

「となれば、装備を狙った追い剥《は》ぎか……」

「いえ、何も盗《と》られておりません」

「じゃあ、暴行目的か」

「いえ」

「じゃあ、モンスターの死骸《しがい》は？」

「ありません」

マーガレット嬢との会話から情報を整理してみると、被害なんて出ていないと結論が出た。

「話を聞く限り被害など出ていない。それなのに、ギルドは私に嫌疑をかけてくるとは……喧嘩《けんか》を売っているのか」

私のいらだちを察して、影から双頭百足が飛び出した。大きな口を開けて、マーガレット嬢のすぐ上で私の指示を待っている。このモンスターがどれほど凶悪なのか理解できている者は、即座にこのギルドから逃げていった。

ランクCに毛が生えた程度のランクBでは対処できないようなモンスターだ。

よく状況が理解できていない者たちは、飲み物を噴水のごとく噴き出したり、腰を抜かす者がほとんどだ。

「も、申し訳ありません。こちらで再調査させますので」

マーガレット嬢が頭を下げて謝ったので、とりあえずは許すことにした。上からの指示で私に嫌疑をかけたのだ、悪いのは上司である。

「上司に伝えておけ。次、証拠もなしに疑いをかけてきたら、朝日を拝むことはないと思え」

その後、迷宮内でエーテリアとジュラルドと偶然出会ったので、蟲の卵だけを試供品として提供した。この二人は蝗だって普通に食べられるから、胃に卵を直送する大きな蟲は必要ないからね。

当然、後日大好評を受けたのは言うまでもない。

14　剣魔武道会（一）

『モロド樹海』から帰還を果たし、『ネームレス』のギルド本部で毎度のことながら美味《おい》しい依頼を物色していた。数多くいる冒険者たちが、自分たちの目的に合った依頼を見つけては、受付へ持っていき契約を結んでいくさまを見て、羨《うらや》ましいと思った。

下層のパーティーが全滅しないかな。未帰還者になってくれれば、潜るついでに遺留品を拾って届けるのだが……

「死んでくれないかな……」

その一声で、周りにいた冒険者たちが一斉に私を見た。そして、一歩一歩と距離を取っていく。

「あ、あのレイア様、営業妨害でしたら他でお願いします」

「なんだ、マーガレット嬢か。私が、いつ営業妨害をしたと言うのかね」

ただ、私のお財布のためにどこかのパーティーが全滅してくれないかと呟《つぶや》いただけだ。まさか、

『ネームレス』のギルド本部には、冒険者の呟《つぶや》きすら許さないという厳しい規則があるわけでもあるまい。

「有象無象の冒険者ならまだしも、ランクBのレイア様が『死んでくれないかな』と呟《つぶや》くと、皆さんが逃げるんですよ。さっきまで人がたくさんいたのに、誰もいなくなったじゃありませんか」

「本当だ。でも、私が受注できる依頼のないことが問題だと思うのだけど。ちゃんと、営業活動している？」

聞いている冒険者が私以外にいないので、貢《みつ》いでくる冒険者たちを平然と有象無象と言い放つとは、そろそろマーガレット嬢の暗殺を誰かが依頼するのではと思ってしまう。

いや……面白そうだな。いっそ、自分が一億セルほど積んでギルドに依頼してみようかな。楽しいショーが見られそうだ。

「もちろん、しておりますよ。ちゃんと下層の依頼もございますが、受注されます？　モンスターの素材を持ってくる依頼ですが」

蟲たちが美味《おい》しくいただくので無理です。それを知っていて勧めてくるとは、いい度胸だわ。このくらいの度胸がないと受付嬢なんて無理かもしれないけどさ。

「…………で、何の用だ？　私がぼやいたときにたまたま傍《そば》にいたわけではあるまい」

「その通りです。実は、レイア様宛に書簡を預かっております。ご確認を」

受け取った書簡をまず確認した――

なんと、ガイウス皇帝陛下からの書簡であったので驚いた。ここ最近、皇族に対して不敬を働いたことがあるか真っ先に考えた。だが、思い当たる節はなかったため、安心して中身を確認してみる。

ガイウス皇帝陛下とは、今更知らない仲ではないとはいえ、こういう書簡を真面目に送られると身構えてしまう。

「――なるほどね。マーガレット嬢、『ウルオール』で毎年行われている剣魔武道会って知っている？」

恥ずかしながらこの手の行事には、大変疎《うと》い。迷宮や戦争ばかりだったからね。領地も持っているけど、基本的に運営は他人に任せている。世間知らずここに極まる、といった感じだ。

「やはり、そのお誘いだったのですね。当然、知っております。剣魔武道会とは、冒険者たちが実力を競い合うことで有名な大会です。『ウルオール』が国家を挙げて行《おこな》っている大会で、優勝者には一億セルの賞金が与えられます。また、晩餐会《ばんさんかい》で双子の姫君と最初に踊《おど》れるとか。後は、名誉とか――」

冒険者を舐《な》めるな!!　ダンスなんて踊《おど》れるわけがない。だが、金は欲しいな。しかも一億セルとか、先ほど冗談《じょうだん》でマーガレット嬢の殺害依頼を出そうと考えたのと同じ額だわ。

これって、間違いなくフラグだよね。

「競技内容は？」

「予選とトーナメント形式の本選があります。予選は迷宮を使った参加者全員による大乱闘です。

毎年、参加者が非常に多いことから三十名になるまで続けられます。ただし、三日を過ぎても三十人以上いる場合には、『聖』の使い手がじきじきに削《けず》りに入ります。ちなみに、棄権した者への攻撃は禁止されておりますが、それ以外は何でもありですよ」

『ウルオール』は亜人が多い国で、しかも王族がエルフの国だよな。もっと、繊細《せんさい》な競技とかあってもおかしくないはずだと思う。なんか、すごく脳筋国家な気がしてきたぞ。伴侶《はんりょ》にしたい種族ナンバー一の偉業を持つエルフさんよ……お前ら、大丈夫か。

「ランク制限は？」

「設けておりませんが、過去の大会においても、ランクAが出場された記録はありません。一方的すぎて、場がしらけますから」

そうだよね。ランクAが出場すると分かったら、全員棄権するだろう。大会どころじゃなくなる。一方的な虐殺《ぎゃくさつ》になる。

「闘いは好きじゃないのだが、ガイウス皇帝陛下から出場依頼があったとなっては別だ。出場する以外に選択肢などない。で、ジュラルドとエーテリアはどこにいる？」

ガイウス皇帝陛下からの依頼は、我が国の冒険者も多数参加しているが成績が芳《かんば》しくない、ゆえに出場して成果を上げてこいとのことだった。当然、出場するからには優勝を目指す。

そのためには、我々三人が出場し、ひそかに手を組むのが一番だ。賞金は、山分けだ。

「二人にも同様の書簡が来ておりましたので、五日前にご出発されました」

なるほど、ここ最近は迷宮の中にいたからね。いつ戻ってくるか分からない私を待つのは厳しいだろう。こういうとき、独り身って悲しいな。ジュラルドがいたなら、道案内もお願いできたのに。

「それで、私はどうやって『ウルオール』まで行けばいいのだ？　開催場所どころか、『ウルオール』の地理すら分からんぞ」

「帝都から馬車の定期便が出ておりますので、それに乗られるのがよいかと思います。時期的に考えて、定期便以外の開催地『ファルシーネ』への直行便も多いでしょう」

馬車で優雅な旅も悪くはない。さすがに、蟲に乗って空から他国に侵入するのはよろしくないものね。下手したら国際問題に発展しかねん。

「そうか、では行ってくるとする。優勝したら、手土産ぐらい買ってきてやるさ」

「ご活躍をご期待しております」

エーテリアとジュラルドから五日ほど遅れて『ウルオール』の『ファルシオーネ』へと足を向けた。他国に行くなど、戦時以外では初めてなので、観光もできるだろうから胸が躍る。


帝都で目的地行きの馬車は、すぐに見つかった。なんせ、大声で叫《さけ》んでいる集団がいくつもあり、盛大に客引きをしていたのだ。

初めて知ったのだが、目的地までは馬車で約四日も掛かるだけでなく、道中ではモンスターが出ることもしばしばあるらしい。そのため、「うちは、ランクCの冒険者を三人雇っている」という宣伝文句などもよく見かけた。

だが私が目を付けたのは、そんな有象無象の馬車ではない。一台だけ、貴族が乗るような豪華な馬車が停まっていたのだ。しかも、護衛の連中が乗る別の馬車がしっかりと用意されており、客と護衛を完全に分別している。

「この馬車は、剣魔武道会が開催される『ファルシオーネ』行きか？」

「その通りです。目的地まで安全で快適な旅をお約束いたします。料金は、お一人様二百万セルとなっております」

一泊五十万セル計算か。おそらく、飛行機のファーストクラスと同じような位置づけなのだろう。金はある!!　そして初めての海外旅行だ。奮発すべきところである。

「快適な旅を期待している」

「もちろんでございますお客様。それと、馬車の中ではフードはお取りください」

「日の光に弱い体質でね。外せんのだよ」

「失礼しました」

半分は本当である。アルビノの体質上、直射日光で皮膚《ひふ》がただれるなんてことはよくある。とうの昔に克服したがな。

なにより顔を隠すのは、私を知っている者とどこで会うかが定かでないからだ。下手に怖がられるのも嫌なので、顔まですっぽり隠れるフードを着用している。『蟲』の魔法って、なぜか評判があまりよろしくないのよね。

こんな可愛《かわい》くて優秀な子たちがたくさんいるというのに納得いかない。

二百万セルを支払って乗ってみると、実に豪華であった。ふかふかの座席が個々に用意されている。加えて、水などの飲み物も完備。座席数は十席。一席あたりの広さも申し分ない。

安い乗合馬車では、床にまで座らせ、寿司詰め状態にするからね。まさに雲泥《うんでい》の差である。もちろんお値段も。

私以外の客は、既に女性が五名おり、男性が全くいない。しかも身なりから考えるに、そのうち四名は間違いなく貴族であろう。おまけに聞こえてくる会話の内容から、この四人は親子のようだ。

できるだけ彼女らから離れた位置に座り、馬車の旅を楽しむことにした。


貴族の女性ばかりが乗る馬車……フラグ臭がバリバリする。大量のモンスターに襲われるような大事件が起こるのではと思ったが……高額な料金だけあって、それなりの冒険者を護衛に雇っているようだ。道中のモンスターをスムーズに処理している。

「ええ、夫が騎士団代表で剣魔武道会の警備に就《つ》くことになりましたのよ。それで、子供たちを連れて見に行こうと思いまして」

「そうなのですか。騎士団代表とは凄《すご》いですね。どちらの騎士団にご所属なんですか？」

「夫は、第四騎士団の副団長を務めております」

馬車が出発して三日目だというのに、後ろから聞きたくもない話が漏れ聞こえてきた。第四騎士団の副団長って、シュバルツの野郎じゃねーかよ。ということは、後部座席に座っているのは、シュバルツの妻と子供たちか。元上官の妻に、その子供たち。子供といっても、年齢的には十代後半の女性だ。

キュピーーーーン！

蟲の知らせだ‼　可愛《かわい》い蟲たちが、人間には感じることができない何かを感じ取った。間違いなくろくでもない――主に、馬車の襲撃フラグ的な何かを感じ取った。

「私は、ここで馬車を降りるぞ‼　自分の都合で降車するのだ。お前らに一切の非はない‼　いいか、絶対に追ってくるなよ」

「お、お客様、夜は危険です。お戻りください‼」

走る馬車から飛び降り、すぐに森の奥へ奥へと進んでいった。遠くから、「お客様〜」と声が聞こえる。若干、申し訳なさはある。だが、戻らぬ。山中を進み、野宿するのにいい場所を見つけたので、本日は野営をすることにした。

「街道を進めば間違いなく『ファルシオーネ』に着く。さて、今日はここで寝るとしよう」

当然、地面でなど寝ない。可愛《かわい》い蜘蛛たちにより、簡易ハンモックが作られた。さらに、絹毛虫ちゃんを抱き枕にするべく呼び出した。私の蟲の中でも重宝している子だ。

なんといっても、この手触りと上品な香り……抱き枕としてこれ以上の子はいないだろう。

モキュモキュ（お父様、いい加減に子離れしないといけませんよ）

「よいではないかよいではないか」

モモキュ（本当に今晩だけですからね。ちょっと、変なところを触らないでください）

変なところと言われても、全身が毛で覆われていて、どこも同じ触り心地なのですが。だが、嫌がっている雰囲気はなかったので、そのまま抱きしめて眠りに落ちた――

快眠できたおかげで、元気いっぱい!! やはり、最高の抱き枕だと自信を持って言える絹毛虫ちゃんは素晴らしいな。当然、他の蟲たちも皆素晴らしい。

街道を進もうと馬車があった位置まで戻ってみれば……無残な姿の馬車があった。

「やはり、蟲の知らせ通りになったか」

馬車の扉が壊れており、中を覗《のぞ》いてみると争った形跡がある。さらに、女性たちの姿は影も形もない。どうやら連れ去られたようだ。

まあ、この世界ではよくある。

死体の数が帝都を出たときと違うことから、護衛の中に裏切り者がいたと見て間違いない。シュバルツの妻と話していた女すら、襲撃者の一味の可能性が高い。普通に考えれば、狙いはシュバルツの家族だろうな。地位を考えれば当然の帰結である。

栄えある『神聖エルモア帝国』第四騎士団の副団長という名誉ある職にあるが、シュバルツは後ろ暗いことをしているとの噂《うわさ》が絶えない人物だ。誰もがこんな事態がいつかは起こると思っていただろうね。

幸い人質としての価値もあるし、全員女性なのですぐには殺されないだろう。死ぬ前に救助されることを願っておく。一応、一時期とはいえ上官でもあったのだ……紳士《しんし》として最低限の敬意は払ってやろう。

さて、状況確認も終わったので『ファルシオーネ』に向かって歩き出そう——と思った矢先に、前方より十人ほどの集団が向かってきた。騎士の格好をしていることから、街道警備を務めている者たちであろう。

「そこの者!! 何をしている？」

全員が剣を抜き、臨戦態勢だ。

「決して怪しい者じゃありません。剣魔武道会のために『ファルシオーネ』に向かう、どこにでもいる冒険者です」

「では、なんで馬車を覗《のぞ》いていた。何かを物色していたのか？」

まるで、私が襲ったみたいな言い分……ひどい。

「元乗客が、馬車を覗《のぞ》いていたらおかしいんですか!?」

「元乗客だと？ ならば、ここで何があったか知っているな？」

そんなことも見て分からないのか。どう見ても、襲われた後だろう!! お前ら何年警備をやっているんだよ。その目は節穴かよ。そういうことを調べるのが、お前らの仕事なんだろう。

「昨日は嫌な予感がしたので、私一人で馬車を降りて野宿しました。ゆえに、詳細は知りません。ただ、状況的に誰かしらに襲撃されたと思います」

「嫌な予感がしたなら、なぜ他の者を連れて逃げなかった。それに、冒険者なのだろう。どうして、一緒に戦わなかった？」

私が答える度に、なぜか私を囲むように陣形が展開されていく。剣どころか、魔法を使う気満々の野郎もいる。

いいや、誠意を見せて全てを正直に話せばきっと分かってくれるはず!!　コミュニケーション大事!!

「目的は私ではないと分かっていたので、一人で逃げました。それに、戦うって……護衛のお仕事でしょう？　私は、金を払って乗った客です。ついでに、ここら辺の治安を守るのはお前らの仕事だろう？　給料分働けよ」

「……なるほど、よく分かった。『ファルシオーネ』に行きたかったのだろう？　部下を一人付けよう」

「おお!!　やはり、話せば分かる人っているんですね。ありがとう」

目的地まで送り届けてくれるとは、やはり日頃の行いか!!

——ガシャン。

「あれ？　……いいところに連れていってやると言われてノコノコついていったら、牢屋に入れられた!!　まだ、観光すらしていないのに!!　なぜだ、私が何をしたんだ!!　出して!!　ここから出してよ!!」

街道で話の分かる警備の人のおかげで『ファルシオーネ』まで連れてきてもらったが、なぜか地下の牢屋に幽閉されました。訳が分からない。

無事に帰ったら、ガイウス皇帝陛下に報告して正式に抗議してやる。

「おお!!　その声はレイア殿!?　なぜここに」

隣の牢屋を見てみれば、エーテリアとジュラルドがなぜか牢屋に入っていた。

「お前らこそなんでいるんだよ。何やらかしたんだよ!!」

「聞いてくれよ!!　ジュラルドの実家に滞在しようとアタイもついていったんだよ。そうしたら、

『私のジュラルドはどこに行ったの!?　なんで、家族の秘密まで知っているのよ』と、親御さんたちと揉《も》めてな。気がつけば、ジュラルド殺害容疑で牢屋の中さ」

「まあ、冒険者育成機関の時代から一度も帰省しておりませんでしたからね。まさか、僕の顔を忘れていようとは……ショックでした」

ジュラルドには申し訳ないが……親御さんが正しい。あの肖像画《しょうぞうが》と今のジュラルドを比べたらね。

だが、ジュラルドも自分自身の殺害容疑がかけられるって凄《すご》いな。普通じゃありえないよ。

「私の方は、ここまで馬車で優雅な旅をしていたのだが、道中で襲撃されることを察したので、馬車を降車して一人で野宿したんだよ。その後に出会った街道警備の人たちに状況を説明したら、この牢屋に幽閉された。自分たちの職務怠慢《たいまん》が原因だというのにひどいわ。どうなってんだ、この国……」

「すみませんレイア殿。母国の者が失礼を」

「気にするな。誤解されるのは、今に始まったことじゃない。間違ったことはしてないんだ。お互い、時間が解決してくれるのを待とう。脱獄なんてしたら、国際問題だしね」

「だよな。ジュラルドの実家にも迷惑かかるし、アタイらの誤解が早く解けねーかな」

脱獄することなど朝飯前だが、実家や祖国に迷惑をかけまいと大人しくする。どこに出しても恥

ずかしくない紳士淑女《しんししゅくじょ》たちだからできることだ。

15　剣魔武道会（二）

地下の牢屋に入れられて、早三日――一向に釈放されない日々が続いている。そして、あまりにも暇だったので、狭い牢屋を大改築してみた。

他国のランクBであり、ガイウス皇帝陛下の勅命を受け、国家の威信を背負って剣魔武道会に参加する我々を、誤認逮捕とはいえ臭い牢屋に閉じ込めたとなっては、看守たちが職を失いかねない。

彼らにも生活があるだろうし、そこら辺は臨機応変に対処するのが紳士《しんし》の務めだ。ゆえに、手厚く扱われていたと言うため、事実を作り上げた。

まずは壁を取り除き、部屋を広げ、蟲を使って地下を建設。ついでに、殺風景《さっぷうけい》だったので壁画や彫刻などを多数作った。床は、鏡のように磨《みが》き上げられ光を反射する。さらに、ジュラルドの『水』の魔法で噴水まで用意され、快適な気温調整がされている。これで、最高級の宿屋にも劣らぬ部屋が完成した。

「私の手にかかれば、どこであろうと快適なお住まいに大変身さ」

「最高だぜ。特に、この絹毛虫っていいな。一家に一匹必要だ。アタイに一匹譲ってくれよ。大事に育てるからさ」

「僕としては、この蜘蛛がいいですね。迷宮で寝る場所に困りませんよ」

もっと褒《ほ》めるがいい。蟲も自分たちのことを理解してくれる存在に対して非常に友好的である。

モキュキュ（お父様以外の人に抱かれる気は、ありません。離しなさい!! 離さなければ、私がいないと眠れない身体にして差し上げますよ。ふっふっふ……あれ、離さないのですか。私、そっちの趣味はないんです。助けてお父様～）

助けを求める絹毛虫ちゃん……だが、お父様は分かっていますよ。よって、しっかりエーテリアに遊ばれてきなさい。だが、何か引っかかるんだよね。

「思い出せん。何か忘れている気がするんだが……」

「そうか、実はアタイも何か大事なことを忘れている気がするんだよ」

「朝食のデザートを忘れている件じゃありませんか？」

そうだ!! それに間違いない、ジュラルド!!

そうと分かれば、悩みを解決させるのは簡単だ。すぐに蟻を呼び出して、お金を括《くく》りつけて買い物へ向かわせた。もちろん、意思疎通《そつう》ができないのは分かりきっているため、メモも一緒につけて外へと送り出した。

「私としたことが、みんなの朝食のデザートを忘れてしまうとは申し訳ない」

「なーに、気にすんな」

「牢屋の中にいて何不自由なく暮らせるのは、レイア殿のおかげなのです。そのくらいで謝らないでいいですよ」

それにしても、昨日から看守すら来なくなったが……もしかして、体調でも崩したのだろうか。先日、我々が大改築したのを見て、顔が青ざめていたからな。風邪《かぜ》ではないかと不安である。

初日には温かいスープをおまけしてくれたいい人だから、お礼を兼ねて治療《ちりょう》をしてあげよう。蟻のフェロモンを付着させているので、それを辿《たど》らせれば看守の家に着く。あと数日戻らなかったら、治療《ちりょう》しに行ってあげるかな。

——さらに、三日後。

身体が鈍《にぶ》らないように訓練場を作っていた最中、私に面会者が現れた。面会室に行ってみれば、シュバルツが険しい顔をして座っていた。髪はぼさぼさ、何日も風呂に入っていないような臭い、睡眠《すいみん》不足らしく目が真っ赤……ひどい健康状態に見える。

「「…………」」

何が楽しくておっさんと見つめ合わないといけないのか理解できない。

「貴様は、ここで何をしている」

「無実の罪で牢屋の中におります。早く身の潔白《けっぱく》が証明されるのを期待して、大人しくしております」

仮にも国の看板を背負って、剣魔武道会に参加するのだ。その参加者が、脱獄などできるはずがない。脱獄したら、国だけでなく看守たちにも迷惑がかかる。

「では、もう一つ聞きたいことがある。貴様、『ファルシオーネ』までは馬車で来たそうだな。しかも、襲撃を察知して逃げたと聞いた。本当か？」

よく分からないが、何か思うことがあるらしい。

「逃げたというのは、若干語弊《ごへい》があります。ですが、概《おおむ》ねその通りです」

「き、貴様!! あの馬車にはな!! 俺の家族が乗っていたんだぞ」

シュバルツが急に立ち上がり、私の首根っこを掴んできた。

そもそも、家族が乗っていたからといって何だというのだ。お前の家族が乗っていたから襲われたのだろう。それに、私を巻き込むなよ。文句を言いたいのは、こちらである。

だが、紳士《しんし》である私がそんなことを言うはずがない。

「知っていますよ。夫が第四騎士団の副団長なんです、と馬車の中で耳にしましたので。誠にお悔やみ申し上げます。ガイウス皇帝陛下には、私からも『ファルシオーネ』の街道警備隊の職務怠慢《たいまん》について強く抗議するように進言いたします」

「なぜ、乗客を!! 俺の家族を助けなかった!! 貴様なら賊《ぞく》が何人いようと処理できただろう。二年前に殿《しんがり》を命じたことに対する当てつけか!! 貴様が助けていれば、助かっていたんだぞ」

シュバルツの中では、私が過去の因縁《いんねん》を引きずって嫌がらせをするクソ野郎みたいな評価になっている。ここは、誤解を解いておく必要がある。

「シュバルツ様。いいですか、私は勇者でも英雄でもありません。さらに言えば、ガイウス皇帝陛下の勅命で剣魔武道会に参加してこいと言われている身です。万が一、道中で怪我《けが》などをして、万全な状態で剣魔武道会に挑めなかったらどうするのです？ それとも、皇帝陛下の勅命より貴方《あなた》の

「家族の方が大事だと？　それに、賊《ぞく》の中に私と同格がいたらどうするんだよ。仮定で話を進めるなよ。綺麗事《きれいごと》を並べおって……本当は、どのような状況でも助ける気などなかったであろう!!」

「よく分かりますね。そもそも、私に文句を言うこと自体がお門違いですよ。あの馬車を選んだのは、シュバルツ様の家族。ろくな護衛を雇っていなかったのは、馬車の持ち主。人から恨《うら》まれるようなことをしていたのは、シュバルツ様。街道の警備をしていたのは、『ファルシオーネ』の警備の人。たまたま客として乗り合わせただけの私に、ひどい言いがかりです」

さらに言えば、襲撃された際には私は現場にいなかったのだ。ゆえに、逃げたという表現や見捨てたという表現は正しくない。そもそも、現場を見るまで襲撃されたのを知らなかったのだ。

「貴様は、それでも人か!!　人の心というものがないのか!!」

「家族を失って怒りを誰かにぶつけたいのは分かります。ですが、相手が違いますよ。そのセリフは馬車を襲った連中に言ってください。それに……その割に嬉しそうですね、シュバルツ様」

シュバルツという人物を知らなければころっと騙《だま》されそうだが……この男は、貴族の家に婿養子に入ったのだ。そのため、実は!!　妻と子供たちのことをあまり快く思っていないのは調べがついている。なんせ、本当の愛情は愛人に注いでいるらしいからね。

よって、この猿芝居の裏で実は笑っているのだろう。これで、うるさい家族はいなくなり、堂々と愛人を正妻として迎え入れられるわけだ。

この場所で人に聞こえるように激怒した演技も、周りに良い心証を与えて味方を増やすためだろう。そういう細かい芸当については、本当に褒《ほ》めてあげたくなるよ。

「いいだろう、いいだろう!! 貴様が少しでも謝罪の気持ちや謝る素振りを見せたら、色々と手配してやろうと思ったが、何もしてやらんぞ」

「いえ、シュバルツ様のお世話になるようなことなどありませんよ」

世話することは、あるだろう。だが、逆などあるはずがない。

それに今更だが、先の襲撃……実は裏で糸を引いているのは、シュバルツ自身じゃないかと思う。他国の領地内での事件ならば、『神聖エルモア帝国』とて大規模な調査を行いにくい。それに、このような大規模なイベントがある時期だ、不埒《ふらち》な輩《やから》がうろついていたところで不思議に感じる者も少ないだろう。

さて、シュバルツはどんな面白いことを次に発言するかな。

「剣魔武道会は、迷宮での大乱闘の末に本日正午、本選出場の二十八名が決定した。二名の余剰枠に貴様を無理矢理押し込めてやろうと思ったが、もはや知らぬ!! せいぜい皇帝陛下に不参加の言い訳でも考えておくんだな」

えっ!!

「ちょ、ちょっと待っ……」

シュバルツが笑えない捨て台詞《ぜりふ》を吐《は》いていなくなった。

シュバルツめ……私が牢屋に入っていることをうまく利用して家族思いを演出し、さらには私にガイウス皇帝陛下の勅命を破った負い目を感じさせるために来たな。

しかし、看守が誰も来ないと思ったら、まさか剣魔武道会の警備やら何らで忙しくて、放置されているようだな。予想外だった……

その後、私たちの手荷物の検査がようやく行われて、皇帝陛下からの書簡があると分かると、すぐに釈放された。間違いなく、職務怠慢《たいまん》である。もっと早く持ち物検査をしていれば、このような事態にはならなかっただろうに。

「こりゃ、ヤベーな」

「実にまずいですね。我々の誰かが本選に残っていれば、それなりの成績が残せたでしょうが……」

「本選どころか、予選すら出場していない。ガイウス皇帝陛下になんて言い訳すればいいんだ。『ファルシオーネ』の職務怠慢《たいまん》のせいにして押し切るか」

それから、三人で言い逃れをするための案を考え続けた。だが、予選にも参加していない我々に道などない。そもそもの原因が『ファルシオーネ』の連中の職務怠慢《たいまん》だとはいえ、過ぎた時間は戻せない。

だが、思いついたのだ、起死回生の一手を!!

「要は、『神聖エルモア帝国』の冒険者が優秀な成績を残せばいいんだろう?」

「まあ、端的に言えばその通りですね」

「何か名案が浮かんだのか!?」

そうだ、その通りだ。この際、手段などどうでもいいわ。それに、マーガレット嬢は言っていた。

「なんでもありですよ」と!!

◆　◆　◆

なんとか予選は突破できた……。ランクBの冒険者として、私――クラフトも決して実力が劣るとは思わないが、やはり手練《てだ》れがうようよしている。しかし、これはチャンスだ。パワーレベリングをしたアメリア様のことは残念だったが、この剣魔武道会では結果を残したい。

剣魔武道会の本選を明日に控えて、予選通過者の中には飲み明かす者もいるらしいが、俺にそんな余裕はない。明日は、ベストコンディションで挑まねば、一戦目からでも辛《つら》いだろう。鍛錬《たんれん》にも精が出る。

だが、そんな貴重な時間に無粋な邪魔が入った。過去に何度か本戦出場者を狙った闇討ちがあったと、大会運営者から注意事項として聞いてはいた。運営側も気にして護衛をつけてくれているらしいが……それを抜けてくる者ということか。

「『神聖エルモア帝国』のランクBの冒険者クラフトで相違ないな?」

「ああ、その通りだ。俺を剣魔武道会の予選通過者と知っての行いと見える。……どこの手の者だ?」

全身を黒いローブで覆っており、顔が見えない。しかし、相当の実力者と見て間違いあるまい。武器を持っていないところを見ると……無手の使い手、あるいは魔法使いか。

「答えぬか。ならば、力ずくで吐《は》かせて憲兵に突き出してやろう」

この間合い、相手が無手でも魔法でも俺の方が有利。なぜなら、既に俺の射程内!! 『火』の魔法で目くらましを行《おこな》ったあとに、足の腱《けん》を切断してやる。

「ふっ、安心しろ。金も名誉も全てくれてやる。だから、大人しく寝ておけ」

不審者が意味の分からないことを言ったと同時に、消えた。そして、ズドンと鈍《にぶ》い音が腹から聞こえてくる。相手の動きすら見えなかった。攻撃された痛みが来て、初めて何が起こったのか理解できた。ば、馬鹿な……ランクBのこの俺が、動きすら見きれず、秒殺されるだと!?

一体何者だ!! これほどの実力者がなぜ予選に出ないで俺を狙う。意識を失うさなか、微かに相手から漂ってくる匂《にお》いに覚えがあった。

『ネームレス』において、情婦やギルド受付嬢たちより遥《はる》かにいい香りを漂わせる『蟲』の魔法を使う、ランクBの冒険者レイア・アーネスト・ヴォルドー。迷宮下層の奥地にハーレムを作っていると陰で噂《うわさ》されている人物だ。

予選に出場していれば本戦出場は確実であろうに……なぜだ!?

16　剣魔武道会（三）

剣魔武道会は、国家を挙げてのイベントだけあって、会場は熱気に包まれていた。パレードはもちろん、各国の名物料理を出す店、出場者の情報をパンフレットで売る者、賭け事をする者などが集《つど》い、会場は見たことがないほどの賑《にぎ》わいを見せている。

本戦出場選手の入場が始まり、集まった観客たちから盛大な拍手《はくしゅ》が浴びせられる。一般人が普段目にすることすら難しい高ランクの冒険者たち。常軌《じょうき》を逸《いっ》した強さは、畏怖《いふ》と同時に憧《あこが》れの的《まと》なのであろうな。

そんな強者たちが己の威信を懸けて挑む試合は、老若男女問わず人気を集めているらしい。そんな大層なイベントの主役の一人として参加するのは、いささか緊張する。せめて、エーテリアとジュラルドも紛《まぎ》れ込めたらよかったのだが、生憎《あいにく》と体格的な問題で、私しか替え玉受験ができなかったのだ。

念のため、総重量三百キロの鋼鉄製フルアーマーに加えて、顔がすっぽり隠れるフルフェイスヘルムをつけた。だが、大会運営側も馬鹿ではない。本人確認をするため、ヘルムを取らされたが――蟲たちを使ってクラフトの顔に擬態をしているから何とかなった。正直、危なかった。

『クラ……』

蟲を使っての数で押す作戦は使えないが、幸い鎧を着た状態なら身体に『蟲』の特性を付与してもバレない。力押しでどこまで勝利を収められるか多少の不安はある。しかし、本選に残った選手陣を確認してみるが……エーテリアやジュラルドほどの使い手の気配は感じられない。

『クラフト選手!!』

「ああ、はいはい」

名前を呼ばれていたようだが、他人の名前だったので気づくのが遅れた。

なにやら、本選の司会進行担当だと思われる兎耳《うさぎみみ》をした亜人の女性が、聞きたいことがありそうな表情を浮かべている。やはり、亜人には美人でスタイルがいい子が多いな。

司会役の彼女は魔法の才能もあるようで、『風』の魔法を使って自らの声を会場全体に響かせている。

『予選と本選で、装備が全く異なっておりますね。これには、何か訳があるのですか？』

「予選で見せていた戦闘スタイルは、偽装です。これが本来の私のスタイルです」

『おお!! それは、期待できますね。では、本選に向けての一言をいただけますか？』

一言か……周りの選手陣営を確認して、言うべき一言を考えた。全員が揃いも揃って中途半端な実力者であることは肌で感じている。しかも、なぜか女性の方が多い。具体的に言えば、七対三の割合。冒険者の総人口的に考えて、男性の方が多く生き残りそうなのだが、不思議だ。

しかも、女性全員の目が血走っており、鬼気迫るものを感じさせる。

それはさておき、一言というのは難しい。だが、長々と話してくれと言われても困る。だから、会場の選手たちに素晴らしい一言を贈ろうと思う。

「ふっ、雑魚《ざこ》どもが」

私の一言で、会場から絶大な声援が送られた。選手陣営からは、ものすごく睨《にら》まれている。

『既に勝利を確信している発言です!! ランクBになって日が浅いというのに、なんという自信でしょう!!』

大層盛り上げてもらって悪いが、正直、選手陣営より気になる者がいる。

会場の特等席からこちらを見下ろしている、神々《こうごう》しいオーラを放っている双子の美少女エルフ。透《す》き通るような白い肌、蒼《あお》い瞳と長いプラチナブロンドの髪、胸のサイズは……見る限りAと小さいが、それを補ってあまりあるほどの美しさ。

白銀と黄金の杖を携えたあの二人こそ、『聖』の魔法の使い手であるランクAの変人と見て間違いないだろう。なるほどね、あれほどの美少女ならば求婚が掃《は》いて捨てるほど来るのも納得だ。

ランクA……胸のサイズもA……天は二物を与えずか。

だが、同じ特等席にいる連中が誰も彼女たちに話しかけないのは、間違いなく護衛についているゴリラのような二人組のせいであろう。ジュラルドよりいいガタイをしているとか、笑える。見た目通り、完全に前衛だろう。一人が持っている武器は、巨大なオリハルコン製のトゲ棍棒《こんぼう》……しかも二刀流!!

もう一人は、車すら一発でスクラップにしそうな巨大なオリハルコン製のハンマー。

さらに恐ろしいのはゴリラの服装だ。ビキニアーマーっぽい装備でアマゾネスなのだ。

マジで!!

これが意味することは……アレで女なんだぜ。本当に怖い。ついでに言えば、間違いなく私と同格以上の二人組だろうね。蟲の知らせがビンビンしているよ。

今後、あのゴリラのようなエルフ二人組は、〝ゴリフ〟と命名しよう。

選手控え室にて、エーテリアとジュラルドと合流した。二人には、私のセコンドとしてついてもらうことになったので、会場内までスムーズに入れている。

「エーテリア……私は槍術《そうじゅつ》を全く知らないんだが、馬鹿でも三分で師範代クラスになれる講義をしてもらえないかな？」

クラフトは槍を使う。彼に偽装するにあたり、全く槍を使わないのも不自然というもの。

「何を言ってんだ。武器なんて、相手がいる方向に全力で振りゃいいんだよ」

……なるほど。エーテリアは、直感系の天才肌だな。この手のタイプは、どんな武器でも勘《かん》で達人級の腕前を発揮する。事実、どんな武器であろうと一瞬で使いこなせるから笑えない。

しかし、エーテリアのアドバイスは実に的確だな。

蟲の特性を付与した状態での身体能力は、誰にも負けない自信がある。この重装備でも、なんら障害にはならない。

「いいアドバイスだ。スピードとパワーでブッちぎるわ」

「長期戦になって不測の事態が起こるより、初手から全力で殺しきるのがいいですね。多少怪我《けが》をされても、治癒薬《ちゆやく》のストックもたくさんありますし、治療《ちりょう》もいたしますので、ガンガンお願いします」

「無論だ、ジュラルド。我々は、勝たねばならないのだ。念のため、槍には下層の猛毒をたっぷり塗りこんでおこう」

ランクBの冒険者である以上、頑丈《がんじょう》な可能性もある。搦《から》め手も必要であろう。猛毒を持つ蟲たちを呼び出して、毒を混ぜ合わせる。こうすることで、極めて解毒しにくい強力な毒の完成である。切り傷どころか触れただけで、やばい代物の完成だ。

この私のオリジナルブレンドだ。

近接戦闘も考慮して、鎧にもたっぷり塗っておくか。

「まさか、自分の毒で死ぬなんて落ちはねーよな？」

「可愛《かわい》い子供の体液で死ぬはずないよ。ほら、素手で触っても問題ない」

槍からも鎧からも毒々しい液体が滴《したた》り落ちる。エーテリアとジュラルドはマスクで口を覆い、ジュラルドの『風』の魔法で守っている。

これで攻守ともに優秀な装備が完成した。この大会が終わったら、そのままクラフトにプレゼントしてやろう。先輩からのささやかな贈り物だ。

「クラフト選手。そろそろお時間なので、よろしくお願いします」

出番を告げに来た運営の者が、部屋の扉をノックした。

「ああ、分かっている。二人とも、行こうか」

「おう、負けんじゃねーぞ」

「我々の分までよろしくお願いします」

『蟲』の魔法を用いて蟲たちの特性を付与していく。鎧で隠れていて分からないが、触覚が生え、牙が生え、筋肉が膨張《ぼうちょう》する。重い鎧が、衣服となんら変わらぬ重さに感じる。槍など、羽のように軽い。

選手の入場とともに、お互いのプロフィールが紹介される。相手の名はマール。『ガルマ』という『ウルオール』の南にある小国出身者のようだ。『火』『土』『水』の三属性を操《あやつ》るランクBの女性冒険者である。年齢は、三四歳で……独身。

この場で独身というプロフィールまで紹介とか、公開処刑もいいところだろう。

「なあ、マールと言ったか？　戦う前に一つ質問していいか？」

『おお、クラフト選手。試合開始前にマール選手に興味津々《しんしん》か‼　さすがは、イケメン槍使い』

「これから試合だというのに、なんでしょうか？」

実は、かねてより疑問に思っていたことがあった。冒険者という職業に憧《あこが》れるのは分かるよ。だから、この女性に聞いてみたい。

「いい年だけど、恋人、いないでしょう？」

「…………」

会場の全体が、それは触れちゃいけない話題だろうという空気で充満した。司会進行を務める者ですらも、フォローが見当たらないようだ。

だが、まだ本題にすら辿《たど》りついていないので話を続ける。

「男性と違って女性は、ランクが低いうちに理想の異性を見つけておいた方がいいよ。高ランクになってからじゃ異性なんて寄ってこないからさ。だから、聞きたいんだ。女を捨ててまで、なぜ冒険者になったの？　楽しい？　子供がいる家庭に憧《あこが》れないの？」

エーテリアのように、生涯の伴侶《はんりょ》と言っても過言ではないジュラルドがいるような例外がいるのも事実。しかし、この業界において女性が強くなるということは、それだけ婚期が遅れると言っても間違いない。

『ク、クラフト選手!! 女殺しのイケメンだと思ったら、本気で女を殺しにかかってきたぞ。なんという一方的な攻撃でしょう。マール選手の眉間《みけん》に皺《しわ》が……』

「は、早く試合を始めなさい。あの面《つら》をボコボコにしてやるわ」

旬《しゅん》を過ぎた女性が、何やらお怒りだ。

女を捨ててまで冒険者になった理由を少し聞いただけだというのに、私に向ける殺意が爆発的に増大した。結婚が女の絶対的な幸せではないと思うが、子供が欲しいと思う母性はこいつらにはないのだろうか。

「ランクBになるということは、冒険者としての才能はあったけど、女としての才能は残念だったと。天は二物を与えずとはよく言ったものだ」

先ほどから、選手陣営の何名かが耳を塞《ふさ》いでいる。私の忠言が耳に痛いようだ。

「言わせておけば!! 死ねええ」

マールが試合開始の合図を待たず、『火』の広範囲魔法を放ってきた。

無詠唱だというのに、さすがはランクBの火力。大木を一瞬で消し炭にしてしまうほどの火力で周囲が覆われた。重装備の鎧ということで、中までこんがり焼けそうになったが……迷宮の蟲はそんな甘くない。魔法に極めて強い耐性を持った蟲もたくさんいるのだ。

心地よい温度だ。

『マ、マール選手。開始の合図を待たず、何と言うことでしょう。一瞬でクラフト選手が火に呑《の》み込まれました。これでは、中まで焼けてしまうこと間違いなしでしょう』

司会は、私が丸焦げになるのを楽しみにしているようだが、残念である。私を丸焦げにしたいならこの百倍持ってこいと言ってやる。

火が収まり、鎧の周りに塗った毒がこんがり焼けて、あたりに強烈な毒素をばら撒《ま》きはじめた。自然に気化する分には、近くにいなければ問題ないが……。マールの『火』の魔法のせいで、鎧に塗っていた毒が一気に気化したのだ。

セコンドとしてついていたジュラルドが察して、観客たちに被害が及ばないように『風』の魔法で上空へと毒素を運んでいく。

さすがはジュラルド——実に紳士《しんし》だ。

だが残念ながら、司会は設置されている特設リング上にいるため、徐々に毒に侵されていく。幸い、空気中からわずかに摂取しただけなので、すぐに死ぬわけじゃないが、危険な状態なのは変わりない。

なんという下衆《げす》なことをしてくれるんだ。

「おい、死にたくなければ早く試合を開始しろ。女としての消費期限が切れているマールの奴が毒を撒《ま》き散らしやがった。解毒しないと死ぬぞ」

『気分が悪いと思ったら道理で……マール選手、本気で相手を殺しにきました。死にたくないので、クラフト選手頑張《がんば》ってください!! それでは、試合開始です』

「きぇぇぇぇぇぇぇ!!」

試合開始前に相手選手を攻撃。さらに、猛毒を撒《ま》き散らして司会および観客の殺害未遂。もはや、女性だからと手を抜く必要がない。こんな外道など、紳士《しんし》たる私が成敗してくれる。

奇声をあげて、無詠唱の魔法を使って絨毯《じゅうたん》爆撃してくる。既に、女として色々と終わっている。

魔法一発一発の威力も決して悪くない。鎧の隙間《すきま》を縫《ぬ》うように打ち込んでくる魔法は、素晴らしい。だが……!!

「私の方が君より強いんだ」

蝗《いなご》や蜘蛛など、『蟲』の特性を付与した脚力でリングを蹴り、マールとの距離を一瞬で詰める。

無論、魔法による弾幕が張られているがおかまいなしだ。さらに、エーテリア直伝の槍術《そうじゅつ》――マール目掛けて槍を全力で横薙《よこな》ぎに振るう。

蟻や甲虫《かぶとむし》といった力自慢の『蟲』の特性による、バカみたいに強化された筋力で振るう一撃は、防御の上からでも相手を吹き飛ばすことが容易《たやす》いほどであった。

だが、痛恨の一撃になるはずだったが――マールが身体を後ろに反らして回避して見せた。

ば、馬鹿な!!

女を捨てた冒険者を舐《な》めていた。だが、槍を握る手に力を込めて、横薙《よこな》ぎから垂直の振り下ろしへと変える。こちらの方が一枚上手である。

「善良な観客を巻き込む悪魔よ!! 我が槍で果てるがいい」

「ぐぉえ」

ズドゥン――

『水』の魔法で身体能力が強化されたマールが、文字通り「く」の字に曲がり、ゴキと鈍《にぶ》い音がして観客席までダイブした。本当なら真っ二つにするつもりだったのだが……まだ生きているとは、しぶとい。逆恨《さかうら》みされても困るので、トドメを刺しておくか。

観客席目掛けて、槍を投擲《とうてき》する構えをとった。観客が察してマールのそばから一斉に離れ出す。観客たちよ、キサマらを殺そうと目論んだ悪党は、この私が成敗してくれる。

『ストップストップ。クラフト選手、そこまでです!! ゴッホゴホ……マール選手の戦闘不能により、クラフト選手の勝利です』

悪の根源を倒そうとした矢先に止められてしまった。まあ、一回戦が突破できたので結果オーライとしておこう。

観客たちからの声援に応《こた》え、手を振る。特等席にいる美少女たちにも手を振ってみたら、上品に手を振り返してくれた。

これって、世間一般的にみて脈アリじゃね!?

いっそのこと、クラフトを亡き者にして、完全に成り代わろうかなと本気で考える。

17　剣魔武道会（四）

仕入れた情報によれば、『ウルオール』の国家を挙げての催し物である剣魔武道会だが、裏では他国の戦力調査も行われているという。戦時における厄介者《やっかいもの》の能力把握《はあく》はもちろん、暗殺やスカウトなどで多くの人が暗躍しているらしい。

当然だな。このような規模のイベントが裏も何もなく、善意で開催されるわけもない。

そんな事情があるにせよ、私はこの大会で戦わなければならない。ガイウス皇帝陛下からの勅命とあれば、たとえ火の中水の中だ。

初戦以降も、ランクBの冒険者たちと競い合った。対戦相手は、世間的には強者であるが……やはり、私にとっては雑魚《ざこ》であった。しかし、窮鼠《きゅうそ》猫を噛《か》むという言葉があるように、凄《すさ》まじい執念を見せられた。

毒に侵されながらも掴んだ手は離さず、超近接で魔法を連発してきたり、腕の骨が折れているにもかかわらず、折れた方の腕で殴《なぐ》りかかってくる猛者《もさ》がいた。しかも、全員女性冒険者であり、若干恐ろしいと思った。

全員の共通点は、独身で冒険一筋という感じであるが、一体何が彼女たちをそこまで駆り立てるのか不思議でならない。

そんなこともあり、用意した鋼鉄製のフルプレートも凹みや傷が目立つようになった。高かったのに……

『ここまで勝ち上がってきた強者の皆様に、『ウルオール』の至宝と名高いミルア様からお言葉をいただきたいと思います』

「各国の冒険者の皆様。この度は、剣魔武道会への参加を心より感謝いたします。日ごろ鍛《きた》えた武で競い合い、お互いに高め合うことを望みます。ですが、誠に残念なことにこの栄誉ある戦いに、不正を働く輩《やから》がおります」

あの双子の一人、ミルアの一言で会場全体が騒ぎ出す。

国家主催の栄誉ある大会だというのに不正行為とは、ひどいな。だが、可能か不可能かと言われれば可能である。こういう戦いで、観客席に魔法使いを潜《ひそ》ませて試合中にバレないように援護射撃を行わせるなど常套《じょうとう》手段だ。

まあ、肉弾戦メインで正々堂々と戦っている私には、無縁のことである。仮に対戦相手が不正を働いたとしても、ねじ伏せる自信はある。

「正々堂々の勝負に汚いことをやる冒険者もいるものですね。我々は、正々堂々戦いましょう」

「ええ、その通りですわ」

「全くね」

「無論です」

さすがは準決勝まで進んだ冒険者だ。全員が誇りを持っているのが分かる。準決勝まで残った三名の女性陣と握手を交わした。

あっ……毒がついていたけど、大丈夫か。

「……そこの貴方《あなた》‼　貴方《あなた》のことですよ‼」

怒った顔も素敵なミルアが、何やら私の方向を指差してきた。

もしやと思い、後ろを振り向いてみたが誰もいない。オカシイ……それとも、私に見えない何かが見えているのだろうか。選手入場口で待機しているジュラルドに目線を送って「バレないように支援とかした？」と聞いてみると、「いいえ。そんな汚い真似《まね》をするはずありません。それに、必要ないでしょう」と返ってくる。

「平然と後ろを向かないでください。間違いなく、貴方《あなた》のことです。クラフト選手」

『コレは、どういうことだ‼　まさか、ここまで全試合を圧倒的な力でねじ伏せてきたクラフト選手に、まさかの不正疑惑だ』

「ひどい誤解ですミルア様。私が一体どのような不正を働いたというのでしょう」

ズルなしで正々堂々と戦ってきたのに、ひどい言いがかりである。いくら美少女だからといっても許さんぞ。

「証拠ならあります、ヘルムを取りなさい」

蟲を使ってクラフトの顔に擬態して、ヘルムを取った。

「これで、疑いは晴れたでしょうか？」

古傷や黒子《ほくろ》、シミに至るまで完全再現したこの顔だ。どこからどう見てもクラフト本人である。

ミルアの疑いの視線は、未だに続いている。一瞬、拘束《こうそく》して牢屋の地下室に閉じ込めておいたクラフトが発見されたのかと思った。

しかし、それならクラフト自身がこの場に出てきて不正を問いただしてもいいはず。

『替え玉での参加を一瞬疑いましたが。この顔、間違いなくクラフト選手です。どういうことでしょうか!?』

「あくまでシラを切るつもりですか。ならば、この子を見なさい!!」

ミルア様が蟲籠を取り出して、一匹の白い蟻を私の方に見せつけてきた。

先日、朝食のデザートを買いに行かせて帰ってこなかった私の蟲ではないか。生きているのは分かっていたので、あとで探しに行こうと思っていたが……まさか、捕まっていたとは。だが、随分といい生活をしていたようだ。

蟲籠には高そうな果実が餌《えさ》として置かれており、丸々と太ってしまっているのがよく分かる。

大事にしてくれたのね。ありがとう。

「私の蟲が随分と世話になったみたいで、申し訳ない。かかった食事代は、後からお礼も含めて届けますので」

「ええ、お気になさらずに。珍しい蟲だったので思わず捕まえてしまって、こちらこそ……じゃなーーーい!! 違うでしょう。問題は、そこではありません!!」

蟲を捕まえて飼うあたり、実に優良物件じゃないか。所帯を持つことも本気で考えていいかもしれない。ただ、蟲たちの説得が大変そうだがね。

「では、どこに?」

「この蟲が貴方《あなた》を見てピーーと鳴くんですよ。まるで帰りたいと……。そこで『神聖エルモア帝国』に、『聖』の魔法と同じく特別な属性の魔法を扱う者がいることを思い出したのです」

ギィィ（失礼な!!　ピーーなんて泣いてませんよ!!　このメロン、生ハムがのってませんよ!!　聞いていますか？　いいもんね。あとで脱獄して食料庫を漁るもんね……はっ!?　お父様!?　お父様、聞いてください。メロンには生ハムが一番だというのに、何ものっていないんですよ）

う、うん、元気そうだね。

それにしても、蟲の一匹から私の正体がばれてしまうとはね。

「ええ、私もよく知っておりますよ」

「そうでしょう。貴方《あなた》は、『神聖エルモア帝国』の『蟲』の魔法を使うランクBの冒険者、レイア・アーネスト・ヴォルドーで相違ありませんね？」

熱い声援を送ってくれていた観客たちからも、疑惑の声や罵声《ばせい》が聞こえてくる。だが、不思議である。確かに、私はクラフト自身ではないが……先ほどまで戦っていたのは、紛《まぎ》れもない私自身であるのだ。

観客へのサービスも忘れず派手なパフォーマンスまでしてあげたというのに。手のひら返しの早さに脱帽だ。

「バレては仕方ありません。ミルア様の仰《おつしや》るとおり、私はレイア・アーネスト・ヴォルドーです」

蟲を使った擬態を解くことにした。これ以上の変装は無意味である。

『おおっと!!　あの有名な『蟲』の魔法の使い手が化けていたとは驚きです。ですが、なぜ不正行為をしてまで本選に出場をしたのか、全く分かりません』

司会が実にいいことを言う。観客を含め、その言葉を聞いた者は疑問に思うだろう。

「予選に参加せずに、クラフト選手と入れ替わりでの参加……本来であれば非常に問題です。しかし、本選での実力を見る限り、貴方《あなた》がなぜこのようなことを行《おこな》ったのか理解に苦しみます。お話ししてもらえますか？」

それは、『ファルシオーネ』の街道警備隊の連中に、無実の罪で投獄されていたからです。別の仲間も無実の罪で投獄されて予選に参加できませんでした。ひどい陰謀です!! と正直にここでぶちまけてもいいのだろうか。

それは簡単だ……だが、相手の立場を考えて譲歩するのも大事である。それに恩を売っておいて損はあるまい。紳士《しんし》的に円満解決させる必要がある。両国の摩擦《まさつ》を最小限にする必要もあるからね。

「分かりました。ですが、機密に関わることもあるので、紙とペンをいただけますか？」

すぐに、紙とペンを持った運営が現れた。

私やジュラルドやエーテリアが置かれていた状況を細かに記載した。ガイウス皇帝陛下の勅命を受けた冒険者三名を牢屋に予選終了まで拘束《こうそく》したことが明るみに出ては、陰謀論が囁《ささや》かれてもおかしくない。

下手すれば、出来レースの腐《くさ》った大会というレッテルすら貼られるだろう。

ゆえの心遣い。仮に、私自身に非難が浴びせられようとも、女性の顔を立てる!!

メモはすぐにミルアのもとに届けられた。片手を額に置き「あちゃー」といった雰囲気が漂っている。そりゃ、頭が痛くなるネタだろう。完全に『ウルオール』側に非がある不祥事だ。

私を失格にして乗り切ったとしても、『神聖エルモア帝国』から正式に抗議文が届くのだ。

「ほ、本件は一時王家が預かります‼　結論が出るまでしばし休憩《きゅうけい》といたします」

『クラ……いえ、レイア選手の不正が発覚したと思いきや、何やら運営側に不穏な空気が。一体、あの紙に何が書かれていたのでしょうか。何を書かれたのですか、レイア選手？』

「うまいこと乗せようとしてもダメです。なに、不参加を余儀《よぎ》なくされた真実を書いただけですよ」

うまくいけば、エーテリアとジュラルドを含めた三名での参加ができる。私たちが潰《つぶ》し合わない限り、間違いなく上位三位は独占できる‼

◆　◆　◆

レイアから届けられたメモを見た私――ミルアは、思わず「あちゃー」と手を額にやってしまった。

休憩《きゅうけい》にして対応を考えているが、剣魔武道会の運営委員たちも悩んでいる。替え玉受験者を即失格にして事が収まるならよかったのだが、話は想像以上に深刻だった。

運営側が知らなかったとはいえ、他国の――しかも隣国で四大国の一つである『神聖エルモア帝国』のガイウス皇帝陛下の勅命を受けた冒険者を無実の罪で拘束《こうそく》してしまった。

それにより発生した問題は、賭博《とばく》の損害、敗者への対応など挙げればキリがない。名誉ある大会が、イカサマレースに成り下がりかねない。

「レイア、エーテリア、ジュラルドの三名を加えて、再度本選をやり直すべきか否《いな》か……」

「ミルアの言う通り、こちらに非があったかもしれません。しかし、予選にすら参加していない者をいきなり本選に参加させては、大問題です。今後のことも考えて、私は反対です」

私の双子の片われイヤレスの言うことも正しい。今後の大会において、難癖《なんくせ》をつけて本選から参加を目論む者が現れないとも限らない。

それに、剣魔武道会も長時間休憩《きゅうけい》したままというわけにはいかない。『神聖エルモア帝国』のガイウス皇帝陛下にはこちらから正式に謝罪をして、三人に丁重にお帰り願おうと結論が決まりかけたとき――

「何もそのまま帰す必要はあるまい。せっかくの剣魔武道会だ。冒険者として実力を披露《ひろう》させずに帰したとなっては『ウルオール』の恥であろう」

隣にいるお姉様から提案があった。

「ですが、本選に残っている者たちでは……」

既にギルドに問い合わせを行い、三名の実力については確認済みだ。そうでなくとも、本戦で見せられた実力から察するに、間違いなく超一流だと思う。

ギルドからの情報によれば、ランクAに片足を突っ込んでいるほどの冒険者らしい。本選に残っている冒険者も実力者たちだが、この三名に比べたら劣《おと》っている。

「問題ない。私が出よう。今後、難癖《なんくせ》つけて途中参加してくる者が現れたとしても、私が相手すると分かれば尻込みもするだろう」

「なるほど、それならば不埒《ふらち》な輩《やから》も現れませんね。万事解決ですねミルア。応援しておりますね。

お姉様」

イヤレスも賛成のようだ。

大衆が見守る最中、今回の顛末《てんまつ》をバラさなかった彼らに感謝しつつ、申し訳ないと心から謝った。

お姉様たちを相手にしないといけない三名に。

◇　◇　◇

「やったぞ!!　ジュラルド、エーテリア」

待合室で待たされること三十分、我々の処遇がついに決定したのだ。

剣魔武道会本選は、残念ながら失格になった。しかし、本選終了後に私たちのためにエキシビションマッチの開催が決まった。しかも勝利すれば、用意できる範囲で望みの品を何でもくれるらしい。

太っ腹な対応である。これで、ガイウス皇帝陛下への手土産も用意できる。

「対戦相手が気になるが……記載されてねーな。無難なところで本選優勝者か。あるいは……アタイら三人による試合かな」

エーテリアが嫌な予想を立てる。三人での試合とか……この二人がペアで襲ってきたらさすがに勝てない。

私の力量が十だとしたら、エーテリアとジュラルドはともに八〜八・五といったところだ。お互い切り札の一つや二つ隠しているだろうし、本気の殺し合いになったら一対一でも勝敗は分からない。

「本選出場者の力量を考えるとありえますね。すみません、レイア殿……」

「なーに、アタイたちが勝っても報酬《ほうしゅう》は山分けしてやるからよ」

「なんていい話だ」

私が勝利しても報酬《ほうしゅう》は山分けしよう。

『さて、お待ちかねエキシビジョンマッチの開催です!! 今回はなんと、『神聖エルモア帝国』でランクAに限りなく近いと称される三名が、我が国のあの方と一騎打ちです』

リング上には、トゲ棍棒《こんぼう》を持ったゴリフが威風堂々《いふうどうどう》と立っている。

エーテリアとジュラルドに私が一番手を務めることを告げた。私たちのことを調べた上で用意した駒《こま》であるのは間違いない。手の内が分からないのは厄介《やっかい》だが、最悪、可能な限り手の内を晒《さら》させて後続に繋げよう。

「まさか、彼女が自ら出てくるとは。レイア殿……」

「大丈夫だ、ジュラルド。ゴリフなんぞに負ける私ではない」

私がリングに上がると、声援が巻き起こる。

不正発覚時からまた手のひら返しか。民衆とはひどいな。

「私を見て逃げずにリングに上がるとは、褒《ほ》めてやるぞ『蟲』の使い手」

ゴリフが筋肉をピクピクと動かすさまを見ると、本当に逃げ出したいと思ってしまう。何が楽しくて、ゴリフと組んずほぐれつの試合を行わないといけないのだ。いや、これも全て報酬《ほうしゅう》のためだ。

「そりゃどうも……で、勝利したら望む品は思いのままというのは本当か？」

「勝つ気でいるのか。いいだろう、望むものをくれてやろう。で、何を望む？」

ならば、遠慮なく言ってみよう。

「エルフの双子姫――『聖』の魔法の使い手を貰《もら》い受けよう。さすがに、二人と贅沢《ぜいたく》は言わぬ……一人でかまわぬ」

ああ、できれば蟲に抵抗感がなさそうなミルア様の方をくださいね。大事にするので。

ざわざわ。

私の発言に、何やら会場全体だけではなく、ジュラルドとエーテリアも口を開けている。

『な、な、何と言うことでしょう!! まさか、レイア選手。エキシビションマッチを利用してプロポーズとは、やることが違います。さすがは、ランクAに限りなく近い冒険者です』

「くっくっく、いいだろう。もし、お前が勝てたなら嫁になってやろう」

お、おかしい。今、私はとんでもない失言をぶちまけた気がする。すぐさま、後ろに控えているジュラルドの方へと駆け寄った。

「ジュ、ジュラルド、以前に言っていたエルフの双子姫、ランクAの『聖』の魔法の使い手って――」

「今、目の前にいるじゃありませんか。彼女がエルフの双子姫の一人ですよ」

「求婚が数多《あまた》来るという話は!?」

「『ウルオール』の王族でランクAの冒険者。『聖』の魔法まで使えれば、政略結婚など星の数ほどあるかと」

生物学上、確かにメスに分類されるが、これはひどい詐欺《さぎ》だ。勝手に思い込んでいたとはいえ、詐欺《さぎ》と文句を言いたい。

「じゃあ、エルフの至宝と言われるミルア様って何者!?」

「ミルア様とイヤレス様は、彼女たちの弟にあたる方です」

お、弟だと!! どうなってやがるエルフ!! いや……待てよ。

そもそもジュラルドだって、元は美少女に見間違うほどの美少年だったのだ。それが、モンスターソウルの吸収によるポテンシャル上昇で今の姿になった。ということは、目の前のゴリフも元はとんでもない美少女だったけど、ランクAという規格外の強さと引き替えに、容姿を犠牲《ぎせい》にしたということか。

もったいないどころじゃないぞ!!

「だが、それだと伴侶《はんりょ》にしたい種族に毎年ナンバー一に輝くエルフは何なんだ。エルフ代表がゴリフなんだろう」

「伴侶《はんりょ》って別に、嫁って意味じゃありませんよ、レイア殿。『ウルオール』の至宝と呼ばれるミルア様とイヤレス様が、伴侶《はんりょ》にしたい種族であるエルフの代表格です」

各国が亜人を大事に扱う理由がなんとなく分かった気がする。基礎能力が高い分、成長度合いも凄《すご》いということなのか。ひどい、ひどすぎるぞエルフ。もう、お前らなんて大嫌いだ。二度と迷宮に来るんじゃねえ!!

そして、この大会で女性が多く、執念深い理由は……至宝の男の娘《こ》が目当てだったのか。ランクAの冒険者で独身の姉たちを持つ双子なら、冒険者として成功したけど女として失敗した自分を受けいれてくれると思い、最後の望みをかけたということか。

く、腐《くさ》ってやがる。

18　剣魔武道会（五）

『闇』『雷』に次ぐ特別な属性として発現した『聖』の属性。その持ち主である私たち姉妹のことを、誰もが褒《ほ》めてくれた。

だが特別な属性を持つがゆえに、戦争という脅威《きょうい》から『ウルオール』を守るために、私たち姉妹は迷宮へ通うこととなった。特に『闇』のグリンドール・エルファシルの対抗馬として、急成長を余儀《よぎ》なくされた。

パワーレベリングから始まり、一定以上の力がつくと、効率重視という名目で二人きりで迷宮へ挑む日々が続いた。好きであった、料理や裁縫《さいほう》、生花などの女性らしい趣味に割《さ》く時間は、急激に減少した。

しかし、いつか私自身のことを好きになってくれる男性が現れたときに、家事ができない女性であることは恥ずかしい。迷宮から帰ってきた短い時間を利用して、寝る間も惜《お》しんで色々と学んだ。寝るのは迷宮で十分だ。迷宮外にいる時間は有効に使わねばならない。

一流の冒険者になるためと立派な花嫁になるための二つの修業を同時に行うのは骨が折れたが、楽しかった。そして、結果的に言えばその両方に成功した。

だが、代償は大きかった。

エルフは、亜人の中でも潜在能力が高く、モンスターソウルの吸収における恩恵を強く受けやすい。本来は、冒険者であれば喜ぶべきことだが、私たち女性にとってはとても辛《つら》い現実だった。

五歳から迷宮へ挑み、七歳で姉とペアで挑むようになった。だが、ランクBになった十三歳のときに身体に突如異変が起こった。一夜にして……女性らしい柔《やわ》らかい身体から、男性らしい筋肉質な身体に変わり、腹筋は割れ、身長は伸び、体重も爆発的に増えた。それからも、肉体がどんどん成長していった。

将来は、母親似の絶世の美女になると言われていた私たちが、十五歳のときには素手で迷宮中層のモンスターを殴《なぐ》り殺せるほどの肉体を手に入れていた。それからは、お互いに何かが吹っ切れた。

幸い、目に入れても痛くないほど可愛《かわい》い双子の弟たちがいる。蝶よ花よと、両親と一緒に育てた。可愛《かわい》い弟たちを迷宮――いや、モンスターソウルから守るべく、私たちが犠牲《ぎせい》になろうと誓ったのだ。

私たちは、弟たちを守るために生まれてきたんだ。そう言い聞かせた。

だが、ランクAの化け物になろうとも、女を捨てることはできなかった。いつか家庭を持ち、子供を生み、食卓を囲みたいと夢を見る。そんな夢を見ることくらいは、許されるだろう。

「お姉様。早く寝ないと、明日は剣魔武道会ですよ」

「ああ、分かっている。寝る前に素振《すぶ》り千回してから寝る。先に寝てなさい」

可愛《かわい》い弟のイヤレスが、明日の剣魔武道会のことを気にして早く寝なさいなんて……可愛《かわい》すぎる。

だが、弟の前では戦闘狂を演じなければならないのが辛《つら》い。

二人が寝入った隙《すき》を見て、弟たちの明日の衣装を完成させねばならない。姉と二人で毎晩こそこそと、寝る間も惜《お》しんで完成間際までこぎつけた。可愛《かわい》い弟たちのためなら四徹程度余裕である。


——本選まで生き残った女性冒険者たちは、大半が私の可愛《かわい》い弟たちが目当てのようだ。その目を潰《つぶ》してやろうかと本気で思った。

ただ、スムーズに終了するかと思った剣魔武道会だが、重大な問題が発生した。

一人の冒険者が、あろうことか替え玉参戦してきたのだ。しかも、『神聖エルモア帝国』のガイウス皇帝陛下の勅命を受けたランクBの冒険者。予選から受験していれば、間違いなく本選に残ったであろう強者たちである。

頭が痛いことに、予選に出られなかった原因が、我が国の兵士が無実の罪で投獄したからとあっては、対応しないわけにもいかない。だが、我が国に非があろうとも、可愛《かわい》い弟たちを悩ませる要因は、物理的にお灸《きゅう》を据えてやらねばなるまい。

「何もそのまま帰す必要はあるまい。せっかくの剣魔武道会だ。冒険者として実力を披露《ひろう》させずに帰したとなっては『ウルオール』の恥であろう」

「ですが、本選に残っている者たちでは……」

安心しろ。あの者たちの相手が務まるのは、私と姉以外にいるまい。


お灸《きゅう》を据えるためにエキシビションマッチをお膳立てしたのだが、情熱的な告白をされた。今までたくさんの者たちから求婚されたが、そのどれもが王家の威光や『聖』の魔法が目当てだった。

だが、今回は違う。

レイアという冒険者の目は、今までの者のような濁《にご》った目はしていない。私を一人の女性として見てくれている。

乙女《おとめ》の勘《かん》がそう告げている。

思わず「喜んで!!」と叫《さけ》びそうになったが、弟たちの前である。戦闘狂のイメージを崩すわけにはいかない。

相手はランクAに近い冒険者、『蟲』の魔法、アルビノの美青年、紳士《しんし》。人生においてこの機を逃すと、後はないだろう。これ以上の出会いがあるとは思えない。

特等席にいる姉を見て、「ごめんなさいお姉様。私、幸せになります」と目で言う。「抜け駆けは許しません。今すぐ、替わりなさい!!」と返事が来る。だが……言った者勝ちである。

「くっくっく、いいだろう。もし、お前が勝てたなら嫁になってやろう」

さあさあさあ、早く戦いましょう。姉が監視しているから、意図的に負けるようなことをしては無効試合にされかねない。期待しておりますわ、未来の旦那様。

19　剣魔武道会（六）

どういうことだ⁉

会場の……いや、世界の流れが、圧倒的に私に不利な状況へ流れている気がする。だが、大丈夫だ。相手はランクAの冒険者。正面から当たって勝てる可能性は極めて少ない。

要するに、普通に戦っていれば私が敗北する。そして、ゴリフを娶《めと》るという話はお流れになる。

「待て‼　妹を相手に勝利を収めねば報酬《ほうしゅう》がないというのは問題であろう。そうだな、もし負けた場合は私が嫁いでやろう。それで問題なかろう？　レイアとやら」

特等席にいるもう一人のゴリフが、とてもいい笑顔で私を見てくる。

なにが「それで問題なかろう？」なのか、さっぱり理解できない。王家の人間がそんなに簡単に嫁ぎ先を決めていいのか。横でガッツポーズをしている至宝の二人を殴《なぐ》り倒して～。

前門のゴリフ、後門のゴリフ。この世界の歪《ゆが》みを感じるぞ‼

『おお‼　コレはどういうことだ⁉　勝てばゴリフリーナ様、負ければゴリフリーテ様。今まで誰ともご婚約されなかった双子姫が、前代未聞の出来事だぞ。レイア選手、おめでとうございます』

ゴ、ゴリフ……おかしい。おかしいだろう!! なんで女性の名前にゴリフなんてついてんだよ!!
今までの人生で一番の驚きだよ。冗談《じょうだん》でゴリラとエルフをかけ合わせて作った名前が、二人の本名だったとは。一体、どんな組み合わせをしたら、ゴリフなんて名前がつくか教えて欲しいものだな。

すると、影から蛆蛞蝓ちゃんが顔を出した。

モナナー（そんなお父様に耳寄りな情報です。ゴリとは、『ウルオール』を象徴する花のことで、一生に一度、満月の夜しか咲かない花として有名です。ゴリの花が開花した様子を見た者は幸せになれるという逸話があるので、ゴリの花とエルフという種族名をかけたお名前だと推測されます）

「ああ……うん、ありがとう蛆蛞蝓ちゃん。でも、今は危ないから影に戻っておいてね」

頭を撫《な》でてから影に戻した。さすがは私の蟲の中でも最高の頭脳を持つ子だ。そんな雑学まで学んでいるとは恐れ入った。

てっきりゴリラというモンスターとかけたかと思ったが、完全に外れてしまったか。もっともゴリラなんてモンスターはこの世界にいないから、蛆蛞蝓ちゃんの説明が正解だろうな。

『さすがは、有名なレイア選手です。ちなみに、勝算がおありでしょうか？』

「無論だ。だが、残念だな。私としては、二人とも娶《めと》ってしまってもかまわぬのだがな」

その一言で大歓声が起こった。場の雰囲気を盛り上げるためと、紳士《しんし》として女性に恥をかかせないため、口から言葉が滑《すべ》ってしまった。

日ごろの紳士《しんし》的な行動が仇《あだ》となった。

いつの間にか、勝っても負けてもゴリフを娶《めと》る方向で話が進んでいる。私の意見など聞かずに!!

『本当は、ミルア様とイヤレス様のどちらかを娶《めと》りたかったんです。でも、男性だとは知らなかったので、今の話はなしにしてください』と、声を張り上げて言えたら最高だ。

だが実行すると、今まで積み上げてきた紳士《しんし》のイメージがガタ落ちする。それどころか、人類最低の男として名を馳《は》せそうだ。さらに、ホモーなんて不名誉な称号まで付けられそうだ。万が一、そんな事態になったら、二度と表を歩けない。

あれか……ここは、試合中の事故でゴリフリーナを亡き者にして、有耶無耶《うやむや》にするしかあるまい。私が勝利した際の報酬《ほうしゅう》であるゴリフリーナが死んだとなれば、今回の件はお流れだ。姉のゴリフリーテが報酬《ほうしゅう》で嫁いでくる可能性もあるが、妹のゴリフリーナを殺した私のところには来ないだろう。

『では、観客の皆様も前代未聞の『聖』の使い手と『蟲』の使い手のバトルを待ちわびておりますので、そろそろ開始したいと思います!!』

「こちらはランクAだ。だから、その……ハンデをくれてやってもかまわぬぞ」

ハンデ……いや、これは罠《わな》だ。

ハンデをやると言って油断を誘い、私の行動パターンを読みやすくする巧妙《こうみょう》な罠《わな》だ。そして、

「かかったな!! バカめ」と言って、全身全霊の一撃を当ててくるつもりだ。

ということは、ゴリフリーナは、私が亡き者にしようとしている計画に気がついたのか?

はっ!!

そうか……相手も、私を亡き者にするつもりだ。そもそも、今まで求婚を受けなかった姫がなぜこのタイミングでと思ったが、そういうことか。他国の戦力を事故に見せかけて削《そ》ぐつもりなのか。だからこそ、エキシビションマッチに出てきたのか。

恐ろしい作戦だ。

「か弱い女性相手にハンデを貰《もら》ったとあっては、紳士《しんし》を名乗れない。私も漢《おとこ》です。力で屈服させてみせましょう」

「か、か弱いだと‼」

「ああ、その通りだ」

何やら顔を真っ赤にしてお怒りのご様子だ。

これから戦うゴリフリーナをよく観察してみると、いくつか不思議なことに気がついた。一見がさつに思えるが……服は清潔、歯も爪《つめ》も綺麗《きれい》、髪や肌の手入れも万全、装備も磨《みが》かれていて新品同様、香ってくる匂《にお》いもとても上品。

王族であるからと言われれば納得できるが、嫁入り前の淑女《しゅくじょ》並みのお手入れがされている。いくら剣魔武道会で人前に出るからといって、ゴリフがここまで手入れをする意味が分からない。

まあ、どうでもよい。とりあえず、全力で殺しにかかろう。殺せない場合には、相討ちを狙ってドローゲームだ。そうすれば、お流れにできるはず……だよね？

『さすがにリング上で司会をすると死ぬ予感がするので、リングの外から実況したいと思います。試合開始前にお互い一言どうぞ‼』

「私がこの状態で操《あやつ》れる蟲の数を知っているか？」

「これから倒される相手の情報など興味がないな」

興味がない……だが、その興味がない相手によって、これから殺されるのだよ!!

「五十三万。ですが、もちろんフルパワーで貴方《あなた》と戦う気はありませんからご心配なく……」

「手加減などできる立場か？　蟲など何万匹いても浄化してくれるわ」

浄化してくれるわとか言って、超重量級トゲ棍棒《こんぼう》を軽々と振り回すあたり、物理的に浄化する気なのか。以前ジュラルドに聞いた話だと、確かに『浄化能力』に優《すぐ》れていると聞いていたけどさ。

そんな腕力に物を言わせた浄化でないことを祈ろう。

しかし、私の渾身《こんしん》の台詞《せりふ》がスルーされたのが悲しいな。実際、五十三万匹も蟲系モンスターを展開できる時点で十分小国を落とせるレベルなんだがね。

『おおおおお!!　レイア選手の影から蟲が溢《あふ》れ出てきた。凄《すご》い数だぁー。これが『蟲』の魔法なのでしょうか。知らない蟲もおりますが、見覚えのある蟲はどれも迷宮下層に生息する凶悪な蟲たちだ。レイア選手一人で一個師団すら葬《ほうむ》れると言われるだけのことはあります』

「――さらに、こんな具合に変身も可能なのだよ」

『闇』『聖』『雷』って、主人公みたいな能力だよね。『蟲』だけが仲間外れに思われるかもしれないが、それは大きな間違いだ。『蟲』の魔法を使った変身能力!!　正義の味方に必須な能力だ。

「ほほう、蟲の特性を取り込めるのか。厄介《やっかい》な能力だな」

身体に現れた蟲たちの特徴から察したのか……さすがだ。だが、分かっていてもそれに対応できるかは、また別問題だ。

『では、お待ちかね。エキシビションマッチの開始です。ゴリフリーナ様VSレイア選手——試合開始です!!』

開始の合図がされたと同時に、蟲たちが一斉にゴリフに襲いかかる。各々の自慢の牙や毒、糸など多種多様な攻撃だ。『モロド樹海』五十層台にいる大型モンスターでも、これだけの攻撃を受けたら骨すら残らぬほどの過剰攻撃だ。

だが、ゴリフは回避する様子すら見せなかった。それどころか、トゲ棍棒《こんぼう》をフルスイングする構えを取っている。ゴリフの全身からオーラのような物が湧《わ》き上がる。

ゾクリ——

生命の危機を感じて、咄嗟《とっさ》に外皮の硬い蟲たちを自分の前に集結させた。どこに逃げたらいいか分からない攻撃が来るのだ。全力で防がねば死ぬ!!

「とくと見るがいい!! 『聖』の浄化の力を」

フルスイングと同時に、トゲ棍棒《こんぼう》から爆風と謎の輝きが放たれる。

謎の光に触れると、可愛《かわい》い蟲たちが文字通り消し飛んでいった。その光景は、笑えない冗談《じょうだん》である。

『闇』のグリンドールも似たような攻撃で蟲たちを消し飛ばしてくれたが……もっと、魔法っぽい攻撃だった。『聖』は、まさに正反対だ。こんな物理攻撃の延長線で私の蟲たちが消し飛ぶとは恐ろしい。

ピギュー（俺たち、役に立てたかな）

断末魔の悲鳴とともに、私の壁となった蟲たちが滅んでいった。「よくやった」と賞賛を贈る。

パラパラパラと、蟲たちの残骸《ざんがい》がリング上に落ちてくる。

壁になってくれた蟲たちのおかげで無傷だ。しかし、小型が多かったとはいえ、一瞬にして十万近い蟲たちを消滅させられるとは驚きを隠せない。

『し、信じられません。ゴリフリーナ様の『聖』の魔法で、レイア選手の蟲たちの大半が消滅しました。レイア選手は蟲を壁にして無傷のようですが、焦《あせ》りを隠せておりません』

「言っただろう？　何万匹いようと浄化してやると」

まるで何事もなかったかのように立っているあたり、ランクAの化け物だけのことはある。だが、魔力の消費が全くなかったわけではあるまい。

相手の魔力が切れるのが先か、私の蟲が尽きるのが先かなど、馬鹿げた勝負はする気はない。これ以上、蟲たちを無駄に消費するのは愚策。

「失礼した。ランクAの貴方《あなた》を下層のモンスターと同じ戦法で倒せると思ったのが間違いだった」

生き残った蟲たちを影に収納した。

「男だろう？　小細工なしでかかってきな」

ゴリフが人差し指をクイクイして私を挑発してくる。

「喜んで」

いい度胸だ。変身した私の圧倒的なパワーとスピードでぶっ潰《つぶ》してくれるわ。地面を蹴り、ゴリフに飛び込む。近づいてみて分かる。体格差もあるが、圧倒的な威圧感。何より恐ろしいのが、凄《すさ》まじい速さで振り回されているトゲ棍棒《こんぼう》だ。

上段から迫る攻撃に続き、横薙《よこな》ぎの攻撃でこちらの回避方向を限定させる。さらに追い打ちをかけるかのごとく、回避する方向に再び攻撃を繰り出してくる。素晴らしい戦闘センスだ。しかも、トゲの分だけ間合いが長いため、非常に避けにくい。

複眼のお陰でギリギリ見切れるが、掠《かす》っただけで鋼鉄以上の強度を持つ私の身体に傷をつけてくる。懐《ふところ》に飛び込むどころか、相手にとって理想的な距離で二刀流のトゲ棍棒《こんぼう》を命懸けで回避させられている。

『すごいです。レイア選手、ゴリフリーナ様の華麗な棍棒捌《こんぼうさば》きを避ける。亜人である私の目でも既に追いきれていない速度なのに、どうなっているんだ⁉　さすが高ランクの冒険者‼』

ゴリフから見えないように、手の影から起爆能力を持つ団子虫を取り出す。道具のように使い潰《つぶ》すやり方は好まないのだが、そんなことを言っていられる状況ではない。回避と同時に指弾《しだん》の要領で弾く。

パンパンパン！

顔に着弾する直前で、ゴリフは棍棒《こんぼう》を用いて見事に防いだ。銃弾並みの速度だというのに、恐ろしい反射神経。だが、十分だ。防がれたことにより、蟲が爆発した。爆発の威力としては、爆竹程度だが……隙《すき》を作るには十分だ。

「ただの脳筋かと思ったが、素晴らしい反射神経だ」

「それはこちらのセリフだ。ここまで接近を許したのは、身内以外では初めてだぞ」

――そう、ゴリフの懐《ふところ》に潜り込むことに成功していた。

この距離では、ゴリフが棍棒《こんぼう》を振るうより先に私の拳が届く。だが問題は、依然として衰えることのないゴリフの全身から溢《あふ》れている謎のオーラだ。

おそらく、これが『聖』の魔法なのだろう。だが、本当にこれを『聖』と呼んでいいのかは謎だ。どちらかと言えば、『闘』の魔法と言った方がしっくりくる。名づけたもん勝ちではあるが、大国の王女が使う魔法に『闘』だと栄《は》えないから『聖』にしたかったんだろうね。

「そのオーラ……特性は分からぬが、普通に触れればやばい代物だろう？」

「わざわざ、教えるとでも？」

攻守ともに優《すぐ》れた『聖』の魔法だろうが、こちらとて負けない。

全身を猛毒の液体で覆うだけでなく、吐《は》く息にすら猛毒を混ぜる。いかに攻守ともに優《すぐ》れたオーラだとはいえ、必ず魔力は消費する。相手が防御に消費する魔力以上に猛毒でダメージを与え続ければ、必然的にその防御を突破できるはずだ。

「女性を殴《なぐ》るのは気が引けるが、悪く思わんでくれよ、ゴリフリーナ」

「その拳が届くかやってみるがいい」

リングに足がめり込むほどに力を込めて、ゴリフの腹筋目掛けて全身全霊の拳を叩《たた》き込む。ゴリフのオーラを突破する際に右手の骨が砕け散ったが、瞬時に痛覚を遮断してそのまま拳を振り切った。

ゴリフリーナも自慢の防御を突破されて若干驚いているようだ。骨を砕いてまで殴《なぐ》ってくるとは思っていなかったのだろう。おかげで、良い感じにゴリフリーナの腹筋に拳をぶち込んでやったぞ。

「ぐっ!! では、そちらも歯を食いしばれ!!」

ゴリフリーナは棍棒《こんぼう》を投げ捨てた。そして、右手に輝くほどのオーラを纏《まと》わせて、素晴らしい右フックを放ってきた。決して避けられないことはなかったが、男として甘んじて受けることにした。

ゴリフリーナだってこちらの攻撃を回避できたはずなのにしなかった。男であるこの私が避けるわけにはいかない。

顔面で拳を受けた瞬間、猛毒の膜と鋼鉄の外皮が蒸発《じょうはつ》して肉を抉《えぐ》られた。さらに骨まで粉砕《ふんさい》された。

痛覚を遮断していなければ悶絶《もんぜつ》するほどの痛みだっただろう。一撃で本当に顔面を粉砕《ふんさい》されるとは予想外のパワーだ。すぐに蟲を使った治癒《ちゆ》と体内で蝗を呼び出して、回復する。

では、こちらの番だ!!

『会場に響き渡るほどの強打を打ち合う二人。凄《すさ》まじいです。レイア選手の方が圧倒的に不利に見えますが……凄《すさ》まじい回復力だ。重傷とも思えるダメージを瞬《また》く間に治癒《ちゆ》していく』

一手、二手と打ち合う度、私にダメージが蓄積されていく。間違いなく、不利な状況である。ゴリフの肉体にもある程度の毒とダメージは蓄積されているが、この状況が続けばこちらが先に倒されるのは明白。

ちっ!!

打ち合いを止めてゴリフから距離を取る。

「なんだ、逃げるのかレイア」

「確かに、逃げに徹して毒が回りきるのを待てば勝利できるかもしれない。だが、それではお互い不完全燃焼だろう？」

会場の全員が、もっと打ち合えと言っているが……だったら、お前が殴《なぐ》られてみろと言い返してやりたい。身をもって味わったから言えるが、ゴリフリーナの拳は『聖』の魔法なしでも迷宮下層モンスターをワンパンで沈められる威力だ。

一般人なら痛みすら感じる前に死ねるぞ。

それに、治癒《ちゆ》と毒を振りまくことでどれだけ魔力を消費していると思っている。さらに、この形態でいることだって魔力消費はバカにならんのだよ。

「で、何がしたいんだ？」

「このレイアは変身をする度にパワーが遥《はる》かに増す……その変身をあと二回も私は残している……その意味が分かるな？」

第一形態では四十層台の蟲の能力を付与している。第二形態では五十層台の蟲たちを。そして第三形態は、対『闇』を想定して用意しているものだ。だから、純粋にゴリフを賞賛する。女だからといって、少なからず舐《な》めていた。

「さらにパワーが上がるだと!!　なぜ出し渋《しぶ》っていた!?　貴様、私を倒すんだろう!!　早くしろ、間に合わなくなっても知らないぞ」

……えっ⁉　驚くことよりなぜか怒られた。

◆　◆　◆

す、素晴らしい男性だ。

私が本気で攻撃しても倒れない男性なんて、今までいなかった。しかも、戦う最中でも私への口説き文句が胸に突き刺さる。

この人と一緒になった暁《あかつき》には、体格的重量的に不可能とまで言われた、お姫様抱っこというものまで実現可能であろう。

「このレイアは変身をする度にパワーが遥《はる》かに増す……その変身をあと二回も私は残している……その意味が分かるな？」

このまま戦い続ければ、勝利を手にしてしまっていただろう。だが、レイア様はまだ力を隠していたのだ。

「さらにパワーが上がるだと‼　なぜ出し渋《しぶ》っていた⁉　貴様、私を倒すんだろう‼　早くしろ、間に合わなくなっても知らないぞ」

素晴らしい‼

思わず姉にドヤ顔をしてみせた。すると、「一生弟たちを見守っていくという誓いはどこに行った‼」と訴えられる。「どこかに行ってしまった‼　大丈夫、レイア様とのお子様はお姉様にも抱っこさせてあげます」と送り返す。

そうしたら、姉のゴリフリーテが「いいことを教えてやろう。忘れられがちだが、場外からの支援攻撃は反則負けになるのよ」と目で言われた瞬間——私の『聖』の魔法を貫通する謎の攻撃を受けた。

まさか!! 自作自演の反則負けを演じて、レイア様に嫁入りを果たそうとする姉がいるとは。だけど、ゴリフリーナ、この程度では負けない!!

◇　◇　◇

背中から六枚の羽が生える。しかも、蠍《さそり》が持つような尻尾が三本も生え、肉体がさらに人間離れしていく。

飛行能力に加えて、外皮がミスリル以上オリハルコン未満の硬質な皮膚《ひふ》へと変化した。体格は第一形態と大差ないが、内臓まで変化させている。

『レ、レイア選手がさらに変身したぁぁぁ!! これはヤバイヤバイ。なんという禍々《まがまが》しい魔力でしょう。リングから離れて実況している私ですが、足の震えが止まりません』

禍々《まがまが》しいとはひどいな。

「第二ラウンドを開始しよう」

ゴリフの足が一瞬光ったように見えた瞬間、その体勢が崩れた。

だが、そんなの知ったことではない。ゴリフとの間合いを詰めて、毒霧を吐《は》くと同時に、背後に回り込む。そして、蹴り上げた。あまりの重量に、予想より高く上げられなかったが——十分だ。ゴリフのオーラに触れて、外皮にヒビが入る。しかし、第一形態と比べてダメージは圧倒的に軽微!!　すなわち、ゴリフへのダメージ増大だ。

空中に舞い上がるゴリフを見て思った。

バカめ!!　一撃だと思って油断したな。これが貴様の最期になるんだ。

さすがのゴリフも、空中戦まではできまい。第二形態の真価を発揮するときである。もう、二度と地上へ戻さぬぞ!!

ゴリフが落ちる前に、こちらも空へと上がった。人体の急所を的確に狙い、一撃離脱の攻撃を繰り返す。当然、『聖』の魔法の守りを突破する際にダメージを負うことになるが、そんなの覚悟の上だ。

「どうした、ゴリフリーナ!!　先ほどから動きが鈍《にぶ》いぞ」

ゴリフにとって初めての空中戦だというのに、こちらの軌道《きどう》を目で追っている。私が指弾《しだん》を放ちつつ、死角から攻めているにもかかわらず、カウンターを狙ってくる。恐ろしい戦闘センスである。

「ええい!!　ちょこまかと!!」

これまでとは打って変わって、こちらのメッタ打ちである。ゴリフが地面に落ちそうになったら、強引に蟲を使って持ち上げる。もちろん、蟲はゴリフのオーラによって滅びてしまう。

しかし、その命を賭した行動のお陰で、常に私のターンなのだ!!

こちらの肉を切らせて骨を断つ作戦のお陰で、ゴリフの顔色もだいぶ悪くなってきたのが見て分かる。ランクAの変人な免疫力《めんえきりょく》をもってしても、私の毒の完全中和は難しいだろう。

さらに、戦闘により魔力や体力を著《いちじる》しく消耗《しょうもう》していく状況下ではなおさらだ。

だが、こちらも人のことを言えた状況ではない。攻撃する度に治癒《ちゆ》をかけねば手足が使いものにならなくなるのだ。こちらの猛毒もそうだが、ゴリフの対消滅オーラも相当エゲツナイ能力だ。

「さっさと、くたばれ!!」

空を舞っているゴリフの脇腹に綺麗《きれい》に右ストレートが決まった瞬間、文字通り肉を抉《えぐ》った。このとき、ゴリフはオーラでの防御を捨ててワザと攻撃を食らったのだと理解した。

私の腕がゴリフの脇腹を貫通したと同時に、腕が抜けないように筋肉で押さえ込まれた。その上、私が逃げられないように両腕で抱き込まれた。

「くっくっく、捕まえたぞ!! はあああぁぁぁぁぁぁぁぁ」

今まで、一方的に攻撃を食らい続けていたのはこのときのためか!!

ゴリフが超至近距離でオーラを全開にしたため、私の全身がひび割れていく。外皮だけでなく、骨や神経まで軋《きし》み出した。網膜が砕けて視界がズタズタになる。痛覚を遮断しているが分かる……これは、まずい!!

「あ゛あぁぁぁぁ!! くそったれがぁぁぁぁ」

だが、こちらの腕も相手の身体を貫通しているのだ。この状態で猛毒を散布すればどうなるかは明白である。どちらが先に尽きるかの勝負だ。

そして、ゴリフも私も全力で力を解放する中、リングに落ちた。

落ちた衝撃で、ゴリフの拘束《こうそく》が緩《ゆる》んだ。その隙《すき》に逃げようと思ったが、腕が抜けない。背に腹は代えられない……右腕を肩から切断して危機を脱出した。

腕の再生は今は間に合わぬか。ならば、痛んだ臓器から治癒《ちゆ》しておく。

「はあはあ、今のは、なかなか効いたぞ、レイア。ごふぅ」

「それは、こちらもだ。まさか、防御を捨てるとは予想外だった。お陰で、右腕一本を犠牲《ぎせい》にするだけでなく全身がズタボロだ」

実際、内臓や血管がやばいほどズタズタにされた。本当はこうして立っているのも辛《つら》い。なんだよ……あの『聖』の魔法!! チートもいい加減にしろ。

『試合というより既に殺し合いに近い状況ですが、王家より何の警告もありませんので、試合は続行です。それにしても両者ともに満身創痍《まんしんそうい》です。立っているのも辛《つら》そうな二人ですが、大丈夫か?』

体内で蝗を呼び出しては、食らい続けている。だが、魔力と体力が消耗《しょうもう》する方が早く、全く回復しない。

だがそれよりも問題なのは、リングに落ちた衝撃で見たくもないものが見えてしまったことだ。

『モロド樹海』下層の蟲には、希《まれ》に奇妙な能力を持つものがいる。対象のトラウマを思い出させるような精神的な攻撃をしてくる蟲や、相手が望む夢を見させて心地よい眠りを与えつつ血肉を貪《むさぼ》る蟲などだ。

私は……エルフがゴリフに進化するまでの過程やトラウマを覗《のぞ》き見てしまったのだ。蟲たちの特性を付与した状態で、文字通り一つに繋がってしまったことが原因であろう。女性の過去を勝手に覗《のぞ》き見して、何も知らなかったなど許されない。

紳士《しんし》には、女性を幸せにする義務がある。

「ゴリフを本当の意味で幸せにできるのは、私だけかもしれないな」

「何を言っている？　さあ、続きを始めるぞ」

今になって、ゴリフがここまで頑張《がんば》る理由も察することができた。ゴリフの容姿は、決して褒《ほ》められない。だが、よくよく考えれば容姿など大した問題ではない。

大事なのは、内面だ。ゆえに、それを知った私は責任を取らねばなるまい。また……今ゴリフを幸せにしなければ、誰がいつこの女性を幸せにしてやれる？

彼女の全てを受けいれられるのは、この私だけだ。

「もういい、ゴリフリーナ。私の負けだ。それ以上、無理を続けるな」

これ以上やれば、本当にどちらかが死にそうだ。

だから私は、変身を解いた。辛《かろ》うじて大事なところは隠しているが、全裸に近い状態だ。蜘蛛たちによって、取り急ぎではあるが衣服が作られていく。全く、素晴らしい仕事の早さだ。

「まだだ!!　まだ、勝負は終わってないぞ!!」

顔を赤くしているが、これが怒りからくるものではなく、恥じらいだということを私は知っている。そんなに凝視《ぎょうし》するな!!　あと、遠くからゴリフリーテも凝視《ぎょうし》しているのが分かるぞ。

『これは、レイア選手の敗北宣言か!?　ということは、ゴリフリーテ様とご成婚ということに!?』

その発言に、ゴリフリーナの瞳から雫《しずく》が零《こぼ》れる。

「そうだ、私の負けだ。だが、『聖』の双子は、貰《もら》い受けるぞ」

一人だけ娶《めと》っては、遺恨を残すだろう。

ゴリフの一人や二人愛せなくて、何が紳士《しんし》だ。

『敗北したにもかかわらず、二人を貰《もら》い受けるとは。そんなことが許されるのでしょうか？　そこらへんどうなんでしょうか、ミルア様』

「もちろん、ダメです!!　お姉様たちは、我が国にとって重要なお人です。それを一人でなく二人など許しません」

ランクAの『聖』の魔法の使い手だ。当然、国家防衛の要であろう。だが、知らぬ存ぜぬ!!　一度決めたことは貫き通す!!

「『幻想蝶』……確か、幻と言われる蝶を持ってきた者に嫁ぐという約束があっただろう？　そうであろう、ゴリフリーテ、ゴリフリーナ。それは今でも有効なのだろう？」

「その通りだ!!」

「無論、有効だ!!」

確認が完了したので、お披露目《ひろめ》させていただくことにしよう——私の可愛《かわい》い娘たちを!!

取引材料のように利用するのは申し訳ないが、許せ娘たち。お父様には、救わねばならない女性がいるのだ。私の影より数百匹の幻想蝶が舞い出た。他の蟲と比べて繁殖力が低く、ここまで増やすのに苦労した。

ピピ（気にしないでください、お父様。育てていただいたご恩をこのような形で返す機会を与えていただいて感謝しております。私たちは、お父様のために生き、お父様のために死ぬ、そのことを誇りに思っております。それに、お父様が救わないといけないと思う女性がいるならば、それは私たちも救わねばなりません。どうか、お幸せになってください）

本当にいい子に育って……傾国に恥じないモンスターだよ。

『なんと、美しい姿でしょう。それに、凄《すご》い数です。これが、神話にまで登場した幻想蝶なのでしょうか⁉』

「当然、本物だ。『蟲』の魔法を使うこの私が言うのだから間違いない。だから、ゴリフリーナ、ゴリフリーテ……私と一緒に来い‼　必ず幸せにしてやる」

「「「「ゴリフ‼　ゴリフ‼　ゴリフ‼」」」」

会場から盛大なゴリフコールが発せられる。中には、ゴリフ応援団一同と書かれた横断幕を掲《かか》げた集団もおり、ゴリフたちがいかに愛されていたかよく分かる。

「さすがは、レイア殿……いい話だ。ゴリフ‼　ゴリフ‼」

「アタイ感動したぜ。幸せになれよ、ゴリフ‼」

ジュラルドとエーテリアも、いつの間にかゴリフコールを叫《さけ》び出す。

「ミルアも諦《あきら》めたら？　ゴリフ‼　ゴリフ‼」

「お父様たちをなんて説得すればいいんですか⁉」

「説得？　いらないいんじゃない？　お姉様二人、ランクAに近い冒険者たちや会場の人たちを敵に回すようなことはないと思うな」

「あ～もう、どうにでもなれ!!　ゴリフ!!　ゴリフ!!」

「「「「「「「「ゴリフ!!　ゴリフ!!　ゴリフ!!」」」」」」」」

特等席にいるミルアとイヤレスも、ついにゴリフコールに加わった。

「さて、返事を聞かせてもらおうか、ゴリフリーテ、ゴリフリーナ!!　私と一緒に来てくれるか？」

「ほ、本当に私たち二人を娶《めと》る気なのか？」

「当然だ、ゴリフリーナ。私は、二人のことを一人の女性として愛すことを誓おう。王家の威光や特別な属性などは、どうでもいい。二人は、私に幸せにされる義務があるのだ」

ゴリフリーナが涙を流して私の胸に飛び込んできた……だが、体格的に私が胸に飛び込んでいるように見えるのが残念だ。そして、特等席からゴリフリーテも同じく泣きながら飛び込んできた。

総重量何キロか不明の女性がオリハルコン製の巨大ハンマーを持って飛び込んできたのだ。コレを受け止めてこそ男であろう。落ち着け!!　手足と骨格だけ変身させれば耐えられるはずだ!!

——ズゥドン。

そして、受け止めた!!　双方の厚い胸板にプレスされ、二人の熱い愛を受け止めることに成功した。

エキシビションマッチは、ジュラルドとエーテリアの出番なしで閉幕された。もちろん、そのことに文句を言う二人ではなく、温かい祝福の言葉をいただいた。

だが、問題は山積みである……ゴリフご両親へのご挨拶《あいさつ》、ガイウス皇帝陛下やギルドへの報告、領地運営などなど。とりあえず、二人に釣《つ》り合う人になれるように努力をするとしよう。

後に、国家主導で本件についての書籍が盛大に売り出された。脚色もされてはいたが、基本的には事実に沿って書かれており、紳士《しんし》すぎるいい男として私の名を広めることになった。

20　ゴリフ爆誕（一）

剣魔武道会より三ヶ月、ゴリフの両親にも挨拶《あいさつ》を終えて、無事に領地に連れて帰れたよ。「娘さんを私にください」と言ったときは殴《なぐ》られる覚悟もあったけど、スムーズに事が運んだのが、ある意味不気味だった。

やっぱり、事前にガイウス皇帝陛下にお願いして根回しをしてもらったおかげかな。ガイウス皇帝陛下にご報告に行ったときは、その場にいた全員の開いた口が塞《ふさ》がらなかったことが記憶に新しい。

そんなこともあり、今では一代貴族を卒業して、侯爵まで一気にランクアップした。二階級特進とかそんなレベルの昇進速度じゃないよ。平社員から一気に本社の本部長にまで格上げされた気分だ。

他国の王族で、しかもランクAの冒険者を娶《めと》るとなっては、さすがに国もメンツを気にするようだ。おかげで、『ウルオール』に隣接する国境に面した領地を賜《たまわ》った。まあ、あれだね……有事の際は双方をお互いに守りましょうという、ある種の政治取引がなされたのだろう。

元の領地は、管理の問題もあるので申し訳ないが返却した。もちろん、大事な領民は希望者を連れて移動したけどね。孤児院の連中は強制移動だね。拒否権などあるはずがない。

それから今日に至るまで、ゴリフ二人と三ヶ月ほど一緒に寝食をともにしたが、人は外見で判断したらダメだと改めて理解した。王族だけあって礼儀作法や一般教養のレベルが非常に高いだけでなく、家事全般、音楽、ダンスと女性らしい趣味は全て完璧。まじ、パーフェクトな女性だよ。

おかげで、安心して冒険者として頑張《がんば》れるわ。

ゴリフたちには、領地運営に関する全権を任せている。休みを取ったら必ず帰ると約束しているし、それに逢いたくなったら『ネームレス』まで遊びに来ていいよとも伝えている。

ゴリフ二人――ゴリフ＋シスターズ、名づけてゴリフターズを連れて迷宮に潜るのも悪くなかろう。ゴリフターズならば、道中の心配など必要あるまい。むしろ、襲った連中の方が心配だ。

◆　◆　◆

「絶対に嫌です!!　何度も言いますように、私より弱い方と結婚する気は、全くございません」

毎度毎度のことだが、実家に帰る度に両親が結婚しろと急かしてくる。無論貴族である以上、理解はしている。でも、理解しているからといって、納得しているわけではない。

それに、全くタイプじゃない男性と結婚させられるくらいなら、冒険者として生きた方がマシ。

「ゴリヴィエ、そう言うでない。家柄も当然だが、仕事ができるだけでなく、冒険者としてもランクCという逸材《いつざい》だぞ」

「話になりません。では、私は『ウルオール』近衛騎士団の副団長としての仕事もありますので、そろそろ職務に戻らせていただきます」

ランクC程度でなんだっていうのか。それなら、私も同じランクCだ。

おまけに、私は『ウルオール』のメディアル公爵家長女にして、親の七光りではなく副団長の地位を手に入れた。周囲からはそうは思われていないのは残念だが。それは……お母様が国王陛下の妹でもあるから、そのように思われるのも仕方ないかもしれない。

とにかく、お父様が持ってくる結婚の話を断りたいのは、相手がいつもろくでもないから!! 過去に何度かお父様の顔を立てるために直接会ったが……下心しかない男性ばかりだった。

だから「私と勝負して勝てたら、結婚してもいいですよ」という展開になり……私に片腕でねじ伏せられてお流れになってしまう。いい加減、察してほしい。

「この結婚を受けないというなら、圧力をかけて副団長を解任させることだって視野に入れているんだぞ」

「そこまで私の生き方に口をはさみますか、お父様。いいでしょう……解任でも何でもしてくれて結構!! 実家の後ろ盾《だて》がなくとも一人で生きていけますので。長い間、お世話になりました」

幸い家督を継ぐ兄もいるので、私が実家を飛び出たところで家が途絶えるわけでもない。それに、兄にとっても私がいない方が何かと都合がいいでしょう。貴族社会では、血を分けた兄妹であっても、家督を継ぐためならば暗殺なども普通にあるし。

「まだ話は終わってないぞ!! 待ちなさい、ゴリヴィエ」

待てと言われて待つ者などいない。私は、この日がいつか来るだろうと思い、いつでも実家を飛び出せる準備をしていたのだ。今後の計画も万全。

世話になった家の者たちに挨拶《あいさつ》を交わして実家を飛び出た。

そして、馬車に揺られること二日――目的地である『神聖エルモア帝国』のレイア・アーネスト・ヴォルドー侯爵が治める領地に着いた。領主が住む家の前に来てみたが……冷や汗が止まらない。

擬態能力に優《すぐ》れた蟲たちがあちこちから私を見ていて、肝が冷える。さすがは、世に聞く『蟲』の魔法だ。お姉様たちとやり合えるだけのことはある。

「大丈夫。別に悪いことをしに来たわけじゃない。ただ、お姉様たちにご挨拶《あいさつ》とお願いをしに来たんだ。おっし、完璧!!」

身だしなみを整えて、侯爵家を訪ねた。

客室で待たされてから数分後、お茶とお菓子を載せたお盆を蟲が運んできた。

剣魔武道会のときに『蟲』の魔法を見たが、こんな使い方もあるのかと感心させられる。それに何やらプラカードを掲《かか》げている。「ゆっくりしてってね～」と書かれていた。

「ありがとう。賢い子ね」

お盆を受け取り、部屋を退出する蟲を見送る。

普通の人間を使うより信頼できるし、空き巣や強盗、スパイ対策にもなりそう。まあ、この候爵家によからぬことを考える愚か者がいるとも思えないけどね。

ランクAの二人に、ランクBの最強候補の一人——こんな三名がいる領地に手を出したら、報復でペンペン草すら生えない大地に変えられてしまう。三人揃えば、小国なら三日程度で灰にできそうだ。

お茶を飲んでいると、客室にゴリフリーテ様がやってきた。

相変わらず美し……あれ？

「久しぶりですね、ゴリヴィエ……どうしました？　淑女《しゅくじょ》がそんな大きな口を開けて固まるものではありませんよ」

「ど、どういうことですか、ゴリフリーテ様!!　私が、夜なべして編んだビキニアーマーをなぜ着ておられないのですか!?　ゴリフリーテ様の美しい肉体がより美しく見えるようにと、プレゼントしたのに」

ああ……私の筋肉が……。大好きな筋肉が……

特に、ゴリフリーテ様やゴリフリーナ様のように、迷宮下層のモンスターを撲殺《ぼくさつ》できるくらい逞《たくま》しい筋肉が大好きだ。もう、その分厚い胸板で抱きしめられただけで、鼻血が止まらなくなる自信があるくらいに。

「相変わらず、騒がしい従姉妹ですね。あの服は露出が多すぎる、と旦那様が。まあ、夜の生活で着ることはありますよ。だから、決して着ていないわけではありません」

「ひどい、ひどすぎます。それに、聞きたくなかったそのセリフ!! まあ、お姉様の筋肉成分が補給できたのでよしとします」

ゴリフリーテ様に抱きついて、匂《にお》いをクンカクンカすると実に幸せな気分になる。従兄弟には残念な人と言われることもあるけど、気にしたことなどない。

人の趣味は、人それぞれだから……世の中、筋肉マニアの私みたいな人がたくさんいてもおかしくない。

あ、鼻血が。

「ゴリフリーナ様はどちらに? ご挨拶《あいさつ》と熱い抱擁《ほうよう》をしたいのですが」

「うちの領地を通過する馬車定期便を襲った不届き者がいたので、賊《ぞく》が潜《ひそ》む山ごと開拓しているところです。夕方には戻る予定なので、よければ泊まっていきなさい」

お姉様の家に泊まる……人妻、筋肉、お風呂、手料理、川の字で寝る!!

「もちろんです!! お背中をお流しいたします!!」

何か重大な相談事があったような気がするが……まあ、お姉様たちの筋肉より大事な案件なんてない。

◇ ◇ ◇

『ネームレス』のギルド本部にある応接間に座らされている。

対面には、エルフの美少女……どこかで見たことがあると思えば、『ウルオール』のミカエル国王陛下に「娘さんをください」と言ったときにいた、近衛騎士団の副団長様であった。

「へ～、ゴリヴィエは妻たちの従姉妹だったんだね。見る限り実力は、十分あるな。数年もすれば団長の座も見えただろうに。どうしてこんなところに？」

「実家から、結婚をしなければ圧力をかけて副団長を解任すると言われて、嫌気が差して逃げ出しました。もちろん、貴族である以上、政略結婚が必要なのも理解しておりますが……納得できるかどうかは別問題です!!　好みでもない男に嫁ぐくらいなら、冒険者として暮らした方が遥《はる》かにマシ」

おかしいな……似たような展開を以前も聞いたことあるぞ。高貴の血筋というのは、どいつもこいつもこんな輩《やから》ばかりなのか？　大丈夫か、王族!!

「それで、私に何をして欲しい？　愛《いと》しい妻たちからの頼みだ、要望に応《こた》えよう」

家を任せっきりの愛する妻たちから、従姉妹が自分たちを頼ってきたので力になってほしいと言われれば、応《こた》えてあげるのが紳士《しんし》である。妻たちからのお手紙も持ってきてもらったしね。

「はい!!　実は、私もっと筋肉をつけたいんです」

「…………はい？」

おかしい……今、何かおかしいセリフが聞こえたぞ。

いやいやいや、きっと聞き間違いだ。控えめな胸板を大きくしたいとのことなのであろう。淑女《しゅくじょ》だから遠まわしに表現したに違いない!!

「ここだけの話、実は私……ゴリフリーテ様やゴリフリーナ様のような美しい筋肉が大好きなんです」

「ふむ、確かに理想的な美しい肉体をしていると思うよ」

男性としてはあれに憧《あこが》れる人もいるのは理解できるが……女性であれに憧《あこが》れる人がいるのは若干理解に苦しむ。だが、人の性癖に口を出すなど紳士《しんし》じゃない。

「お分かりいただけますか。さすが、二人の旦那様です。レイア様には、『モロド樹海』下層でモンスター討伐の指導をしていただきたいのです」

「指導？　レベリングではなく？」

「レベリングでは、本当の実力が身につきません。私は、今現在ランクCではありますが、ランクB相当のモンスターを粉砕《ふんさい》する自信があります。ゆえに、レイア様には私自身に危険が及ぶ場合や、倒せないモンスターが出た場合に、ご助力をお願いしたいのです。もちろん、報酬《ほうしゅう》もご用意いたします」

ふむ……レベリングではなく、高ランクの冒険者の付き添いが欲しいということか。まあ、かまわないだろう。洗練された雰囲気から、ランクB相当……おそらく三十層程度までなら苦戦しないだろうと見受けられる。ランクCというのが嘘みたいに感じる。

「いいだろう。ただし、男女二人で迷宮に潜るのは、いくら妻の血縁者だからといってよろしくない。食事の都合もあるだろうし、女性のサポーターを雇いたまえ」

「私は、別に気にしませんのに……そうですね。ゴリフリーテ様やゴリフリーナ様を悲しませることは私としても不本意なので、分かりました。ちょうど、顔見知りが『ネームレス』でサポーターとして活動しているので、捕まえてみます」

◆◆◆

ここ最近、依頼に恵まれすぎていて怖いくらい。数ヶ月前の新人冒険者のサポートをさせられてからは非常に順調で、こうも連続で当り依頼を引き続けるといつか厄《やく》を引くのではないかと、ビクビクしてしまう。

そして、今日もいい依頼に巡り合うために、ギルド本部を訪れた。

…………はっ!! マーガレットさんと目が合った。

これ幸いと、嬉しそうな顔で距離を詰めてくる。逃げ出せばいいのだが、逃げればさらにろくでもないことをやらされる気がする。

「タルト様、ご指名のご依頼があります。少し、あちらでお話ししませんか。そんな嫌そうな顔をしないでくださいよ。大丈夫です、ほら怖くない。美味《おい》しい依頼ですよ」

指名の依頼……そう聞くと思わず、身体が動いちゃう。指名の依頼ともなれば、名実ともに売れてきた証拠!! いや〜、最近サポーターとして頑張《がんば》っていたから、ついに報《むく》われるときが来たのかしら。

しかし、その依頼を持ってきたのがマーガレットさんともなると、ろくでもない依頼に決まっている。だけど‼

「ううう、嫌だけど、美味《おい》しい依頼と言われて釣《つ》られてしまう自分が悲しい……」

マーガレットさんに連れられて、受付の隅っこに来てみれば……懐かしい見知った顔がそこに。

「久しぶりね、タルト」

「ぶーーーー‼　ゴリヴィエ様⁉　なんでここに⁉　近衛騎士団の副団長のお仕事は⁉」

ゴリヴィエ様は、母の職場である公爵家のご令嬢。子供の頃は、母に連れられてよくお屋敷のお嬢様であるゴリヴィエ様と遊んだ。今でも蘇《よみがえ》る「タルト〜、痛かったら言ってね」と言われて、サブミッションの実験台にされた記憶……あばばばばばばばば。

「騎士団？　お父様の圧力で首になったわ。今からは、冒険者としてやっていくつもりよ」

「そ、そうなんですか。もしかして、もしかすると……今回の依頼内容って」

『ウルオール』近衛騎士団の副団長であったゴリヴィエ様にサブミッションを決められてしまったら、死んでしまう。生きていたとしても、重度の障害が残ってしまうことは間違いないわ‼

「ここまできて分からないの？」

「いや〜、お願いですからサブミッションだけは許してください」

「何を言っているのかしら？　落ち着きなさい、タルト‼　貴方《あなた》には、私のサポーターを依頼したいのよ」

「『モロド樹海』のですよね？　それならそうと先に言ってくださいよ。もう、ゴリヴィエ様もお人が悪い。じゃあ、ここにサインしますね」

『ウルオール』公爵家の長女が率いるパーティーのサポーターだ。確かに、美味《おい》しい依頼である。依頼料は小額であろうとも問題ない。それ以上に、個人ではなく冒険者として大貴族とコネができる方が美味《おい》しいからだ。

「タルト様……いつになく素直にサインなさいますね。私が依頼を斡旋《あっせん》するときは、サインを渋《しぶ》るのに、なぜか釈然としません」

「そりゃ、前科がたくさんありますからね……はい、サインしましたよ」

契約書にサインをして、マーガレットさんに渡す。「罠《わな》にかかりよったわ、バカめ」といった顔をするマーガレットさんを見て、嫌な予感がした。

「これで、女性サポーターを確保できましたね。出発は明日の朝一番ですので、準備の方は任せますよ、タルト」

「えっ!?　急すぎませんか？　滞在期間とパーティー人数に応じて食料などの準備も必要なので、一週間くらいの準備期間が……」

「食料は三週間分、とりあえず私とタルトの分だけでかまいません。滞在期間は、私が飽きるまでです。詳細は契約書に書かれていたはずですが、読まずにサインをしたのですか？」

「そ、そんなことは決してありませんよ。いやだな～ゴリヴィエ様」

大貴族様からの直々のご依頼ということで、ほとんど読まずにサインをしてしまった。だが、雰囲気的に読んでいないとは言えないので、読んだことにして話を合わせた。

食料が二人分でいいということは……まさかと思うけど、ゴリヴィエ様と二人で迷宮入りするということなのかな。ゴリヴィエ様の実力を疑うわけではないけど、不安だな。

ランクCがサポーターと二人で潜るということは、上層ですよね⁉

「明日から迷宮下層です‼　下層を既に経験したことがあるタルトには期待しておりますよ。食事的な意味で」

えっ⁉

「いくらゴリヴィエ様でも、初見で『モロド樹海』下層をソロとか無理ですって、死んじゃいますよ‼」

「安心しなさい、タルト。私とて『モロド樹海』を侮《あなど》っているわけではありません。他のメンバーは明日合流する予定です」

ああ、そういうことか。きっと、明日合流するメンバーにもサポーターがいて、準備をしてくるのだろう。だから、二人分でいいと言ったのだ。ならば、納得。二人分なら明日までに何とかできるだろうし、頑張《がんば》ろう。

「分かりました。では、明日の朝一にトランスポート前でお会いいたしましょう。食料などを用意してまいりますね」

「ええ、任せるわ」

やっぱり、運が回ってきたかもしれない。

21　ゴリフ爆誕（二）

約束通り、三週間分の食料を準備してトランスポート前に来てみれば、既にゴリヴィエ様が待機していた。騎士団出身だというのに、刃物の類《たぐい》は身につけておらず……本当にサブミッションのみでのし上がったのだと痛感した。

粉砕《ふんさい》した関節の数は、人間とモンスター含めて数え切れないという話は本当のようだ。美しい容姿ながら恐ろしいお嬢様である。

「おはようございます、ゴリヴィエ様」

「おはよう、タルト。急いで準備させて悪かったわね。二人分とはいえ、三週間分の食料などの用意は大変だったでしょう」

確かに、お店の方に色々と無理を言って都合をつけてもらった。若干割高になったが、必要経費の予算は上限なしと言われたため、金にものを言わせている。

貴族様は金払いがいいから、本当にありがたい。

さらに、これから合流するパーティーメンバーの方たちも、ゴリヴィエ様が認めるほどの人だと思われるので、優秀であることは間違いない。依頼を受ける身としてはこの上なくありがたいことである。

「二人分でしたから、何とかなりました。他のメンバーの方は、まだのようですね」

「ええ、待ち合わせの時間まで、あと三十分ほどありますので」

大貴族のご令嬢で元近衛騎士団副団長のゴリヴィエ様が、三十分以上前から人を待っている。

……………い、嫌な予感がする。


待つこと、三十分。

ゴリヴィエ様の足元に無数の屍《しかばね》が築かれていた。

女性二人組……どうやら、私たちは悪目立ちしている気がする。『ウルオール』と違い、亜人は少ないし。中でも、ゴリヴィエ様のような麗《うるわ》しいエルフがこのような場所に立っていれば、声の一つや二つかけたくなるのが男の性《さが》というものだろう。

……言っておきますけど、私だってそれなりに容姿には自信があるんですよ!!

だけど、ゴリヴィエ様と並ぶと引き立て役にしかならない。私だって、一部の趣味な人には人気のある猫耳亜人なのに!!

誰もがゴリヴィエ様に「一緒に迷宮にどうだい」と下心いっぱいで声をかけてくる。だけど、次の瞬間――邪《よこしま》な輩《やから》が苦しみの悲鳴をあげていた。

一度は丁寧《ていねい》に断るのだが、二度も同じことを言われると、ゴリヴィエ様が「私に勝ったらお付き合いしましょう」と言って瞬殺しているのだ。魔法でも治りにくいように骨折させているあたり、さすがだ。

「身のほどを弁《わきま》えなさい」

「ゴリヴィエ様……さすがにこれ以上はまずいです」

トランスポートの前だから、やられた冒険者も大きな行動に出ないが、女性相手にここまでコケにされるだけでなく、雑魚《ざこ》呼ばわりされては、いつ集団で暴挙に出るか分からない。

現に、私たちの身体を舐《な》めるように見る視線が増え続けている。

「面白いことをやっていますね。私の依頼主に何かご用事でもあるのですかね」

声を発した者の顔を確認した瞬間、たむろっていた冒険者たちが一斉に道を空けた。そして、全員が脱兎《だっと》のごとく散り散りに逃げていく。

「お待ちしておりました、レイア様。さあ、迷宮へ行きましょう」

「も、もしかしてパーティーメンバーというのは……」

「タルト君ではありませんか。まさか、妻たちの従姉妹の幼馴染《おさななじみ》だったとは……世間は広いようで狭いですね」

「あら、ご存知でおりましたか。こちらが幼馴染《おさななじみ》のタルトです」

……いや、これはラッキーではないのだろうか。

自分自身にトラウマを植えつけた張本人が二人も揃っているとはいえ、大貴族のお嬢様と大貴族のご当主様。さらに高ランクの冒険者であるため、パーティーが壊滅することなどありえない。

そうだ、何事も前向きに考えよう。

◇　◇　◇

顔見知りのサポーターで本当によかった。私のことを知らない子だったら、面倒だったものね。

というわけで、迷宮の二十層から下へ下へと降下中。道中、襲ってくる敵をゴリヴィエに始末させてみたが、なかなか鮮《あざ》やかなやり方であった。

特に、オークやゴブリンなどの人型モンスターを倒すのが大好きなようだ。

筋肉質なモンスターが好きなのか、関節を折ることができるから好きなのか、分からないがね。どちらにしても、ＨＥＮＴＡＩという名の淑女《しゅくじょ》には間違いない。

「これでランクＣとはね……あとで、ギルド本部に報告してランクＢに改めるように申請しておこう」

「ありがとうございます。いやー、やっぱり迷宮はいいですね。文字通りモンスターが湧《わ》いて出てくるとは、気持ちいいくらいです」

だが、小型の蟲や軟体のモンスターを相手にする際は、苦戦を強《し》いられているようだ。ゴリヴィエは魔法の熟練度も高いので、関節技で倒しにくいモンスターは焼き払っている。しかし、魔力だって無限ではないのだ。いつかガス欠を起こすだろう。

「先ほどからゴリヴィエ様しか戦われておりませんが、レイア様はご参戦されないのですか？」

「何を言っている？　私は指導員としてこの場にいるのだ。ゆえに、基本的に戦わぬ。なーに、命の危険がある場合には動いてやるさ」

契約書にはちゃんと明記してあったはずだが……まさか、熟練のサポーターであるタルトが読んでいないことはないだろう。そして大事なことは、私が守るのは依頼主であって……サポーターは契約範囲外なんだよね!!

サポーターの面倒を見るのは、パーティーのお仕事。

「あれ？　それだと、私の身に危険が迫ったときはどうすれば？」

「契約範囲外だ、ゴリヴィエを頼れ。もしくは、自分で守れ。迷宮下層のサポーターとしてこの場にいるのだ。万が一のときに、自分の身すら守れないと死ぬぞ。と、本当なら言いたいが、今回は私の都合で女性サポーターを雇わせたのだ。ゆえに、適当に寛《くつろ》いでいろ」

あ……ゴリヴィエがキマイラグリズリーと戦っている背後から、猛毒を持つ大蛇が音もなく近づいている。それなりのでかい身体をしているが、地面を這《は》うことと保護色を用いて周りに溶け込むことから発見しにくい。

ふむ、クマさんを絞《し》め殺すことに夢中で気づいていないいな。

「ゴリヴィエ、周囲の警戒を怠《おこた》るな。いくら絞《し》め殺すのが楽しいからといって、気を抜くと自分が絞《し》め殺されるぞ」

「申し訳ありません。以後、気をつけます」

蟲を指弾《しだん》の要領で打ち出して、大蛇を蜂の巣にした。

下層に生息するだけあって、並外れた生命力である。蜂の巣にされても、動きが鈍《にぶ》ることはない。

本来このモンスターに出会った場合には、細切れにした後に焼き払うのが一番である。

「って、まだ生きていますよ、レイア様!!　このままじゃ、ゴリヴィエ様に……」

「問題ない。もう、死んでいる」

その瞬間、蛇の体が膨張《ぼうちょう》して、内部より蟲たちがワラワラと肉を食い荒らしながら生まれ落ちた。

ギィギィー（蛇の中からこんにちは!!　あ、お父様だ～）

ギギィ（お父様、このお肉……蛇臭い。カレー粉をください）

「いい子たちだ。さあ、おいでおいで」

一匹ずつ頭を撫《な》でてから、お仲間が待っている影へと収納していった。その間に、ゴリヴィエもクマを始末し終えたようだ。身体の傷が目立つが、『水』の魔法で治しているので問題あるまい。

「助かりました、レイア様。やはり、ランクBのモンスターはしぶといです」

「仕事だからかまわない。だが、ソロで迷宮に潜る場合には、今のようなことがあっては死ぬので気をつけるように」

ゴリヴィエのスペックは極めて高い。しかし複数のモンスターに囲まれた際、どうしても処理に時間がかかり、危機に陥《おちい》る。それをいかにして改善するかが、冒険者として大成する分け目になるだろう。

仲間を作るのもよし。戦い方を変えるのもよし。それを見つけるのはゴリヴィエ自身だから口を挟まない。

「あの～、あまりにも平然とランクBのモンスターを倒していたので疑問に思わなかったのですが……ゴリヴィエ様の細身でランクBの肉食獣相手に力で押し切れるんですか？　いくら身体強化をしているからといって、いささか疑問が」

「勉強不足ですよ、タルト。別に特別なことはしておりません。『水』の魔法の身体能力強化をちょっと工夫すれば、相手の身体能力を弱体化させることだってできるんですよ」

その通りだ。自分の力を増大させて、相手を弱体化させる。そうすることで、ゴリヴィエは巨《きょ》躯《く》のモンスターを絞殺《こうさつ》、及び関節をバラバラにできるのだ。関節技の効果が薄いモンスターには、『風』の魔法を腕に纏《まと》わせて刃のように扱い、首刈りをしている。

サブミッションに魔法を組み合わせた実戦向きの戦い方である。

「し、知らなかった。じゃあ、私も身体強化が使えるので、弱体化も使えるってことですか⁉」

「現状のタルト君では魔力不足だ。やれたとしても、ガス切れで身動きが取れなくなるのが関の山。だが、今後ゴリヴィエからの依頼を優先的に受けてもらえるならば、その願いを叶《かな》えてやろう」

タルトの魔力では、身体強化で手一杯だろう。ランクC、もしくはランクBくらいにまで成長したならば、身体強化と弱体化を併用しても息切れはしないはずだ。

タルトも亜人だ。ゆえに、スペック的にはそこらの冒険者より高い。ゴリヴィエがモンスターを狩る横でパワーレベリングを強要させれば、三週間ほどでランクCは余裕だと思える。

具体的には、ヤシの実を素手で圧壊させられる程度には力がつくだろう。

「レ、レイア様が優しすぎて逆に怖い。だけど、すごく魅力的‼　お、お願いしてもいいでしょうか」

「嬉しいわ、タルト。じゃあ、今後は一緒に活動しましょうね」

これで、ゴリヴィエの生存率が跳《は》ね上がったな。

後は、タルトを強化しまくってゴリヴィエの片腕として活躍できるようにしてやろう。まずは、モンスターソウルを与えまくって肉体的精神的に強化をしよう。その上で技術を身につけさせる。

本来、急造の高ランクは好ましくないのだが、技術面はゴリヴィエから指導させればいい。ゴリフターズが悲しむ要因を減らすべく、裏方で頑張《がんば》る旦那って紳士《しんし》だよね。

「では、タルト君……ゴリヴィエがモンスターを始末している間に、私が完全拘束《こうそく》したモンスターを刺し殺せ。これから三週間で、最低でもランクCまで力を底上げしてやる」

「ぶぅーー!!　さ、三週間でランクCですか!!　ランクDのモンスター相手でもヒイヒイ言っているんですよ」

ふむ……やはり、九死に一生を得た経験があるので、多少は鍛《きた》えているようだな。これならば、いけそうだ。

「なんだ、ランクDを倒せるならランクBが目標だな。とりあえず、荷物は全部を下ろせ。蟲たちに持たせてやる。それと、武器は持っているな？」

「ら、ランクBって。武器は、一応ブロンズナイフを」

青銅製のナイフなど、下層に生息するモンスターの外皮すら貫通できないぞ。タルトはサポーターとして、それなりに稼ぎはあるはずだが……装備品にお金をかけていないようだな。

「よろしくありませんね。タルトには、私が予備で持ってきたミスリル製のダガーをあげましょう。本当は、防具も渡せたらよかったのですが、生憎《あいにく》と予備は持ってきておりませんので……」

ゴリヴィエがミスリル製のダガーを渡した。ミスリル製ならば大丈夫だろう。だが、問題は防具だな……サポーターは戦闘に参加しないので布地の服でも問題ない。だが、モンスターを相手にする場合には万が一があり得る。

五十層台に生息する強靭《きょうじん》な糸を出せる蜘蛛たちと絹毛虫ちゃんを呼び出して、タルトに合わせた服を作り上げることにした。

「今からサイズを測るから動くなよ。……ゴリヴィエの分も作ってやるから、そんな顔で見るな」

「ありがとうございます、レイア様。さすが、ゴリフリーテ様やゴリフリーナ様を娶《めと》っただけのことはあります。女性に紳士《しんし》なところ、素敵ですよ」

「気がつけば、私のレベリングが行われるだけでなく、装備一式まで提供されることになった。理解が追いつかない……」

蜘蛛たちがゴリヴィエとタルトのスリーサイズを測定して、仲間に指示を送る。

ビビ（二人のサイズ測定を終了いたしました。これから、下着も含めた衣服及び防具作成に入りますが、明日の朝くらいまではかかってしまいます）

モキュ（女性の防具ですので、時間がかかるのは仕方がありません。本当は、お父様やゴリフリーテ様、ゴリフリーナ様以外に私の糸を提供するのは嫌なのですが、お父様の頼みなら仕方がありません。…………別に、慰めるために撫《な》でていただいてもかまいませんよ）

ナデナデ。

衣服だけでなく蟲の外皮を使ったプロテクター入りともなれば仕方がない。しかも二人分である。

デザインは蟲たちに任せた方がいいな。男性の私が口を挟むとろくなことにならないだろうしね。

「とりあえず、明日までかかるらしい。時間も遅いので今日はここで休むとしよう」

一日の移動で二十三層までしか進めないとは……いつもの半分以下である。まあ、お荷物を連れての移動だから仕方がないか。

「そうですね。タルトは野営の準備をお願いしますね。私は、燃えるものを集めてきましょう」

「あっ‼　レイア様の分のテントと寝袋のご用意が……ついでに、食料も」

「不要だ。こちらのことは気にしないでかまわない」

だって、蟲たちが今木々を切り倒して小屋を作っているのだからね。大きさ的に言えば山小屋みたいなものだが、迷宮内部ということを考えれば上等すぎる。

◆◆◆

私――タルトが設営したテントの横に、なぜか小屋が建っている。しかも、水が滴《したた》る音だけでなく、何やら香水のようないい匂《にお》いまで漂ってくる。さらに、窓からは清潔そうな真っ白なシーツが引かれたベッドが見える。

こちらは、使い古したテントに寝袋……若干汗臭い。身体を拭《ふ》くタオルだって、ところどころ黒ずんでいる。

「これが、格差社会か……」

「さすがは、超一流の冒険者ですね。実力もですが、野営に関してもここまで差を見せられるとは」

ゴリヴィエ様は感心されているが、これは冒険者の腕以前の問題だと思う。『蟲』の魔法が便利すぎるんですよ!! 確かに、同じことはこちらも可能ですよ!! 人と時間があれば、小屋だって作れますし、水だって魔法でなんとかできます。

だけど、それを実践する人がいないのは、労力に似合わないからなんですよ。

それでも、唯一あちらに勝っていると自負できるものがある!!

それは、食事だ!!

「意外と迷宮に生息している食物も美味《おい》しいですね」

「これでも、サポーター歴は長いですからね。料理には少し自信があるんですよ」

「では、レイア様におすそ分けいたしましょう」

えっ!?

おすそ分けするということは、レイア様の性格を考えると、必ず向こうからもおすそ分けがもらえるだろう。レイア様の食事って確か……いけない。それだけはダメです、ゴリヴィエ様。だが、なんと言って止めればいいのだ。

パワーレベリングや防具の無償提供、野営における見張りを全面的に引き受けてくれている、大貴族のご当主様であるレイア様から分け与えられるであろう食用の蟲を、お断りする方法などあるのだろうか。さすがにないわ。相手のご厚意を無下《むげ》にできるような立場じゃない。

「ほら、タルト行くわよ」

「は、はい」

結局、回避策を思いつかないまま、レイア様がいる小屋の扉をノックした。

すると、純白のバスローブに身を包んだレイア様がそこにいた。お風呂上がりらしく、水も滴《したた》るいい男とは、このことであると思ってしまった。容姿だけ見れば、本当にイケメンなのに……色々と残念である。

「レイア様、おすそ分けです。よろしければどうぞ。もっとも、作ったのは全部タルトなんですけどね」

私が作った野菜とキノコの炒《いた》めものが渡された。

「ありがたくいただこう。こちらもお返しに食料を提供してもいいのだが……蝗や卵はいける口かね？」

せ、選択肢が増えていた!!　蝗しかないと思っていたが、卵があるなんて!?　ここは断然、卵の一択です。間違いありません。

「私は、どちら……」

「卵!!　卵をください!!」

ゴリヴィエ様が蟲食《むししょく》をいける口だとは、予想外でしたが……私まで巻き込まないでほしい。

そして、レイア様から真っ黒な卵が渡された。なんでも究極のダイエット食品らしく、丸ごと呑《の》み込むといいらしい。これ一個で、一日分の栄養素が全て摂《と》れるみたいである。

それが事実なら、サポーターとして食料準備が捗《はかど》るどころじゃない。

しかも、希望があれば売ってくれるらしい。これは本気で考えてみようと思った。

「あと、君たち……少し臭いですよ。しばらく外にいるので、シャワーを使って身体は清潔にしておきなさい。雑菌から病にかかることだってあるんです」

臭いと言われて若干ショックである。だけど、レイア様がいい匂《にお》いを出しすぎなんですよ。おかしいでしょう!! なんで迷宮だというのに、化粧《けしょう》に余念のないギルド受付嬢たちよりいい匂《にお》いがするんですか。

この後、レイア様からシャワーを借りたが……蟲の口から水が滴《したた》り落ちてくるのにはどうにも慣れなかった。蟲の体液で髪を洗い、身体を洗い、垢擦《あかす》りの代わりに蜘蛛を片手に持ちゴシゴシと身体を洗う。

最後に、蛆蛞蝓ちゃんという蟲の体液を身体に塗り込む。身体にできていた細かい切り傷などが綺麗《きれい》に治り、肌のツヤとハリが十歳若返ったようだ。

しかも、蜘蛛たちが用意してくれた真っ白で清潔なタオルで身を拭《ふ》けて、最高にいい気分だ。

「ああ……まずいわ。これを味わったら、元に生活に戻れなくなりそう。もう、蟲がいないと生きていけなくなりそう」

「気持ちは理解できるわ、タルト。だけど、窓から見えるテントに戻るのよ。現実を見なさい」

それから自分たちのテントに戻ったが……本当に、臭かった。

22　ゴリフ爆誕（三）

心地よい日差しと絹毛虫ちゃんの香りに包まれて、最高の朝を迎えようとしたとき、外から女性の……主にタルトの悲鳴が木霊《こだま》した。

「イヤアアアァァァァァァーーーー」

一瞬、モンスターに襲われたかと思ったが、蟲たちの厳重な警戒網を掻《か》い潜《くぐ》ってこられるかと言われれば不可能に近い。蟲たちが死んだ気配もないし、一体何が起こったのか理解に悩む。

朝から騒がしい猫耳だな……。窓から外を見てみると、タルトが半ケツのままテントに駆け込むのが見えた。

……………女性として、あれはどうなのよ。もうちょっと、恥じらいとかそういうのを持った方がいいと思うんだけどね。まあ、見なかったことにしておこう。それが紳士《しんし》というものさ。

二度寝という最高の贅沢《ぜいたく》もありだが、迷宮にいるので自重し、シャワーでも浴び眠気を飛ばそう。

蝗と卵、そして今朝方に蟲たちが発見した蜂の巣を襲撃して手に入れたハチミツと蜂の子。蜂の子たちは、食べる分を残して全員影に放り込んで、お仲間になるように魔力にどっぷり漬け込んでいる。

ムシャムシャ……

迷宮では栄養価が偏《かたよ》りがちだが、私には全くの無縁である。常に新鮮、栄養価抜群《ばつぐん》。ゴリヴィエたちにおすそ分けしてあげてもいいのだが、あまり施しを与えすぎるのも考えものであろう。

何事も飴《あめ》と鞭《むち》だ。

今後は、基本的に二人で迷宮に潜ることになるのだ。ゆえに、現状が普通だと思われてしまうと、後々に支障をきたす可能性がある。

「レイア様、少しお話が……今、よろしいでしょうか？」

ゴリヴィエとタルトが訪ねてきたので、中に招き入れた。

「食事中なので、食べながら失礼するよ。何用かな？」

女性陣営の視線が、私の食卓に並んでいる蜂の巣に集中している。ふむ……そんな視線で見られると、分けない私が悪者に見えるじゃないか。

「実は、今朝方に悲鳴を上げた件でちょっと伺《うかが》いたいことがありまして……あの卵ってもしかしなくても」

「無論、蟲を改良して作り上げた特別製だ。体内で孵化《ふか》して、体内の老廃物を食料として、最終的に蟲自体が主の老廃物として排出される。その間、宿主の身体能力を強化するという嬉しい効能付きの可愛《かわい》い蟲だが……何か、粗相《そそう》でも？」

「ほら、言った通りじゃないタルト。私だって今朝方同じ体験をしましたが、別に驚かなかったですよ。体内で蟲が移動しているのが分かりましたからね。それにしても、身体能力まで強化してくれるとは嬉しい限りです。あ、今日も卵をいただいてもよろしいですか？」

やはり、理解ある者には分かってもらえるのだ。この卵がどれだけ有用性の高いものであるかを。軽いし、持ち運びしやすく、栄養も抜群《ばつぐん》、さらに身体能力まで強化されるのだ……人気が出て当然の商品のはずなんだけどね。

「ううう、素晴らしい商品なのですが……何か違う。せめて一言だけでも、蟲が出てくるって教えてくださいよ。私、本気で驚いたんですからね!!　もう、人生でこれ以上ないくらいに!!」

面白いことを言うね、タルト。人生でこれ以上驚いたことがないだって。その程度のことでね。それでは、この先大変だぞ。

「失礼したね。まあ、お詫《わ》びに蟲たちが今朝方取ってきた蜂の巣を分けてあげよう」

「ハチミツ……じゅるり。卵なんですもんね。丸呑《まるの》みしたら、体内で孵化《ふか》することもありますよね。あ、私……蜂の子はいらないので、蜜《みつ》と甘い部分だけください」

手の平返しの早さに脱帽だ。タルトは、高ランクの冒険者になれる素養が高いと見える。ゴリヴィエもタルトの手の平返しの早さに、若干脱帽している。蟲に蜂の巣を切り分けさせて、二人に分け与えた。

「うちのタルトが、本当にすみません。何から何まで……あ、これ美味《おい》しいですね。蜂の子は生だと少々厳しいので、あとで炒《いた》めて食べますね」

「気に入ってもらえて何よりだ。それと、君ら二人の新しい防具ができているから持っていくといい」

壁にかかっている、二人の防具を指さした。実戦向きに作っているので、ドレスとかスカートとかそんなオシャレはない。プロテクター入りのジーンズに、プロテクター入りの長袖だ。色が全く入っていなくて真っ白である。必要ならば、自分で染めさせる。

「予想以上に手触りがいいですね。それに、いい匂《にお》いがする」

タルトが新しい衣服に顔を埋《うず》めている。

手触りがいいのも、いい匂《にお》いがするのも当然だ。誰が作った作品だと心得ている。

「五十層台の蟲たちの外皮と糸で作り上げた衣服だ。鋼鉄製のフルアーマー並の防御力は約束しよう。さらに、急所に使用している蟲の外皮は、ミスリル並の防御力を誇り、一級品装備と遜色《そんしょく》ない強度だ。軽いだけでなく通気性に優《すぐ》れており、汗をかいてもすぐに衣服が吸い取ってくれるだろう。臭い消しといってはアレだが……絹毛虫ちゃんの糸を混ぜ込んでおり消臭効果も優《すぐ》れている」

「私が使っていた防具より遥《はる》かに性能がいい。レイア様……これ、一式を買うとすれば、いくらくらい掛かるのでしょうか？」

「五十層台の蟲の糸が代用できる品があるか不明だが……重さと通気性を度外視にして、強度だけで同じものを作った場合、下着を除いて七千万セルはくだらないだろう。そう考えると、このフルセットで一億セルくらいになるんじゃないかな」

希少金属であるミスリルのお値段が高額だから仕方ない。

「ブッーー‼　た、高すぎますよレイア様‼　というか、冒険者より生産者になった方が遥《はる》かに儲《もう》かるのではありませんか⁉」

「タルト君の言うとおり、金だけ稼ぐならばそうだろうね。だけどね、私はこういった防具を売り出す気は全くない。強すぎる武器防具が安定供給されると、色々と困るのだよ」

恐ろしい話である。悪しき者の手に……具体的にはギルドの手に渡れば、ろくでもないことに繋がるだろう。

「じゃあ、早速着替えてきますね。えーっと、こっちの手甲がついている方が私の方でよろしいでしょうか」

「そうだ、ゴリヴィエは素手だったからね。素手だと手を悪くすると思ってね。結婚前の身だ、無駄に傷つけることもあるまい。それとも、無用な心配だったかね」

「いえ、ありがとうございます!!」

ゴリヴィエがタルトを引っ張り、部屋から退出していった。まったく、騒がしい女性陣営だ。

◆　◆　◆

未帰還者がこれで三組目かしら。しかも下層で。……一ヶ月の間に起こった事故としては多すぎだわ。

「予定期間を一週間も越えると、生存は絶望的ね」

「はい。装備目当てですかね……マーガレット先輩」

あり得るわね。『モロド樹海』下層ともなれば、高ランクの冒険者しかいない。それも装備に大金をかけているような連中ばかりだ。当然、実力の方もあるので、そんな滅多《めった》なことじゃ死なない。死なないからこそ、高ランクの地位にいるのだから。

「だけど、未帰還者になったのは全員それなりの熟練者で、パーティー組よ。それを壊滅できるような人となれば……」

いたわ。若干数名といってもレイア様、エーテリア様、ジュラルド様……この三名ならば帰ってこない高ランクのパーティーを纏《まと》めて葬《ほうむ》って有り余る力がある。

だけど、そんなことをやる連中でもないのよね。少なくとも手を出してこない限りは何もしない。未帰還者の連中もバカじゃないから、手を出してはいけない存在については理解しているはずだわ。

「正体不明でも、討伐依頼を出しましょうか、マーガレット先輩」

「そうよね。ギルドの稼ぎのいい連中が次々いなくなったら困るわね」

でも、問題は『モロド樹海』下層――それも三十層以降にいける者となれば限られる。それに、ミイラ取りがミイラになるなんてこともあり得る状況。できることなら最高戦力を投入したいわね。

まあ、都合よくいる連中でもないから仕方ないわ。

とりあえずは、調査依頼だけにしておこう。原因さえ分かれば、排除依頼に喜んで食いつきそうなレイア様に期待して。最長でも三週間で戻られるでしょうから、それまでに原因だけでも掴めれば上出来。

「まずは、調査依頼だけにしましょう」

それから三日後、ギルドの病院に入院している高ランクの冒険者からの報告がギルドに届いた。死んだかと思っていたら、身元不明でギルドの病院で寝ているとは思わなかった。

意識不明の重体だったらしいので、今回に限り許そう。

これで、まだ誰も引き受けていなかった調査依頼料が浮いたわね。

「ご無事で何よりです。ギルドといたしましても、貴方《あなた》のような冒険者を失うのはとても悲しいことです。ここの治療費《ちりょうひ》はギルドで持ちますので、ゆっくりと治療《ちりょう》してくださいね」

高ランクの冒険者パーティーで唯一の生き残りの男性。昔からよく言われているわ。怪我《けが》や病で弱っているときに優しくする女性に、男性はいとも簡単に落ちると。今は、パーティーメンバーを失って絶望の真っ只中《ただなか》でしょう。

絶好の好機。

ここの治療費《ちりょうひ》は、ギルドが出そうとしていた調査依頼の費用より安い。ぼろい商売だ。手を握ってこの程度の言葉をかけるだけで、数百万セルが浮くなら、いくらでも声をかけるわよ。

「マーガレットさん……私は、貴方《あなた》のことを誤解しておりました。血も涙もない人だと。申し訳ない」

が、我慢よ。

「お気になさらずに。それで、貴方《あなた》ほどの冒険者が一体どうして……」

「化け物だ……」

レイア様、エーテリア様、ジュラルド様あたりのことかしら。いいえ、あの三人に手を出して、生きているはずがないわね。そんなミスをする人たちでもないはず。

となれば、化け物とは一体何のこと？

「もう少し詳しく教えていただけないでしょうか。ギルドといたしましても、放置しておくわけにはいきません」

「た、たぶんモンスターだ……それも見たことがない」

み、見たことがないモンスター。このレベルの冒険者が見たことがないとなれば……怪しいのはレイア様ですね。間違いなく怪しい!!

ここ最近の新種モンスターの大半はレイア様の蟲系モンスターだ。おかげで、ギルドが管理しているモンスターの図鑑は、レイア様の蟲たちのグラビアとなっている。挿絵に描かれるために着飾ったりする蟲たちに、本当にいつも苦労をさせられる。

挿絵が気に入らないと、レイア様が数日後に自前で持ってくるのよね。後輩が言うには、Sというサインから有名な人が書いた挿絵らしいけど……私は知らないのよね、そのサインとその有名な人の絵を。

そんなことは置いておいて……しかし、レイア様から離れて迷宮で彷徨《さまよ》う蟲がいるとも思えないわね。

「一応確認しておくけど、蟲系モンスターじゃなかったわよね？」

「『蟲』の使い手のモンスターじゃない。さすがの俺もそこまでバカじゃない」

謎だわ。一番の候補だったけど……あっ!!

この案件は、まずいわ。

レイア様が原因ではなかった。そして、このレベルの冒険者が知らないモンスターが迷宮にいる。何名も高ランクの冒険者が行方不明になっているのに、全く動こうとしないギルド上層部。報告書は上がっているはずだ。

手を引きましょう。

「そう、じゃあ、お大事にね」

おそらく、この案件……ギルド総本山が絡んでいるわね。

◆ ◆ ◆

レイア様が用意してくれた装備一式は、本当に素晴らしいものであった。今まで、身につけていた鋼鉄製の防具と比べてみても、重さは五分の一以下になり、動きやすくなっただけでなく、通気性も優《すぐ》れており快適。さらに消臭効果も高まり、汗の匂《にお》いなどまるでしない。

手甲についても、急所にも使用されているミスリル並の強度を誇る蟲の外皮が使われており、モンスターの攻撃を防いでも傷一つつかない。しかも、手首を一定角度以上に曲げると、手甲の中から十センチほどの刺が飛び出る仕様になっており、暗殺者向けの装備だ。

「ゴリヴィエ、弱体化の魔法は消耗《しょうもう》が激しいから、敵全体ではなく関節部分に一点集中するなど使い分けをしろ」

「はい!!　分かりました」

レイア様からの指導により、モンスターの弱点や効率的に敵を殺す方法なども学ばせてもらった。レイア様特製の卵を服用することで効率がよくなり、モンスターの破壊速度も向上し、まさに嬉しい限り。

冒険者としての力量、男性としての魅力、社会的な地位……どれをとっても世界有数の紳士《しんし》。これでレイア様に筋肉があれば言うことはないのだが、実に残念だ。無論、筋肉質であることは、先日バスローブの隙間《すきま》から覗《のぞ》いた肉体を見て分かっている。

だが、私の求める筋肉は、もっと分厚い胸板だ。理想で言えば、ゴリフリーナ様やゴリフリーテ様のような筋肉がレイア様にあれば求婚をしていたのに、残念……

むっ………若干、防具の胸周りがキツイので、夜にでもサイズ合わせをお願いしよう。

筋肉に飢《う》えていたところに、モンスター業界でも筋肉質で有名なオーガ系のモンスターが来てくれた!!　太い腕、毛深い胸毛、分厚い胸筋、ごつい顎《あご》……腹筋はたるんでいるので好みではないが、レイア様がこんなご容姿ならばと思わずにはいられない。

ジュルリ――

全身から魔力が溢《あふ》れる。迷宮下層に入り、倒したモンスターの数は二百を超えた。疲れるどころか、力が溢《あふ》れてくるような感じがする。

レイア様が言うには、二百体という数は、六人パーティーが二週間潜って倒すモンスターの数に匹敵《ひってき》するらしい。この程度のモンスターを群れないと倒せない人が多いとは、冒険者とは残念な人が多いのね。

まずは、『土』の魔法で足止めをする。その上で、上から順に骨をバラバラにしていこう。骨を外すのも折るのも自由自在……。オーガ系のモンスターの骨格は既に把握《はあく》している。

「さあ、貴方《あなた》はどんな悲鳴を上げてくれるんですか」

モンスターとはいえ、理想的な筋肉の付き方をしている部分があると、若干興奮するわね。

◇　◇　◇

迷宮に入り早十日。

元々才能があると思っていたが、ここまでとはね……ゴリフターズの血縁者だけのことはあるな。モンスターが足を引きずって逃げるのを楽しそうに見ているあの顔は、エルフとしてどうかと思うけどね。

仲間を呼ばせるために意図的に叫《さけ》ばせたあとに始末とか……本当に才能あるわ。

「で、タルト君は、ゴリヴィエの華麗な成長ぶりを見ている暇があるなら、さっさと刺し殺す!!脇腹を刺しても死なないでしょう。ナイフは、こう持って使うんですよ」

ナイフを持つタルトの手に私の手を重ねて……拘束《こうそく》されているモンスターの脳天を突き刺し、左右にかき混ぜた。何事も効率よく始末しないとダメですよ。その無駄な優しさが身を危険にさらすんです。

グチュグチュ。

「いやー、レイア様、お願いだから手を離してください。脳天を抉《えぐ》る感覚がじかに伝わってくる!!」

苦しみの悲鳴を上げて、モンスターが絶命する。

タルトには、ゴリヴィエと同ランクまで成長してもらわねばならないのだ。一分一秒でも惜《お》しいのだよ。

「ほら、じゃんじゃん殺しなさい。私の可愛《かわい》い子たちが捕まえてきたモンスターの順番待ちで、行列ができていますよ」

既に三十体近いモンスターが拘束《こうそく》されて、死ぬ順番を待っている。

弱点も刺す場所も指示しているのに手間取るとは……まだまだ成長が足りていないのか。もっと成長させねばいけないね。

「モンスターの悲鳴が耳から離れない!! だけど、信じられないほどの超効率。ああ、モンスターの目が助けてと言わんばかりで、若干哀れに思えてきた」

「グダグダ言っている暇があるなら、さっさと殺せ。ガチで戦っているゴリヴィエより倒すのが遅い場合には、卵を食わせてドーピングしますよ。なんなら、脳内に蟲を寄生させてこちらで身体を……」

その瞬間、タルトがやる気を出したのか、身体能力向上に加えて、モンスターに対して弱体化をかけたのが分かった。

「ヒャッハー‼　モンスターなんて何体いようと、このタルト様の敵ではないわ‼」

なんだ、やればできるじゃん。

タルトが何かにとり憑《と》かれたかのごとく、モンスターの脳味噌を抉《えぐ》っていった。そこまで卵を食べるのが嫌だと思われていることにショックではあるが、結果オーライだ。

現在、迷宮四十層……そこのモンスターたちを食べまくることで成長する二人の将来が楽しみである。にしても、思った以上にモンスターが少ないな。普段ならもっといるんだがね。先客でもいるのだろうか。

もしそうだとしたら、本来ならば私たちが移動しないといけないのだが……生憎《あいにく》と、コレより先に二人は連れていけない。おそらく、毒で死ぬだろうからね。だから、離れて狩るので場所をお借りしますねとお断りをしたい。


うーーーん、死後数日の真新しいモンスターの死体を見つけてしまった。

モンスター同士が殺し合ったにしては随分と鋭利な切り口だな。魔法かそれとも刃物かな。だが、解《げ》せんな……剥《は》ぎ取られた様子がない。剥《は》ぎ取れない事情があったのだろうか、だが気にするほどの問題でもあるまい。

これで先客の存在は確かになった。

「どうしたんですか？　レイア様」

「いいや、先客がいるらしくてね」

「えっ⁉　ここって、四十層ですよね？　『ネームレス』でもここまで来られる人って多くないと伺《うかが》っておりますが」

そうだな……私の知る限りじゃ、ジュラルドとエーテリアの二人を除けば、思い当たるのは数組のパーティーだけだ。だが、そんな連中がわざわざ剥《は》ぎ取りもしないで放置している理由が分からん。

足跡の数から察するに、人数は一人だけだ。もちろんエーテリアやジュラルドならば、この階層でもソロで行けるだろう。だが、足跡のサイズから察するに違う。

「誰がいるか分からんが、先客がいる以上、得物の横取りは気をつけないといけないね。もし、出会ったら失礼のないようにしてくれよ」

「もちろんです。この階層を一人で歩ける人に対して無礼を働くなど万死に値します」

「もちろんですよ。しっかし、大きな足跡ですね……裸足みたいだから、きっと巨漢の大男みたいな人ですよ‼」

どうだろうね。その先入観が危ないのだが、そこまで言う必要もないな。

◆　◆　◆

今更ながら信じられない。『モロド樹海』下層四十層と言えば、本当に一握りの高ランクの冒険者しか来られないような人外魔境。サポーターをやっていて、そんな場所に今いること自体、夢じゃないかと思う。

四十層を拠点にして早数日、レイア様が言う先客と会うことなく時間だけが過ぎていった。この階層より下に潜るのは、まだ早いとのことだ。なんでも、さらに下の階層に行くには、毒に対する耐性を付けてからでないと危ないらしい。

それに、ゴリヴィエ様的に狩りやすいモンスターが多いということで四十層に拠点を構えている。

実は、困ったことにあれから毎日のようにレイア様が建てた小屋でシャワーを借りてしまい、もう以前の生活に戻れないかもしれない。仕方がないと言い訳をしたい……だって、モンスターの体液で汚れた身体を洗いたいと思う欲求は当然。

それに、タオルで拭《ふ》いた程度ではモンスターの臭いが落ちない。だからレイア様にお願いして、シャワーや洗剤代わりの蟲さんたちの体液で身体を洗いたいと思ってしまう。

先日、テントや寝袋が臭いので、床でもいいのでレイア様の小屋で寝かせてもらえないか、とさりげなく言ったら「『男女七歳にして同衾《どうきん》せず』という言葉を知っているか？　結婚前の乙女《おとめ》が既婚者の男性の部屋に泊まりたいとは何事だ……少しは恥じらいというものを持ちなさい」と思いっきり諭されてしまった。

ゴリヴィエ様からも「タルト……同じ女性として恥ずかしいです。いいですか、ご厚意に甘えすぎてはなりません。シャワーなどをお借りできているこの状況でも奇跡に近いのですよ」とも言われた。

……………よくよく考えてみれば、その通りであった。

レイア様があまりに優しいので、レイア様であったことを忘れてしまいそうだった。そうだ……レイア様は『モロド樹海』の最凶と言われている存在だ。本来、少しでも間違った対応をすれば、あの世に直行便を出してくれる究極の紳士《しんし》なのだ。

「持ってきた食料も半分消費しましたから、明日くらいから引き上げですかね」

「レイア様にお願いして、食料を分けてもらえば……あと一ヶ月くらい滞在できるのではありませんか、タルト」

ぜ、絶対に嫌。主食が蟲になることなど許しがたい。そりゃ、食べようと思えば食べられる。慣れとは恐ろしいもので、レイア様からの善意のおすそ分けで何度か食卓に並んだ蝗。事実、食べてみれば、恐ろしいことに普通に食べられたのだ。味は……むしろ美味《おい》しい気がした。

ただし、見た目や悲鳴を上げる点がマイナスで、可能ならば食べたくない。

それに、蟲食《むししょく》に忌避感がなくなってしまうと、失ってはいけない何かを失ってしまう気がしてならない。

ビリビリ。

「レイア様のご都合も……あれ？　ゴリヴィエ様、衣服が裂けて……」

ゴリヴィエ様の寝巻きが破けた。しかも、ただ破けたわけではない……ゴリヴィエ様が肥大化して破けたのだ。

「うあ゛ぁぁぁぁぁぁぁぁぁぁ!!」

ゴリヴィエ様が苦しそうに蹲《うずくま》り、悲鳴をあげる。その間も、肉体が膨《ふく》れ上がり、服がはち切れていく。魔力が奔流《ほんりゅう》となるだけでなく、身体から蒸気が立ち上っている。

「ゴリヴィエ様がぁぁぁ!!　どうすれば……はっ!!　困ったときのレイア様。レイア様!!　ゴリヴィエ様が!!」

◇　◇　◇

ゴリヴィエ本人は気がついていないだろうが……間違いなく肉体が徐々に肥大化している。これが世に聞く……といっても私が命名したのだが、ゴリフ化現象だろう。

ゴリフターズがゴリフ化した原因を解明するために、何かできることはないかと考えていた。そんなときに飛んで火に入るなんとやらだ……実にいいタイミングで来てくれた。さらに言えば、ゴリヴィエ本人が望んであの姿になりたいというのだから、遠慮などいらない。紳士《しんし》である私はゴリヴィエの夢を叶《かな》えるために、ゴリヴィエが食べる蟲は、モンスターソウルを豊富に含んだ蟲たちを出していたのだ。

蟲たちが入手したモンスターソウルを私が吸収するも、とっておくも自由自在だからね。こんなこともあろうかと秘蔵の蟲たちを取って置いてよかったわ。

そして深夜寝入った頃にゴリヴィエたちのテントに忍び込んで、蛆蛞蝓ちゃんがデータを収拾している。装備一式やシャワーなどの様々な面で貢献《こうけん》しているので、等価交換と言えるだろう。

「さて、そろそろ夕食の……!?」

ざわざわ。

ついに来たか!!　この異常な魔力。間違いない、ついに臨界点を超えたか!!

ゴリフターズの血縁者なのだ。ここまでお膳立てをすれば、間違いなくゴリフ化待ったなしだと思っていたが、早かったな。やはり、エルフのポテンシャルの高さはうらやましいね。

これから何が起こるか分からないから、警備に回っている蟲たちを一度戻しておくかな。ゴリフ化の余波で周囲が消し飛ぶなんてオチもあるかもしれない。

「ゴリヴィエ様がぁぁぁ!!　どうすれば……はっ!!　困ったときのレイア様。レイア様!!　ゴリヴィエ様が!!」

そう考えていると、タルトが私のことを便利屋のごとく呼ぶ声がした。タルトよりかは、色々と問題を解消できるかもしれないが、私にだって分からないことはあるんだぞ。例えば、エルフがゴリフになる原因とかだ。

――ズドン。

何やら落下音が聞こえたが……どうでもいい。今は、奇跡の瞬間を見るために大急ぎで駆けつける。まずは、慌てふためくタルトの横に行き、黙れと言い聞かせた。

「一部の才能豊かなエルフは、モンスターソウルによる影響を大きく受ける。そして、よりモンスターソウルを吸収しやすい肉体へ、恩恵を最大限に活かせる身体へと変化を遂《と》げる」

「いやいやいや、変化ってそんなレベルじゃありませんよ、レイア様!!　だって、ゴリヴィエ様が分身して……」

何をバカなことを言っている。そんなわけが……わけが……えっ⁉

分身というのは微妙だが、確かにゴリヴィエの近くにもう一人ゴリラ……じゃなかった、ゴリフっぽい何かが蹲《うずくま》っている。しかもよく見れば、私の可愛《かわい》い蟲を貪《むさぼ》り食っている。

い、一体どういうことだ。

ゴリヴィエの服が弾け飛んでいたため、あえて視線を外していたが……まさか、この階層にもう一人ゴリフ化しようとしていた者がいたとは。まあ、コレも何かの縁であろう。しかも、こんなすぐ側に。


「そんなわけあるかぁぁぁぁぁぁ‼」

ここに来る前に聞こえた落下音はあれなのか‼　あれは、まずい‼　ゴリヴィエの魔力に隠れて気づくのが遅れたが、ゴリヴィエの後方にいるゴリフ化しようとしているのは、モンスターだ‼

この私ですら見たことがない新種のモンスター。

だが、耳の形状から察するにエルフとの混血なのは分かる。どっかのエルフがモンスターに捕まって生んだのだろうか。他種族を孕《はら》ませることが可能なオーク系やオーガ系が怪しいな。

しかし、腑《ふ》に落ちない。

なぜ『モロド樹海』の下層にいるのかということが。近隣の階層にいるモンスターがエルフの冒険者を捕らえて生ませたにせよ……ここまで成長させられるか疑問だ。何より大事なことだが、『神聖エルモア帝国』でエルフの冒険者など滅多《めった》にいない‼

どこの誰の陰謀かと考えたが……このような駒《こま》を用意できる存在など、片手で足りる。そして、一番この手のことをやりそうな連中と言えば、決まっている。

「ど、どうしたんですか、レイア様」

モンスターのゴリフ化など冗談《じょうだん》じゃない。タダでさえポテンシャルの高いモンスターがさらに強くなるとか、ふざけるなと言いたい。

だが、今は絶好のチャンスだ!!

運がいいのか悪いのか分からないが、私の蟲を捕食したことで臨界点を突破してゴリフ化に至ろうとしている。進化が終わる前に殺すしかない!!

肉体を変化させつつ、オーク系のエルフ——この際、オルフでいいや。オルフを抹殺《まっさつ》すべく動いた瞬間、オルフが進化を終えていた。そして、こちらを見て不気味な笑みを浮かべる。

「ちっ、一歩遅かったか」

オルフの肉体は、もはや筋肉の化け物だ。肥大化しすぎた肉体は、大型建機を想像させる。身長は三メートルを超えているな。ゴリフターズよりデカくなるとはね。おそらく、モンスターとしての能力なのだろう。

モンスターは、魔法が使えない代わりに固有の能力を持っている。事実、私の蟲たちは、魔力を利用して擬態、糸、毒、寄生など行う。

『ググオオオオ』

オルフが叫《さけ》びとともにこちらに飛び込んできた。

この場で一番に排除しないといけない存在が私だと感づいたのは、褒《ほ》めてやろう。動きも想像以上に速い!! あの筋肉の化け物からは想像できないほどに。

私の素の状態より速いか……。変身を終える前にオルフの両手が私の頭部を掴んだ。

「変身を終える前に攻撃するのは反則だと知っているかね？」

『ググルルルォォォォ』

蟲たちを出すより早く、首の骨がへし折られてしまった。

◆◆◆

ゴキリ。

この階層に来るまでに聞き慣れた音が、レイア様の首から聞こえた。

何が起こっているかさっぱり理解できない。ゴリヴィエ様の肉体が肥大化したと思えば、そのすぐ側で同じように肉体が肥大化しはじめていた何かがいた。

それで、気がつけばその何かがレイア様の首を掴んでゴキリと……何を言っているか分からないと思うけど、私だって何が何だか理解できない。

ただ一つ言えることは……このオーガの数倍はありそうな肉体をした塊《かたまり》が、私に襲いかかろうとしていることだけだ。

『グッグググガッガッガッガッガァァァァァァ』

ズドン。

筋肉の化け物が喜んでいるのだろう。嬉しそうにレイア様の身体を地面に叩《たた》きつけて小屋に投げつけた。

「じょ、冗談《じょうだん》でしょ」

あのレイア様がたった数秒でモンスターにやられるなんて、悪夢を見ているとしか思えない。ギルドに、逃げないと!!　レイア様には悪いけど、この私でどうこうできるレベルじゃない。ギルドに戻ってエーテリア様やジュラルド様にお願いしないと……いいえ、ゴリフリーテ様やゴリフリーナ様の方が……

全てを捨てて逃げるつもりだったけど、叶《かな》わなかった。私の持てる力の全てで逃亡を図ったけど、動き出す前に腕を捕まれた。

『グオオオオオ』

「そこまでにしておきなさい。この化け物!!　今すぐタルトを離しなさーーーい!!」

今まさに死を覚悟した瞬間、ゴリヴィエ様の声がした。颯爽《さっそう》と理解を超えるモンスターに立ち向かうその……おすが……雄……じゃなかった、お姿は見る影もなくなっていた。

あまりの衝撃的な出来事に、危機的状況だというのに突っ込みを入れたくなってしまう。

百人中百人が間違いなく見惚《みと》れるであろう容姿が、見るも無惨《むざん》な姿になっていたのだから。細い腕は太もものように太くなり、腹筋は割れて綺麗《きれい》な六パック。太ももはオーガにも負けぬ肉質に。お顔は鍛《きた》え抜かれた強面《こわもて》軍人のように濃い……面影がある程度残っているのが救いだが、もはや別人のようだ。

魔力のおかげで夜だというのに神々《こうごう》しい輝きを放っているけど……筋肉がテカっているので気分が滅入《めい》る。

だが、今はそんなことを言っている状況ではない!!　レイア様が亡くなった今、頼れるのはゴリヴィエ様ただ一人。

「ご、ゴリヴィエ様……助けて」

「安心しなさいタルト!!　死ぬときは一緒に死んであげるわ」

筋肉の化け物が、私とゴリヴィエ様を見比べている。どちらが脅威《きょうい》になるか測っているのでしょうか。それにしても、何なんでしょうこのモンスター。

グチャ。

腕の方から何か音がしたと思ったら、見なかったらよかったと後悔した。

痛い痛い痛い痛い痛い痛い!!

『ガッガググググググ』

理解した。このモンスターは、私で遊んでいるのだと。苦しむ様子を見て楽しんでいるのだと。

「ぶっ殺してやる!!」

「待ちなさいタルト!!」

私がゴリヴィエ様からいただいたミスリル製のダガーを突き立てるより早く、何かが起こった。

真っ赤な血が飛び散った。私が動くより早く、ゴリヴィエ様がモンスターの攻撃を止めてくれた。

全く、見えなかった……私の目の前にオリハルコン製の直剣が止まっているのだ。ゴリヴィエ様の掌《てのひら》を貫いて。

「ゴリヴィエ様!!」

「問題ありません。なるほど、冒険者たちから奪った武器まで持っているのですね……オリハルコン製ならば、レイア様からいただいた手甲が貫かれるのも道理」

しかし、そんなゴリヴィエ様のお言葉をよそに、上から振り下ろされそうとしてる化け物の手が見えてしまった。ゴリヴィエ様もお気づきになられたようだが、化け物の手が四本!? しかも、どの手にもオリハルコン製だと思われる武器があり、当たれば間違いなく致命傷になる。

ゴリヴィエ様は間違いなく強くなった……けれど、この攻撃はどうしようもない。不謹慎《ふきんしん》にも、ゴリヴィエ様がバラバラにされる未来が見えてしまったのだ。

だが、すんでのところで純白の——異形の人型をした何かがそれを防いだ。オリハルコン製の武器をその身で受け止めたのだ。

チョロチョロチョロ。

目の前にいる存在から発せられる魔力で、下着が生温かい何かで湿ってしまった。

「なるほど、手が複数本あるということは、ジェネラル・オーガとエルフとの混血か……そのレベルのモンスターとエルフを組み合わせてここに置いていったとなれば、ギルド総本山絡みと見て間違いないな」

この声は、間違いない!! レイア様だ!!

◇　◇　◇

所詮《しょせん》は、知恵の足らないモンスターか。

あのまま追い打ちをかけていれば、万に一つの勝ち目はあったかもしれないのにね。追い打ちをかけないだけでなく、死亡確認を怠《おこた》るとは甘く見られたものだ。

ゴキリと、オルフにへし折られた首の骨を元通りに戻した。

私ほどのランクになれば、首の骨が折れた程度で死ぬはずないだろうに……実戦経験不足とみて間違いないな。

「だが、今のは効いた……ここまでやられたのは久しぶりだ」

モナナ（お父様!!　ご無事で何よりです……あのモンスターめ!!　お父様に手を上げるなど万死に値します!!　ここは、この私が全力でお相手を）

ナデナデ。

ありがとう蛆蛞蝓ちゃん。気持ちだけ受け取っておくよ。この私のことが心配で出てきてくれたのだろう。当然、他の子たちも心配して出てきたいと思っている気持ちが痛いほど分かる。だけど、戦場であるこの場に出てきて足手まといになりたくないという思いから我慢しているのも分かっている。

「大丈夫さ。幸い、時間はできた……本気を出して殺してくるさ」

モナ（はっ!!　珍しいですよね……新種のモンスターですよね。研究したら色々と分かっちゃうかも……ちらちら）

蛆蛞蝓ちゃんの悪い癖《くせ》が出てしまった。この私なんて及びもしないほどに頭脳明晰《めいせき》な子なのだ。本当に、研究ということが大好きなんだよね。解剖《かいぼう》することによってモンスターの急所を的確に把《は》握《あく》できるようになるし利点も多いから、止めはしないけどさ。

研究者肌の蛆蛞蝓ちゃんにとってみれば、ゴリフ化したモンスターなど格好の研究材料なのだろう。しかし、生け捕りにした後が大変だ。あのサイズを生かさず殺さず保管できる場所といえば、近場だと家の地下か。ゴリフターズがいれば、万が一の場合には即座に処理してもらえるしね。

蛆蛞蝓ちゃんがツンツンと私の胸を突ついてくる。おねだりしてくるとは……可愛《かわい》いな。

「仕方ないな。いつも頑張《がんば》ってくれている蛆蛞蝓ちゃんのために……お父様が見事に生きて捕らえてこよう」

モッモナ（さすが、お父様!!　大好き～）

蛆蛞蝓ちゃんが影の中に戻っていった。

さて、可愛《かわい》い蛆蛞蝓ちゃんからのオーダーだ。生け捕りにさせてもらおう。それに、私の首の骨を折ったお返しもしてあげないといけないからね。

第一形態でもやれるだろうが……念のため第二形態になっておくとしよう。

エルフとの混ざりものだ。可及的速《すみ》やかに、無力化を図るのがベストだろう。どれほどの才能を秘めた存在か不明なのだ。戦いながら強くなるなんてオチはごめん被る。

おっと、こちらが暢気《のんき》にしている間に、二人が死にかかっているな。

いや……本当に死にそうなのか疑問だ。私がちょっと戦線を離脱している間に……ゴリヴィエが進化を終えていた。その姿は、どこぞの究極な生命体の吸血鬼みたいな容貌になっている。

このまま形勢逆転してオルフを完封しても、何も不思議なことではない。見た目だけで判断すればだが……今は無理だな。潜在能力で言えばゴリヴィエが上であろうが、現状のスペック差は間違いなくオルフの上だ。

私は、ゴリヴィエに振り下ろされるオリハルコン製の武器の前に飛び出た。強度的には、オルフが持つオリハルコンの方が優位であるため、多少外皮が削《そ》がれるが問題あるまい。蛆蛞蝓ちゃんの能力が付与されているこの私の再生能力は、驚異的なものだ。この程度の傷など一分もあれば完治する。

よって、ただ棒立ちしているだけでも、この私を削《けず》り殺すのは骨の折れる作業になるだろう。

「なるほど、手が複数本あるということは、ジェネラル・オーガとエルフとの混血か……そのレベルのモンスターとエルフを組み合わせてここに置いていったとなれば、ギルド総本山絡みと見て間違いないないな」

「レイア様!! ご無事でしたか……私は、タルトとともに後方へ待避いたしますので、存分にお力を発揮してください」

よく分かっているね。君たちが邪魔でね……毒の散布ができなかったんだよ。ゴリヴィエは剣魔武道会を観戦していたらしいから、この私が何をするか理解できたのだろう。

ゴリヴィエがアンモニア臭漂うタルト君を担《かつ》ぎ上げた。

「ゴリヴィエ。いくら緊急事態だとはいえ、嫁入り前の女性が人前で肌を晒《さら》すものではないぞ。一時しのぎにしかならんだろうが、私の上着を持っていけ。それと、治癒薬《ちゆやく》だ」

ゴリヴィエが恥ずかしそうに私の上着と治癒薬《ちゆやく》を受け取り、その場を後にした。

『ガアアアォォォォ』

ズゥドン。

それを追いかけようとしたオルフの脇腹に気持ちいいほど、いい一撃を食らわせてあげた。オルフの身体はくの字に曲がり、口から血反吐《ちへど》を吐《は》いて蹲《うずくま》る。

「はっはっは‼　どうしたどうした⁉　ゴリフ化したモンスターとてこの程度のものなのか」

ジェネラル・オーガがベースとなっているモンスターならば、弱点はよく知っている。何度バラバラにしたと思っているんだ。オリハルコン製の武器を持とうが、必殺の力を込めてこちらを攻撃しようが、外皮が多少削《けず》れる程度だ。それに、何度も馬鹿みたいに食らうわけがないだろう。

もはや、この私を変身させた時点で、貴様の敗北は揺るがないものとなっているのだ。

『ググガガガアアアァァァァァァァ』

大声で叫《さけ》んで己を奮い立たせているのだろうか。滑稽《こっけい》だ。無駄にでかい図体をしているだけあって、壁一面の的《まと》みたいなものだ。

全身から猛毒を垂れ流す。地面の草が一瞬で死に絶えるほどのものだ……オルフもその様子を見て理解したようだ。近接戦闘しか脳がない自分には勝ち目がないという事実に。唯一の勝機であるオリハルコン製の武器でも、私に与えられるダメージは微々たるものだ。

「あ、そうそう……よそ見をしたら死ぬぞ」

殺気を大量に乗せた魔力をオルフに向かって放った。一瞬だが、オルフが怯《ひる》む……私レベルの冒険者相手に一瞬でも隙《すき》を見せるとは、愚かな。背中の羽を使い、オルフの顔に手が届く位置まで移動し、両腕でその目を抉《えぐ》り出した。

『グググググギャアアアァァァァァ』

「視覚からの情報は、得られる情報の七割と言うからね。まずは、戦力を……って聞けよ!!」

ベキン。

オルフが苦しみ藻掻《もが》いて私の話を聞いてくれないので、右の膝を粉砕《ふんさい》した。これで少しは……さらに苦痛の悲鳴をあげるオルフ。どうやら、この私の話すら聞きたくないらしい。

しまいには、オリハルコン製の武器を振り、周囲を破壊する。

「ならば、武器を全部払い落とす!!」

力任せに武器を振り回すアホから武器を奪うのは簡単だ。剣にしろ槍にしろ……刃物となっている箇所以外は切れないからね。そこを力任せに殴《なぐ》れば、簡単に武器破壊や武器を遠くに吹き飛ばせるんだよ。

こんなふうにな!!

ガガガガン!!

オルフが持つ武器を全部殴《なぐ》り飛ばした。手から武器がなくなって驚く顔は実に面白かった。目が

見えない状況で頼りになる武器を失ったのだ。その上、眼前にはこの私がいるのだから、相手の心境は絶望的だろうね。

『グググググガガガガ』

オルフが腰巻きの中に手を突っ込んだと思ったら、見覚えのあるビンを取り出した。おいおい、まさか、治癒薬《ちゆやく》の存在までこいつ知っているのか。ある程度の肉体欠損ならば治癒薬《ちゆやく》でも回復できるだろうが、目のような繊細《せんさい》なところは難しいぞ。

まあ、させないがね。

「馬鹿め……砕《さい》!!」

ガラスのビンに入っている治癒薬《ちゆやく》を、音波攻撃で粉砕《ふんさい》した。蟲たちが出す音波をちょっと応用したやり方でガラスは簡単に粉砕《ふんさい》できるんだよ。で、オルフ……貴様の行動はそれでお仕舞いか。ならば、捕獲させてもらう。そろそろ、振りまいていた毒も効いてきた頃合いだ。

『オオオオオオオォォォォォォ』

オルフがご自慢の太い腕を振り上げた。どうやら、この私に力の限りの最後の一撃を食らわせたいらしいな。面白い……力比べね。

「やってみろ化け物。私は、ここだぞ」

あえて声を出して位置を教えてあげる。その方が攻撃を誘導しやすいからね。そして、蟲たちを呼び出して、私が動く音だけを完全に消した。目が見えず聴覚に頼っているオルフにとって、私の位置を特定する術《すべ》はこれでなくなった。

そして、見事に誰もいない場所に一撃を叩《たた》き下ろしたのだ。その威力は、まさに渾身《こんしん》の一撃と言えるほどだ。そこにクレーターができているのだからね。

「ご苦労。では、幕引きをさせていただこう」

ズブリ。

オルフの耳の中に指先を突っ込み、糸状の蟲を呼び出して寄生させた。これぞ、私が開発した有能な寄生蟲であるブレインウォーカーなのだ。対象の脳内に寄生して、肉体を意のままに操《あやつ》る可愛《かわい》い子なんだよ。モンスター及び人間など、種族問わずに使える。

まあ、戦闘力は皆無《かいむ》だから、こんな方法でも使わないと、相手に侵入できないんだけどね。

『グググガアァァァァァアッァ』

「なんだ……モンスターの分際で騙《だま》されて怒るのか。だが、教えてやろう。騙《だま》すより、騙《だま》される方が悪いんだ」

念のため、仙骨《せんこつ》を砕いてから各所を繋ぐ神経を切断しておこう。背中に回り込んで仙骨《せんこつ》を砕き、鋭くした指先を全身各所に差し込んで神経を切断した。これで文字通り、生きる肉塊《にくかい》だ。

『グッグググアァァァ…………』

オルフが地面へと倒れ込んだ。これで蛆蛞蝓ちゃんとの約束通り、生け捕り成功だ。

それから、オルフを担《かつ》いで二人と合流した。二人の視線が生け捕りにしたオルフに集まるが、気にしない。

「とりあえずは、二人ともよくやった。そして、ささやかな褒美《ほうび》をやろう。四個あるから二個ずつ分けるといい」

オルフが冒険者たちから集めたと思われるオリハルコン製の武器が四つ。一つあれば一財産になる品物だ。私の戦利品はオルフ一つで十分だ。

よって、少なからず時間稼ぎに貢献《こうけん》した二人には、コレを受け取る権利があると思うんだよね。

「あの、これって……」

「オリハルコン製の武器だが」

「武器より防具を……」

「ゴリヴィエ。何を言っている……防具なんて新品を用意するに決まっているだろう。下着も数セット用意させよう。タルト君の分も用意してあげよう。さすがに、換えも必要だろうしね」

いくら絹毛虫ちゃんの糸を混ぜ込んでいるからといって、性能実験するかのごとく、自らアンモニアを付着させせなくてもいいと思うんだがね。もしかして、絹毛虫ちゃんの糸がどの程度消臭効果があるか、試されているのだろうか。

そうだというなら、勝負させてもかまわんぞ。

「ありがとうございます、レイア様!!　このゴリヴィエ、お力になれることがあれば何でも言ってください」

本当に何でもやってくれそうで怖いな。あと、上着こそ貸しているが……際どいポージングはやめてくれないか。できるだけ見ないように視線は外しているが、万が一もありえる。

「それにしても、本当にいい肉体になったね。冒険者としてうらやましい限りだよ」

男性としては理想的とも思える肉付きだ。実に無駄のない完璧な身体だ。

「さすが、レイア様!!　気前いい!!　それにお強い!!　本当に!!　いや～、本当にあんな化け物みたいなモンスターを圧倒するなんて、レイア様だからできるんですよ。でも、それは一体どこから来たんでしょうね。図鑑でも見たことありませんよ」

タルトが私を褒《ほ》めちぎるが……悪い気分じゃないな。人に褒《ほ》められるというのはなかなか気分がいいものだ。それに、モンスターについても図鑑で調べていたのか……成長したね。

おや、先ほどギルド総本山からと伝えた気がしたが……それどころではなく、聞き逃したのか。

ならば、タルト君の疑問に答えてあげよう。コレの出所をね。

「ギルド総本山からだよ。おそらく、ジェネラル・オーガとエルフを掛け合わせて作ったものだ」

「えっ!?」

タルトの顔が青くなる。

「どうしたんだね？　まさか、君はギルドが慈善事業大好きな組織とでも思っていたのかね？」

「だ、だって……冒険者みたいな職にありつけない人たちにお仕事を」

「まあ、タルト君がそう思うならタルト君の中ではそうなんだろうね。そうそう、行きと帰りだと帰りの方が死ぬ冒険者が多いから、『ネームレス』に帰るまでが冒険です。忘れないように。では、帰りましょう」

ゴリヴィエは、大貴族のご令嬢だったから知っているだろう。ギルドが多方面に手を広げている組織だということを。大体、ピンハネ上等で人の命を飯の種にしている組織がホワイトなはずないだろう。

さて、帰ったらやることが山積みだな。

何やら後ろからタルト君の悩ましい声が聞こえる。『知りたくなかったそんな情報』『ゴリヴィエ様のことをなんて報告すれば』などなど相変わらず騒がしい。たとえ真実を報告しても、ゴリヴィエという存在がいる以上、タルトが狙われることはないさ。

ペアであるかぎりね!!

これで、妻たちからのお願いも達成できただろう。ゴリヴィエを強化して、パートナーまで用意した。これ以上ない働きであったはずだ。紳士《しんし》は求められるハードルが高いから辛《つら》いね。

だが、最高の妻たちに応《こた》えるために最高の紳士《しんし》でありたいと努力をし続けよう。

それが、紳士《しんし》たる者の宿命だ。

とあるおっさんのVRMMO活動記
PCオンラインゲーム
絶賛サービス中!
ワンモア・フリーライフ・オンライン
とあるおっさんのオンライン活動記
上級クラス実装で
新たな展開へ!
キャラクター固有のスキルを自由に組み合わせ、
自分だけのコンビネーションを繰り出そう!
詳しくは http://omf-game.alphapolis.co.jp/ へアクセス!
©2000-2016 AlphaPolis Co.,Ltd. All Rights Reserved.

Re:Monster
ゲームアプリ解放中《リリース》!!
40万ダウンロード突破!
※2016年5月24日時点
App Store 無料ランキング（ゲームカテゴリ）2位!
※2016年2月25日時点
Google Play™ 国内アプリ新着無料ランキング 3位!
※2016年2月26日時点
原作キャラも続々登場!
喰えば喰うほど強くなるRPG!
Re:Monster
リ・モンスター
〜ゴブリン転生記〜
書き下ろしマンガも公開中じゃよ
詳しくは
http://remonster.jp/
にアクセス!
©2000-2016 AlphaPolis Co.,Ltd. All Rights Reserved.
【Android】Google Play
【iOS】App Store
で提供予定。
携帯サイトはこちらから!

シリーズ20万部突破!
大人気小説「Bグループの少年」
ゲームアプリで
タップバトルRPG
登場!!
B少タップ!
~Bグループの少年激闘編~
タップするだけ簡単操作!
強敵
山梨
5.89G タップダメージ
260.76G
桜木亮
気合の一撃
シャドー
204.31G
現在のDPS
5.89Gタップダメージ
186.97G 仲間のDPS
【Android】Google Play
【iOS】App Store
で好評配信中!
世界制覇を目指し、
タップ連打で敵を蹴散らせ!

熟練紳士（じゅくれんしんし）
2008年からひっそりとネット上で小説を書き始める。2014年に「愛すべき『蟲』と迷宮での日常」の執筆を開始し、2016年に同作で出版デビュー。

イラスト：つくぐ

本書は、「小説家になろう」（http://syosetu.com/）に掲載されていたものを、加筆・改稿のうえ書籍化したものです。

愛すべき『蟲』と迷宮での日常

熟練紳士（じゅくれんしんし）

2016年　8月　31日初版発行

編集－加藤純・太田鉄平
編集長－塙綾子
発行者－梶本雄介
発行所－株式会社アルファポリス
〒150-6005 東京都渋谷区恵比寿4-20-3 恵比寿ｶﾞｰﾃﾞﾝﾌﾟﾚｲｽﾀﾜｰ5F
TEL 03-6277-1601（営業） 03-6277-1602（編集）
URL http://www.alphapolis.co.jp/
発売元－株式会社星雲社
〒112-0005 東京都文京区水道1-3-30
TEL 03-3868-3275
装丁・本文イラスト－つくぐ
装丁デザイン－ansyyqdesign
印刷－中央精版印刷株式会社

価格はカバーに表示されてあります。
落丁乱丁の場合はアルファポリスまでご連絡ください。
送料は小社負担でお取り替えします。

ISBN978-4-434-22364-8 C0093